REDRUM

GONE MAD
1.Auflage
(Deutsche Erstausgabe)

Verleger: Michael Merhi
Lektorat: Marion Mergen
Korrektorat: Ines Lüders
Umschlagsgestaltung und Konzeption:
MIMO GRAPHICS unter Verwendung einer
Illustration von Shutterstock

HEXENSAFT

Autor: Simone Trojahn
Lektorat: Marion Mergen

BÖSES ERWACHEN

Autor: Jutta Wölk
Lektorat: Marion Mergen

ISBN 978-3-95957-678-9

Mail: merhi@gmx.net
www.redrum-books.com

Youtube: Michael Merhi Books
Facebook Seite: REDRUM BOOKS
Facebook-Gruppe: REDRUM BOOKS

A.C. HURTS

GONE MAD

Hardcore

Zum Buch:

Wie weit darf Hardcore Horror gehen? Du denkst, du fürchtest dich vor nichts mehr? Gone Mad bricht Tabus.

Die Protagonisten: Kannibalen, Dämonen, Psychopathen und einige mehr. Eine grenzüberschreitende Anthologie für extreme Leser. Mit Bonus-Geschichten von Simone Trojahn und Jutta Wölk. Doch Achtung: Der Abstieg in die Abgründe des menschlichen Verstandes erfolgt auf eigene Gefahr.

Zur Autorin:

Was treibt eine brave Hausfrau, Chihuahua-Halterin und Hobbyköchin in ihrer Freizeit? Natürlich! Sie tränkt Manuskripte mit Blut und flößt amerikanischen Autorenkollegen Respekt ein.

Alegra Cassano, alias A.C. Hurts, stellt Deutschlands Hardcore-Antwort auf Edward Lee und Richard Laymon dar. Wer eines ihrer Bücher liest, weiß, was Horror bedeutet. Als ausgebildete Krankenschwester mit Erfahrungen in der Psychiatriearbeit, verliert sie nie den Bezug zu gewissen Fakten. Selbst härteste Gewaltszenen beschreibt sie mit beängstigender medizinischer Präzision. Dabei touchiert sie die Grenzen des Erträglichen und fordert ihre Leser. Ein echter Leckerbissen für alle Fans der extremen Gangart.

A. C. Hurts lebt im Ruhrgebiet und konnte sich bereits erfolgreich auf dem Literaturmarkt etablieren. Bei REDRUM startet sie zunächst mit vier Titeln, allesamt überarbeitete Neuauflagen ihrer bekanntesten Werke.

All Beauty Must Die
Love Of My Life
Carnivore – Fleischeslust

A.C. HURTS

GONE MAD

Hardcore

Der Schlachter

Hermann war es gewohnt, dass ungewöhnliche Wünsche an ihn herangetragen wurden. Ihn schockierte so schnell nichts, deshalb war er auch so gut auf seinem Gebiet. Er war Dienstleister. Der Laden lief ausgezeichnet. Was wollte er also mehr? Doch Hermann war gierig und schlug deshalb nur in absoluten Ausnahmefällen einen Auftrag aus.

Dieser Kunde, der gerade vor ihm saß, nervte unglaublich. Herrmann hatte noch weitere lukrative Aufträge, aber dieser hier glich einem Sechser im Lotto – auch wenn er nervte. Sein neuer Goldesel war ein Mann, den er auf ungefähr vierzig schätzte, und der jetzt schon eine ganze Weile auf ihn einredete. Zwischendurch hatte Hermann einfach auf Durchzug geschaltet, denn anscheinend war dem Kunden mehr daran gelegen zu reden, als dass er zuhörte.

»Also, können Sie mir eine besorgen?«, fragte der Kerl, der mit seinem schütteren Haar irgendwie an einen Hausmeister erinnerte. Womöglich lag das an dem grauen Mantel, den der Mann trug, und den er partout nicht hatte ablegen wollen. Er sah ihn jetzt so hoffnungsvoll an, wie ein Kind den Weihnachtsmann. Hermann schluckte. Er hatte nicht richtig zugehört, aber er rühmte sich dafür, dass er grundsätzlich alles besorgen konnte, deshalb antwortete er: «Klar, kein Problem. Sie müssen mir nur genau sagen, was Sie wollen.«

Jetzt konzentrierte er sich, damit er nicht wieder etwas verpasste.

»Eine Jungfrau wäre das absolute Highlight. Nicht so alt, vielleicht so um die zwanzig? Da müssten Sie doch noch was finden, oder?«

Jetzt wusste Hermann wieder, worum es sich am Anfang dieses Gespräches gedreht hatte. Er tat, als müsse er über das Gesagte nachdenken, dann nickte er.

»Für eine Jungfrau übernehme ich aber keine Garantie. Ich kann ja nicht hingehen, mir eine schnappen, ihr den Finger in die Muschi schieben und sie wieder laufen lassen, wenn ihr Jungfernhäutchen bereits hinüber ist.«

Der Kunde wirkte enttäuscht, sodass Hermann schnell hinzusetzte: »Ich tue natürlich mein Möglichstes.«

Jetzt lächelte der Mann wieder. «Ich habe da noch eine große Bitte«, sagte er beinahe schüchtern und so, als würde er schon ahnen, dass Hermann nein sagen würde.

»Ich weiß, dass das nicht üblich ist, aber ich möchte sie vorher sehen.«

Hermann kratzte sich an der Nase. So ungewöhnlich war dieser Wunsch nicht, doch er glaubte, dass da noch mehr dahintersteckte. Deshalb wiederholte er: »Sehen?« und hob dabei die Brauen.

Der Mann wand sich auf seinem Stuhl, als wäre ihm die ganze Sache schrecklich unangenehm.

»Na ja. Es wäre schön, wenn ich sie auch anfassen könnte.« Sein Gesicht hatte die Farbe einer reifen Tomate angenommen. Hermann musste grinsen. Dann entschloss er sich, den Kerl zu erlösen.

»Ist das alles? Sie können sie auch ficken, wenn Sie wollen. Mir egal.«

Der Mann starrte ihn mit großen Augen an und er sah die Gier, die darin aufblitzte. Also hatte er ins Schwarze getroffen.

»Es ist natürlich etwas ungewöhnlich. Ich meine, nicht viele wollen ihr Essen vorher ficken, aber wie gesagt, es ist mir vollkommen egal. Tun Sie, was immer Sie tun müssen. Toben Sie sich aus. Meinen Segen haben Sie.«

Der Mann atmete erleichtert auf. Nach einer Weile fragte er: »Kann ich sie vielleicht auch selbst töten?« Rasch senkte er den Blick und sah zu Boden, als würde er auf eine Strafpredigt warten. Seine Finger spielten unruhig mit einem Faden, der sich unerlaubter Weise aus der Naht seines grauen Mantels geschlichen hatte. Hermann registrierte jede Regung, auch dass sein Gegenüber sich nun nervös über die wulstigen Lippen leckte und kaum stillsitzen konnte. *Na, das ist ja mal einer. Kommt so unscheinbar daher und entpuppt sich dann als ein ganz Schlimmer.* Hermann wiegte den Kopf hin und her.

»Sie sind der Boss«, stellte er nüchtern fest. »Wie würden Sie Ihre Jungfrau denn töten wollen?« Das interessierte ihn jetzt wirklich. Wenn der Kerl vorhatte, in seinen heiligen Hallen eine Schweinerei zu veranstalten …

»Ich würde sie gern erwürgen. Ihr ganz langsam die Kehle zudrücken ...« Der Mann schloss dabei unwillkürlich die Hände zu Fäusten, was Hermann amüsiert registrierte. Hoffentlich unterschätzte der Kerl nicht, wie lange es dauerte, jemanden auf diese Weise umzubringen und wie viel Kraft dafür nötig war. Sein Blick glitt zu den Händen seines Gegenübers. Kräftige aber kurze Finger.

»Gut. Haben Sie einen bestimmten Termin im Sinn?« Hermann wollte jetzt endlich fertig werden, schließlich hatte er noch Arbeit, die sich nicht von allein erledigte.

»So schnell es geht«, kam es wie aus der Pistole geschossen. Dann legte der Mann einen Stapel mit Hundert-Euro-Scheinen vor ihn auf den Tisch. Hermann zog überrascht die Brauen hoch. Eine Anzahlung war normal in seiner Branche, aber das schien der komplette Betrag zu sein.

»Nehmen Sie ruhig«, forderte der Mann ihn auf. «Ich vertraue Ihnen. Können wir bitte noch etwas darüber reden?« Es war ihm augenscheinlich wichtig und vermutlich erregte es ihn, wie Hermann das einschätzte. Deshalb nahm er den Stapel Scheine und begann, in aller Seelenruhe sein Geld zu zählen. Dazu machte er eine auffordernde Kopfbewegung. Der Kunde ließ sich nicht lange bitten.

»Ich träume schon seit Jahren davon, müssen Sie wissen. Jeden Abend, wenn ich im Bett liege, stelle ich es mir vor. Ich weiß nicht, wie oft ich schon darauf … na ja, gewichst habe. Die Vorstellung, einen hübschen jungen Körper zu besitzen, damit machen zu können, was ich will, und ihn am Ende in mich aufzunehmen ...« Er schüttelte sich, aber es war ein wohliges Frösteln, das ihn da überkam, was Hermann an seinem entrückten Gesichtsausdruck erkennen konnte.

»Das stelle ich mir so geil vor«, fuhr der Kunde fort. »Einen Schenkel zu streicheln und sich dabei vorzustellen, wie er wohl schmecken wird. Bei jedem Bissen des Essens an denjenigen zu denken, dem man das Fleisch zu verdanken hat. Können Sie das verstehen?«

Hermann dachte darüber nach. Er hielt zehntausend Euro in der Hand. Dafür konnte er so einiges verstehen.

»Sie bekommen noch einen Bonus, wenn wir fertig sind«, versprach der Kunde. Hermann nickte zufrieden: »Ich verspreche Ihnen, dass Sie nicht enttäuscht sein werden«, sagte er zum Abschied und klopfte dem Kerl freundschaftlich auf die Schulter.

Hermann hatte sich einige Gedanken darüber gemacht, wo er eine Jungfrau in dieser Altersgruppe auftreiben könnte. Deshalb postierte er sich nun vor dem Haus einer Gebetsgemeinschaft, von der er wusste, dass deren Mitglieder für Sex nach der Ehe plädierten. Leider kamen dort die Frauen immer nur in Grüppchen heraus, nie eine allein. Außerdem konnte er sich nicht sicher sein, welche von denen schon verheiratet war. Er trommelte mit den Fingern auf das Lenkrad seines Kleintransporters. Dieser Wagen hatte ihm schon oft gute Dienste geleistet. Der Laderaum war fensterlos und isoliert, da er einmal für Kühltransporte gebaut worden war.

Hermann stieg aus und zündete sich eine Zigarette an, den Blick immer noch auf den Eingangsbereich gerichtet. Ein junges Pärchen verließ gerade das Gebäude. Offenbar stritten sie sich. Wortfetzen wehten zu ihm herüber und er spitzte die Ohren. Irgendwas von »… wirklich heiraten willst …« Die junge Frau blieb an der Straße stehen, während der Mann sich mit einer wütenden Handbewegung davonmachte. Hermann zog genüsslich an der Zigarette. Jetzt hatte er seine Zielperson.

Es würde nicht schwer sein, sich das Mädchen zu schnappen. Körperlich war er ihr haushoch überlegen und die Umstände waren günstig. Als der Mann außer Sichtweite war und dessen Zukünftige den Kopf frustriert hängen ließ, warf Hermann die Zigarette auf den Boden und trat sie aus. Kurz dachte er daran, wie symbolisch diese Handlung war. Dann schüttelte er über sich und seine lyrischen Anflüge den Kopf, machte einen Schritt auf die Frau zu, die aufblickte, als sie ihn bemerkte, und sah sich gründlich um. Wäre jetzt jemand zu sehen gewesen, hätte er ihr freundlich zugenickt und wäre vorbeigegangen, um sich irgendwann, irgendwo ein anderes Opfer zu suchen. Doch das Schicksal war auf seiner Seite. Diese hier sollte es sein. Er lief an ihr vorbei, drehte sich hinter ihr in einer geschmeidigen Bewegung um und presste ihr von hinten eine Hand über Mund und Nase.

Zufrieden schleppte er sie auf die gegenüberliegende Straßenseite, an deren Bordstein sein Wagen stand. Es dauerte nicht mal eine Minute, da war sie im Laderaum verstaut, unsichtbar für die Umwelt. Keine Sekunde zu früh, denn plötzlich befanden sich Passanten auf der Straße. Timing war eben alles im Leben, dachte Hermann und startete pfeifend den Motor.

»Sie ist da drin. Rufen Sie, wenn Sie mich brauchen«, erklärte Hermann später am Abend. Der Kunde hatte es vorgezogen, sofort nach seinem Anruf zu erscheinen, und nicht bis zum nächsten Morgen zu warten. Es war zwar schon spät, aber Hermann war es recht. Die Kleine hatte Angst und er bevorzugte eine schnelle Abwicklung.

Der Kunde bedankte sich artig, konnte seine Gier aber kaum verhehlen. Hermann öffnete ihm noch die Tür und zog sich dann respektvoll zurück. Es ging ihn nichts an, was drinnen passierte, auch wenn er in diesem Fall doch ziemlich neugierig war.

Der Kunde näherte sich der Pritsche, auf der die nackte junge Frau festgebunden war. Der Schlachter hatte sie für ihn geknebelt, ganz wie sie es zuvor vereinbart hatten, weil er sich nicht von ihrem Gequatsche ablenken lassen wollte.

Er bedauerte es, ihren Mund momentan nicht sehen zu können, aber später würde er das nachholen. Vorsichtig umrundete er die Liege und verschaffte sich einen ersten Eindruck. Sie war recht hübsch aber nicht außergewöhnlich schön. Vor allem interessierte er sich für ihren schlanken Körper. Das Gesicht war nebensächlich. Also streckte er die Hand aus, legte sie vorsichtig auf ihren flachen Bauch und spürte das schnelle Auf und Ab ihrer hektischen Atmung. Er lächelte. Das fühlte sich ziemlich gut an, auch wenn das Objekt seiner Begierde viel zu viel atmete. Doch das würde sich bald ändern. Als er daran dachte, ihr die Luft und damit das Leben zu nehmen, wurde sein Magen von einem warmen Gefühl durchflutet. Der Rausch der Macht schlich sich langsam an und würde ihn schon bald überwältigen, das spürte er mit jeder Faser seines Körpers. Dieses schöne Stück Fleisch gehörte ihm! Er hatte lange dafür gespart, sich diesen Traum zu erfüllen, und nun war es so weit.

Seine Hände wanderten weiter, berührten ihre Arme, die sehr dünn waren. Kaum Fleisch, aber das, was da war, würde wenigstens nach Muskel schmecken und nicht nach Fett. Die schlanken Finger, die er sich am liebsten sofort in den Mund stecken wollte, um daran zu saugen, waren verkrampft. Später würde er sie genüsslich abknabbern. Jetzt beobachtete er, wie die Nägel sich in die Handballen bohrten. Bevor er sie essen konnte, mussten die Nägel runter! Der Schlachter würde sie sicher für ihn ziehen, er durfte nur nicht vergessen, ihn darum zu bitten.

Er durfte nicht zu intensiv daran denken, was er mit ihr tun würde, denn er spürte bereits ein Spannen im Schritt.

Ein kurzer Blick auf ihr Gesicht zeigte ihm die nackte Panik. Ihre angstvoll aufgerissenen Augen waren braun, wie Vollmilchschokolade. Er überlegte, wie die wohl schmecken würden, konnte es sich aber nicht vorstellen. Schließlich erinnerte er sich an die Worte des Schlachters, dass er tun sollte, wonach ihm der Sinn stand. Also beugte er sich über sie, was ihr einen wimmernden Ton entlockte, und leckte ihr einzeln über jedes Auge. Sie hatte die Lider ärgerlicherweise zugekniffen, was er aber nicht ändern konnte, es sei denn, er würde sie ihr abschneiden. Das traute er sich nicht zu und außerdem hatte er kein Messer. Die dünne Haut der Lider schmeckte ein bisschen salzig, vermutlich wegen der Tränen. Die Wimpern kitzelten seine Zunge.

Plötzlich verspürte er den Wunsch, ihr zu erzählen, was er mit ihr vorhatte. Solche Gespräche hatte er schon oft in der Phantasie geführt und sie regten ihn immer mächtig an. Meist kam er bei der Vorstellung.

»Na, meine Kleine«, begann er heiser zu sprechen und streichelte über ihre Wange. »Ahnst du, was heute mit dir passieren wird?«

Sie hörte einen erholsamen Moment mit dem Gewimmer auf. Ihr Blick schien ihm nun hoffnungsvoll.

»Zuerst werde ich dich ficken.« Er verzog den Mund zu einem Grinsen, denn er sprach das Wort nicht oft aus, aber der Klang gefiel ihm wahnsinnig gut. Es hatte etwas Verbotenes an sich, das in seinem Magen prickelte. Das erschreckte Zucken ihrer Augen gefiel ihm, es spornte ihn an, weiterzumachen.

»Ich werde meinen langen, dicken Schwanz ganz tief in dich reinstecken«, fuhr er genüsslich fort. »Erst vorne und später hinten, in dein kleines, enges Arschloch.«

Wieder bemerkte er das Zucken ihrer Augen, beinahe im Gleichklang mit seinem Schwanz. Es fiel ihm schwer, die Lust im Zaum zu halten. Langsam stieß er den Atem aus und nahm eine ihrer kleinen rosigen Brustwarzen zwischen die Finger, quetschte sie. Als er ein schmerzerfülltes Stöhnen hörte, benutzte er zusätzlich seine Nägel, um sie in das zarte Fleisch zu graben. Fasziniert betrachtete er die ersten roten Tropfen. Nahrung für seine lechzende Seele. Zufrieden saugte er die Köstlichkeit aus ihrem Nippel. Eine erste Geschmacksprobe seines Mahls.

»Hmmm ... delikat«, stellte er fest und zeigte ihr seine Zunge, der nach einem weiteren Abschlecken noch Blut anhaftete. Jetzt las er eindeutig Abscheu in ihrem Blick, ebenso Schmerz, aber der war hintergründig. Seine Fingernägel gruben sich erneut in die Wunde, die jetzt stärker blutete. Gierig saugte er den nach Kupfer schmeckenden Lebenssaft und genoss mit geschlossenen Augen. So schnell würde er Ähnliches nicht mehr erleben, das war ihm bewusst. Sie hatte ihn seine sämtlichen Ersparnisse gekostet, also wollte er sie bis zur Neige genießen.

»Wenn ich dich ausreichend benutzt habe, mich in dir ausgeschleimt habe und dir mein Sperma aus allen Ritzen tropft, dann werde ich meine Hände um deinen Hals legen, ungefähr so.« Er streichelte ihren schlanken Hals, den er trotz seiner kurzen Finger fast mit einer Hand umfassen konnte, und drückte zu. Ihr Körper bäumte sich auf, bog sich nach hinten, vermutlich um ihm zu entkommen, aber das war unmöglich. Er fühlte deutlich den rasenden Pulsschlag. Der süße Duft ihrer Angst drang in seine Nase und benebelte sein Gehirn wie eine Droge. Das war eindeutig besser als in seiner Vorstellung.

Fast wäre er gekommen, konnte sich aber gerade noch zurückhalten. Er löste den Klammergriff, seine Hände wanderten hinab zu ihrer Scham. Sie war rasiert.

»Wenn du tot bist, werde ich dich auffressen, meine Süße. Du wirst in Stücke gehackt und ich werde dich mit nach Hause nehmen. Dann gönne ich mir ab und zu etwas von dir und verspreche dir jetzt schon, mich bei jedem Bissen an dich zu erinnern.«

Sie zappelte ängstlich herum, was ihn dazu brachte, seine rechte Hand tiefer zu schieben und endlich einen Finger in sie hineinzubohren.

»Ich hoffe, dass du noch Jungfrau bist, denn ich würde gerne dein erster und letzter Mann sein.«

Er stopfte den Finger tief in ihre Fotze. Sie war furchtbar trocken und es war nicht sehr angenehm, sie zu fingern. Aber er musste es wissen, bevor er sie nehmen würde. Erleichtert seufzte er auf, als er das feste Hymen ertastete. Grinsend legte er den Kopf auf ihren Unterbauch und küsste ihren Nabel, fuhr mit der Zunge hinein, während sein Finger weiter in ihr herumstocherte. So schön war sie und so wohlig warm. Die blutige Brustwarze fiel ihm ein und er rutschte höher, saugte sie wieder in seinen Mund, biss hinein, weil der Strom bereits versiegt war, und lutschte den roten Saft aus ihr heraus. Es war so herrlich, so befreiend, endlich er selbst sein zu dürfen und sich nicht verstellen zu müssen. Er fühlte sich geborgen wie ein Baby an der Mutterbrust. Es hätte Stunden so weitergehen können.

Doch sein Schwanz verlangte danach, endlich den ersten Stich machen zu können. Ruckartig zog er seinen Finger aus ihr, nicht ohne ihn zu krümmen und ihre Schleimhaut aufzukratzen. Bluten würde sie gleich sowieso und etwas Feuchtigkeit konnte bei dieser trockenen Fotze nicht schaden. Er richtete sich auf und leckte seinen Finger vor ihren Augen genüsslich ab. Ein wirklich anregendes Gemisch aus Schleim und Blut. Während er einen kleinen Fetzen Schleimhaut auf seiner Zunge hin und her rollte, bevor er ihn schluckte, kam er auf die Idee, auch ihr hinteres Löchlein zu testen.

»Wann hast du das letzte Mal geschissen?«, fragte er, obwohl er wusste, dass sie nicht antworten konnte. »Hast du mir was zum Naschen drin gelassen, du kleine Sau?« Es machte ihn an, so mit ihr zu reden. Bei einer Sexhotline hatte er mal ähnliches probiert, war aber aus der Leitung gekickt worden. Das machte ihn jetzt noch wütend! Schließlich hätten die viel Geld mit ihm verdienen können. Mit einem Schulterzucken schob er den Gedanken beiseite. Nun lag diese Kleine vor ihm, seinen Händen, seinem Mund und seinem Schwanz hilflos ausgeliefert. Seine Scheinchen waren hier viel besser investiert.

Lachend schob er den Mittelfinger tief in ihren Arsch, stieß ihn rücksichtslos durch den Muskel und wühlte in ihrem Inneren. Sie war extrem eng und spannte den Ringmuskel an, was ihn mehr erfreute, als er gedacht hatte. Er spürte genau, wie der Sphinkter sich um seinen Finger zusammenzog, ihn umklammerte, beinahe als wollte er ihn in ihr festhalten. Der Darm schien zum Glück nicht leer zu sein. Die breiige Masse, in die er hineinstieß, konnte nichts anderes sein. Ein paar Drehungen, dann zog er den Finger heraus und präsentierte ihr ein prächtiges Klümpchen.

»Alles meins«, stellte er glücklich fest und leckte den braunen Brei ab, als wäre es Nutella. In diesem Moment empfand er keinerlei Ekel. Dafür war er viel zu aufgeputscht. Seine Hormone liefen Amok und mixten in seinem Blut einen Cocktail, der ihn high werden ließ wie bestes Heroin.

»Du schmeckst mir wirklich wunderbar. Ich möchte dich mit Haut und Haaren fressen«, stellte er erregt fest.

Dann zog er sich hektisch aus. Er konnte es keine Sekunde länger aushalten. Sie war immer noch zu trocken, deshalb stemmte er ihre Beine weit auseinander. Sie wehrte sich, aber das machte ihn noch geiler. Er sammelte seine Spucke im Mund und stieß sie durch ihre Schamlippen ins Innere. Der herbe Duft der Fotze spornte ihn an. Er biss hinein, spürte das Blut und hätte jetzt gleich ein Stück von ihr herausreißen und essen können, aber er wollte erst ficken.

Jetzt war sie gut geschmiert. Zufrieden stieß er seinen Schwanz in sie hinein, auf dessen beachtliche Größe er sehr stolz war. Er stieß bis zu ihrem Jungfernhäutchen und verharrte dann über ihr. Ihr Kopf war zur Seite gedreht. Er sah ihr Gesicht, das rot und verquollen war, Tränen rannen ihr unaufhörlich über die Wangen, sogar Rotz blubberte aus ihren Nasenlöchern. Das brachte ihn auf eine Idee. Kurzerhand beugte er sich nach vorn, leckte ihr die salzigen Tränen vom Gesicht und nahm ihre Nase in den Mund. Schmatzend saugte er den Schleim heraus und schluckte.

»Jetzt wirst du zur Frau. Genieße es!«, stöhnte er die Worte, die er schon längst hatte aussprechen wollen, und erhöhte dann konsequent den Druck seines Schwanzes. Er spürte, wie das Gewebe sich dehnte, aber kurz bevor das Jungfernhäutchen riss, zog er sich zurück. Sie wimmerte und sah ihn jetzt mit riesigen, geröteten Augen flehend an. Er kostete den Moment aus, wollte sich an jedes Detail erinnern. Später würde er zu den Bildern in seinem Kopf wichsen, vielleicht sogar ihr Fleisch mit seinem Sperma würzen.

»Ich werde dich jetzt aufreißen«, erklärte er sachlich. «Und ich werde es ganz langsam machen. Du wirst keine schnelle Erlösung bekommen. Ich will, dass du für mich leidest. Kannst du das für mich tun?«

Vorsichtig schob er sich wieder vor, bis er den Widerstand an seiner Eichel spürte. Neue Tränen liefen ihr über das Gesicht und er leckte sie gierig weg, nahm ihr Geschenk dankbar an. Stetig erhöhte er den Druck, bis das Häutchen endgültig riss. Beinahe meinte er, gehört zu haben, wie sein Schwanz es zerplatzen ließ. Es klang wie das Reißen eines Gummibandes. Er fühlte das Blut, das herrlich warm seinen Schwanz benetzte, ihn umspülte und regelrecht badete. Jetzt hielt ihn nichts mehr. Hemmungslos, wie er es sich immer erträumt hatte, stieß er nun in sie hinein. Ohne Rücksicht rammte er seinen Schwanz brutal in sie, immer und immer wieder, bis er sich mit einem tiefen Brunftschrei entlud und über ihr zusammensackte.

Der Körper unter ihm zitterte. Er wusste, dass er zu schwer für sie war, aber genau das fühlte sich so gut an. Keuchend leckte er ihren und seinen Schweiß von ihrem Bauch. Dann packte er gierig die zweite Brust, die noch unverletzt war, quetschte sie brutal zusammen und schob sie sich in den weit geöffneten Mund. Sie war so klein, dass er sie komplett aufnehmen konnte. Nachdem er sie gelutscht und in das weiche Fleisch gebissen hatte, nahm er sich die Brustwarze vor, rollte sie zwischen seinen Schneidezähnen und nagte daran. Er schloss die Augen, als seine Kiefer zusammenklappten und der abgetrennte Nippel in seinen Mund fiel.

Die Kleine schrie trotz des Knebels laut auf, aber das war ihm nur recht, stachelte ihn weiter an. Er kaute eine Weile auf der knorpeligen Warze, schluckte sie schließlich herunter und legte seine Lippen über den dünnen Blutstrom, den er in kleinen Schlucken trank. Das alles war geiler als in seinen Träumen. Viel geiler! Eine seiner Hände legte sich wie von selbst um ihren Hals und drückte probeweise zu. Es war noch nicht ernst gemeint, nur ein Austesten. Er fand es erregend, ihre Schluckbewegungen zu spüren, während er selbst ihr Blut trank.

Nach einer Weile war er wieder so weit. Aber dieses Mal wollte er in ihren festen kleinen Arsch ficken. Er drehte sie auf den Bauch und kugelte dabei fast ihre Arme aus, die mit einem Strick an die Pritsche gefesselt waren. Ihre Schmerzenslaute waren ihm egal, machten ihn eher noch an. Seine Hände wanderten die Vertiefung der schön geschwungenen Wirbelsäule hinunter, bis zu ihren runden Pobacken, die er nun packte und in denen er seine Zahnabdrücke hinterließ. Das war sein Fleisch und es war auch roh schon köstlich. Rücksichtslos riss er ihr die Arschbacken auseinander. An dieser Stelle würde sie bald geteilt werden. Er überlegte, ob der Schlachter eine Axt benutzen würde oder doch eher eine Säge. Ob er zusehen durfte, wie diese kleine Sau gespalten und ausgenommen wurde?

Seine Zunge fuhr die schmale Ritze entlang und fand den Anus, bohrte sich hinein und naschte von ihr. Sein Schwanz, prall und hart, hatte Probleme einzudringen, weil sie so eng war und sich wahnsinnig verspannte. Er versuchte es mit aller Gewalt, bis er den Muskel sprengte und sein Schwanz endlich in ihren Darm hineinfuhr, in die weiche Masse ihrer Scheiße, und sich dort austobte. Er stöhnte laut vor Lust. Es machte ihm außerordentlichen Spaß, auf diese Weise zu ficken und er verstand nicht, warum er seine Triebe so lange zurückgehalten hatte. Wie viel Spaß war ihm entgangen? Wie viele Ärsche hätte er schon ficken können?

Er spritzte zwischen ihre Darmwände, reicherte ihre Scheiße mit seiner Soße an und hielt seinen Schwanz so lange drinnen, wie er konnte. Er hatte die Hoffnung gehabt, noch einmal hart zu werden und sie direkt weiterzuvögeln, aber sein erschlaffter Penis rutschte bald aus ihr heraus, wurde von den Kontraktionen ihres Darms geradezu hinausbefördert. Sofort riss er ihre Arschbacken auseinander, legte die Lippen um ihren After und sog die Mischung aus Blut, Kot und Sperma aus ihr heraus. Dann stieß er seine Zunge in das geweitete Loch und fickte sie damit so tief, wie es ihm möglich war. Wie geil wäre es, wenn er diese Frau bei sich zu Hause hätte? Jeden Tag nach der Arbeit so ein Fick, das würde ihm gefallen. Glücklich bohrte er seine Zunge noch tiefer, erwischte einen Brocken von ihrem köstlichen Darminhalt, und zerdrückte ihn an seinem Gaumen, um den Geschmack möglichst lange auszukosten. Obwohl er sich eigentlich vor Ekel hätte übergeben müssen, gab es für ihn nichts, was köstlicher war. Vielleicht würde er den Schlachter darum bitten, ihm den Darm zum Auslutschen zu überlassen. Ihren Mageninhalt wollte er auflecken, ihre Blase leer saufen, die Zähne in ihre rohen Nieren schlagen.

Er drehte sie wieder um, leckte jetzt hemmungslos über ihren Körper. Ihr Gesicht nahm er sich besonders gründlich vor, leckte die Augen, deren Lider er mit den Daumen offenhielt, steckte seine Zunge tief in ihre Ohren und ihre Nasenlöcher. Endlich entfernte er auch den Knebel und leckte ihre Lippen, Zähne und Zunge.

Sie weinte, jammerte, keuchte in seinen Mund und er genoss das alles so sehr, dass er gar nicht mehr aufhören wollte.

»Du bist so geil«, stöhnte er, während er sie biss, wo er sie erwischen konnte. Ihre Zunge, ein fleischiges, muskulöses Stück, hatte er schon gekostet, sie tief in seinen Mund gesogen und mit den Backenzähnen auf ihr herumgekaut, bis sie ein blutiger Matschklumpen war. Er hätte sie abbeißen können, war sich aber nicht sicher, ob er den Mund noch ficken wollte.

Plötzlich schlossen sich seine Hände um ihre Kehle und drückten zu. Er sah ihre Augen hervorquellen und wie sich ihr Gesicht verfärbte. Sie sah absolut bezaubernd aus, als sie nach Atem rang, den er ihr verwehrte. Dieser panische Ausdruck in ihrem Gesicht, als sie begriff, dass er nun ernst machen würde.

»Mein Schatz«, sagte er liebevoll, »ich würde dich so gerne immer nur weiter ficken, aber ich bin so versessen darauf, dich zu fressen, dass ich es nicht mehr länger aushalte. Ich werde dich in mich aufnehmen, damit du dort weiterleben kannst. Und ich werde dich nie vergessen.«

Sie gurgelte und blutgetränkter Speichel quoll schaumig aus ihrem Mund. Er leckte das Angebotene gierig auf, ließ ihr noch einmal etwas Luft und legte sich wieder auf sie. Sein harter Schwanz fand den Weg sofort. Das Blut, welches ihre zitternden Schenkel hinunterlief, war schön warm und zeigte ihm den Weg. Langsam, fast liebevoll glitt er in die gerade erst eröffnete Fotze und fickte sie mit Gefühl, ganz sanft, schaukelte sie in den ewigen Schlaf. Seine Hände lagen wieder um ihren schlanken Hals, quetschten den Kehlkopf, nahmen ihr die Luft, ließen locker, drückten wieder zu. Er war der Herr über ihr Leben und ihren Tod. Er war allmächtig!

»Ich will, dass du genau dann stirbst, wenn ich mein Sperma in dich pumpe«, schnaufte er erregt und verriet ihr damit einen seiner geheimsten Träume.

Er stieß sie in einem langsamen, entspannten Rhythmus und drückte ihr dabei die Luft ab - in der Hoffnung den richtigen Moment abzupassen. Immer wieder zögerte er das Ende hinaus, ließ sie einen röchelnden Atemzug machen und drückte dann erneut zu. Die feinen Äderchen in ihren Augen platzten, als der Druck zu groß wurde, der zerfleischte Rest ihrer Zunge hing ihr aus dem Mund und schwoll unappetitlich lilafarben an, ihr Gesicht wirkte aufgedunsen, die Augen traten aus ihren Höhlen. Während sein Orgasmus heranrollte, sah er in ihr Gesicht, sah, wie ihr Blick brach, wie das Leben erlosch, und spürte die heftigen Kontraktionen ihrer Fotze. Erlöst weinte er über die Erkenntnis, dass er ihr ihren einzigen Orgasmus geschenkt hatte. Sie war tot, aber sie war im exakt richtigen Moment gestorben, war mit ihm auf der Welle der Ekstase geritten und hatte ihm eine nie gekannte Befriedigung verschafft, die er ewig in seinem Herzen bewahren wollte.

Keuchend lag er auf ihr. Selbst in seinen kühnsten Träumen hätte er es nicht gewagt, sich dieses berauschende Gefühl vorzustellen. Ihr Körper war immer noch schön warm und deshalb trank er weiter von ihr, leckte sie und grub seine Zähne in weiche, empfindliche Stellen. Da sie nicht mehr reagierte und ihr Blut irgendwann zu stocken begann, verlor er doch allmählich das Interesse. Ihre Blase entleerte sich in einem warmen Schwall, in dem er seine Hände badete. Als handelte es sich um Weihwasser, bestrich er sich Stirn und Brust mit der salzigen Flüssigkeit und wisperte einen Dank ins Reich der Toten.

Irgendwann klopfte es an der Tür. Der Kunde ließ erschöpft von dem Körper ab und zog sich langsam an.

»Wie ich sehe, war alles zu Ihrer Zufriedenheit«, sagte Hermann der Schlachter. Der Kunde wischte sich mit zittrigen Fingern Blut von der Lippe: »Ja. Danke. Es war großartig. Sie können sie jetzt zerlegen.«

Hermann betrachtete seinen Kunden aus dem Augenwinkel. Der hatte es wirklich krachen lassen.

»Natürlich. Wie wäre es, wenn Sie sich in der Zwischenzeit waschen?« Er deutete auf eine Tür. Der Kunde wankte wortlos an ihm vorbei.

Der Schlachter trug die Tote in einen Nebenraum, wo er ihren Körper fachmännisch zerlegte und in Beutel verpackte. Mit dem Kopf in der Hand blieb er unschlüssig stehen.

Als der Kunde zurückkam, standen zwei prall gefüllte Plastiksäcke bereit.

»Möchten Sie den Kopf auch mitnehmen?«, fragte Hermann. Der Kunde nickte. Er war jetzt wieder ordentlich gewaschen und angezogen und wirkte wie ein ganz normaler Mann. Niemand würde ihm zutrauen, was er gerade getan hatte. Der Schlachter packte den Kopf an den Haaren und steckte ihn in eine Extratüte, dann half er dem Kunden, alles zum Wagen zu tragen.

»Sie müssen das Fleisch gut kühlen oder einfrieren«, erklärte er zum Schluss. »Und denken Sie daran, die Knochen zu verstecken und mir zurückzubringen, damit ich sie zermahlen kann.«

Zufrieden fuhr der Kunde davon. Es war früher Morgen, aber er hatte Lust, etwas von dem Mädchen zu kosten, solange sie noch so frisch in seiner Erinnerung lebte. Die Tüten waren sorgfältig beschriftet, weshalb er sich ein schönes Stück Fleisch aus der Arschbacke aussuchte und es in einer Pfanne mit einem Schuss Olivenöl und etwas Knoblauch briet. Die restlichen Teile wanderten in seine Tiefkühltruhe, bis auf einen Unterarm mit Hand, den er morgen zubereiten wollte, und bis auf den Kopf, den er auf dem Küchentisch ablegte. Der Mund stand etwas offen. Interessiert schob er seine Finger dazwischen und versuchte, ihn weiter aufzuhebeln. Ob er den ficken konnte? Das störrische Weib war hartnäckig und er hatte Angst, dass der Mund zuklappen könnte, während sein Schwanz darin steckte. Nicht, dass die Süße sich nach ihrem Tod noch rächte. Er hob den Kopf an und wackelte vor den glasigen Augen mit dem Zeigefinger hin und her.

»Nicht mit mir, meine Schöne«, sagte er amüsiert. Dann drehte er den Kopf herum und betrachtete den glatten Schnitt an der Halsseite. Aus dem Stumpf hingen verschiedene, wabbelige Strukturen, die zum Teil wie Strohhalme aussahen. Er trug seine Trophäe ins Wohnzimmer und legte sie dort auf den Tisch. In seinen Gedanken saß er schon vor dem Fernseher, knabberte das Fleisch von ihren schlanken Fingern und sah sich die Vermisstenmeldungen an. Dabei konnte sie ihm ruhig Gesellschaft leisten.

Marys Lover

Lautlos schlich Carsten die Treppe hinauf. Die Geräusche aus dem oberen Stockwerk waren hier bereits laut zu vernehmen. Offenbar hatte seine Frau Mary Besuch. Carsten seufzte frustriert, wartete auf dem Treppenabsatz und lauschte. Unverkennbar drangen Laute der Lust an sein Ohr. Marys Stöhnen kannte er nur zu gut. Sie war beim Sex schon immer laut gewesen. Bei der Erinnerung an ihre gemeinsame Anfangszeit muss er plötzlich grinsen. Wie oft hatten Nachbarn sich damals über Marys Lustgeschrei beschwert, als sie noch glücklich in diesem winzigen Appartement mit den papierdünnen Wänden wohnten.

»Oh! Ja!«, hörte er eine männliche Stimme aus dem Schlafzimmer grunzen. Ein glühender Funke Eifersucht nistete sich in sein Herz, und bald fühlte er ein Brennen hinter dem Brustbein, als dieser Funke immer stärker aufflackerte. Carsten fragte sich, warum er sich das immer wieder antat. Er war ein toleranter Mann, aber was zu weit ging, ging einfach zu weit. Das war schon der Dritte diese Woche. Mary war einfach unersättlich. Entschlossen griff er nach dem Türknauf.

Ein langgezogenes Stöhnen ließ ihn innehalten. Mary! Vor Sehnsucht fühlte er sich plötzlich schwach. Hinter dieser Tür befand sich die Liebe seines Lebens. Es tat so weh, mit ihr zusammen zu sein. Der Schmerz wurde mit der Zeit nicht erträglicher und doch waren sie nun bereits seit fünf Jahren ein Paar. Fünf Jahre! Es glich einem Wunder, dass er ihre erste leidenschaftliche Nacht überlebt hatte. Reines Glück vermutlich. Warum auch immer Mary ihn damals verschont hatte, war ihm egal. Letztlich zählte nur, dass sie ihn für hilfreich hielt, quasi für unersetzlich. Sollte sie ihn einmal loswerden wollen, würde er nichts dagegen unternehmen können. Sie schien ihm in allen Dingen überlegen zu sein und er war süchtig nach ihr, das konnte er nicht abstreiten. Aus eigenem Willen würde er sich niemals von ihr trennen. Er wusste, dass seine Sucht nach ihr auch an dem lag, was sie ihm jedes Mal schenkte, wenn sie zusammen waren. Das süße Gift machte ihn schwindelig und berauschte ihn. Er konnte sich vorstellen, weshalb die Männer ihr verfielen, sich nicht wehrten, auch wenn sie spüren mussten, dass es mit ihnen zu Ende ging. Aber das war nicht sein Problem. Darüber wollte er sich nicht auch noch den Kopf zerbrechen. Er hatte genug damit zu tun, die Überreste von Marys Leidenschaft zu beseitigen und dafür zu sorgen, dass sie und ihre Taten unentdeckt blieben.

Mary aalte sich unterdessen in ihrer Lust. Dieser Kerl unter ihr war sehr gut bestückt. Endlich mal einer, der sie befriedigen konnte. Deshalb ließ sie ihn so lange gewähren, länger als die meisten. Sie war eine Halbdämonin und hatte zu ihrem Glück das Äußere eines Menschen geerbt, ein sehr attraktives Äußeres, wie ihr immer wieder bestätigt wurde. Ihre dämonischen Eigenschaften verbargen sich hervorragend in ihrem Inneren und traten nur zutage, wenn sie es zuließ. Ihr Giftstachel, der in ihrem Vaginalkanal saß, zuckte bereits verräterisch, wartete nur darauf, sich in das geschwollene

Geschlechtsteil ihres Partners zu rammen und ihn damit zu lähmen. Es gelang ihr ganz gut, das Gift so zu dosieren, wie sie es für ihr perfides Spiel brauchte. Sie ließ ihre Opfer solange am Leben, bis ihre Gier gestillt war. Carsten bekam als ihr Mann und nützlicher Gehilfe jeden Tag eine kleine Dosis davon verabreicht, allerdings durch ihren Speichel. In ihrem Mund befanden sich ebenfalls giftige Klauen, deren Drüsen sie es verdankte, ihren Appetit stillen zu können. Mit nur einem Biss injizierte sie ein Sekret in den Blutkreislauf ihre Opfer, das deren Innereien auflöste und zu einem köstlichen Brei werden ließ, den sie dann genüsslich aus ihnen heraussaugte. Carsten hatte sich geekelt, als sie ihm davon erzählte. Aber was wusste er schon! Menschliche Nahrung kam nicht einmal ansatzweise an diesen delikaten Mix heran. Wenn Mary ans Fressen dachte, wurde sie noch erregter. Und so, wie sie gerade stöhnte, musste ihr Appetit furchtbar sein. Der Giftstachel schoss heraus und hätte ihren Liebhaber beinahe erwischt. Der holte in dem Moment zu einem heftigen Stoß in ihre bereits vor Lust triefende Vagina aus, was ihn um Haaresbreite entkommen ließ. Sie lächelte amüsiert. Glück gehabt, mein Lieber. Sie beugte sich vor, küsste ihn leidenschaftlich und ließ dabei reichlich Speichel fließen. Angereichert mit ihrem dezent dosierten Gift, bescherte es ihm ein Rauschgefühl ähnlich einer Droge. Ihre Lover starben glücklich. Immerhin! Jetzt rutschte sie auf seinen Schwanz, hob ihr Becken und ritt ihn sanft, dann fester. Er stöhnte laut und schwitzte so sehr, dass allein der Duft seiner Pheromone sie in einen rauschähnlichen Zustand versetzte. Noch zögerte sie es hinaus, ihn aufzuspießen, zog den Stachel zurück in ihren Unterleib, doch lange würde sie es nicht mehr aushalten. Er roch einfach zu verlockend und das Hungergefühl nagte an ihr wie ein Raubtier an einem Kadaver.

Carsten atmete tief durch und öffnete mit einem Ruck die Tür. Er starrte direkt aufs Bett. Marys langes braunes Haar verdeckte das Gesicht des Mannes, der unter ihr lag: Marys Lover. Carsten sah nacktes Fleisch, ihren schlanken und seinen sehnigen, behaarten Körper. Schweißperlen glitzerten auf ihrem Rücken. Der Geruch nach Sex verschlug ihm den Atem.

Mary wandte sich ihm zu, die Augen glänzend, wie im Fieber. Ponyfransen klebten verschwitzt an ihrer Stirn. Die Lippen schimmerten rot und feucht, so anziehend, dass es schmerzhaft in seinen Lenden zog. Sie erschien ihm wie ein Raubtier, das über seiner erlegten Beute hockte, und genau das war sie.

Carsten räusperte sich. Der Mann, der auf dem Bett lag, schien vor Schreck erstarrt. Oder hatte sie es schon getan? War er bereits über die Grenze gegangen und im Begriff, sich wortwörtlich aufzulösen? Die meisten Männer, die noch bei Verstand waren, fühlten sich ertappt, wenn sie ihn sahen. Immerhin war er ihr Mann, wer konnte es ihnen also verdenken, dass sie sich unwohl fühlten, während er einfach so ins Zimmer platzte? Sie konnten nicht wissen, dass ihre Anwesenheit ihn schützte, dass er ohne sie längst eins ihrer Opfer geworden wäre.

»Bist du fertig mit dem?«, fragte er endlich, mühsam die Vorwürfe unterdrückend, die ihm auf der Zunge lagen. »Dann könnte ich ihn gleich mitnehmen. Ich kann nicht länger warten und ich weiß ja, dass du es nicht gerne hast, wenn sie so lange hier rumliegen.«

»Gib mir noch fünf Minuten«, bat Mary und setzte die stoßenden Bewegungen ihres Beckens fort.

Mary störte es sehr, dass Carsten sie so drängte. Sie wollte genießen, wollte sich an dem Anblick des Opfers weiden, wenn es ihren Stachel zu spüren bekam. Es war immer wieder erregend, in die Gesichter derjenigen zu sehen, die sie durchbohrte. Sie waren so wunderbar ahnungslos und spürten nur für Sekundenbruchteile den Schmerz, bis die Wirkung des Giftes einsetzte. Auch dieser hier riss vor Verwunderung die Augen auf. Sein Schwanz steckte tief in ihr, als sie ihn mit dem Stachel aufspießte und ihr Gift in ihn spritzte.

»Was ...?«, mehr brachte er nicht heraus. Sie küsste ihn rasch und verabreichte ihm eine weitere Dosis giftigen, betäubenden Speichels. »Nur ruhig, mein Lieber.«

Der Zersetzungsprozess hatte begonnen und schritt nun unaufhörlich voran. Alles, was sie für ihn tun konnte, war, ihn abzulenken. Sein Schwanz war immer noch hart und zum Reiten geeignet. Er würde nie erfahren, was ihm zugestoßen war, würde seine blutende Männlichkeit nicht zu Gesicht bekommen. Das Gift zersetzte nur die Innereien, erst später ging es auf die Muskeln und Knochen über. Deshalb mochte sie es nicht, dass die Leichen lange herumlagen, wenn sie sich genommen hatte, was sie von ihnen wollte. Sie konnte Carstens Unmut verstehen. Er war es, der die Schweinerei hinter ihr aufräumen musste. Carsten, der ihr so viele Jahre lang treu war, der für sie sorgte und sich um ihre Angelegenheiten kümmerte. Sie würde dafür sorgen, dass er für immer bei ihr blieb. Er war sowieso längst süchtig nach ihrem Gift.

Carsten schloss leise die Tür. Fünf Minuten konnte er noch warten. Er schwitzte nur so erbärmlich unter dem Schutzanzug aus Kunststoff. Da er gleich einen offiziellen Termin beim Bürgermeister und keine Zeit zum Umziehen hatte, musste er diese Vorsichtsmaßnahme ergreifen. Hoffentlich genehmigte die Stadt ein weiteres Feld für seinen Tierfriedhof. Der Bereich, der ihm momentan zur Verfügung stand, wurde allmählich zu klein. Neben oder direkt bei Bello und Mieze hatte er noch ein paar andere Körper zu verscharren, die ebenfalls verwesen mussten. Alles, bis auf die Knochen, wurde von Marys Gift während vierundzwanzig Stunden zersetzt, aber das Skelett eines Menschen war immer noch sperrig.

Das Messer lag locker in Carstens Hand und er spielte damit herum, weil ihm langweilig war. Normalerweise brauchte er es nicht, aber man konnte nie wissen. Einmal hatte es einer von Marys Lovern, wie er sie nannte, fast bis zur Haustür geschafft. Unglaublich, was ein menschlicher Körper so alles aushalten konnte. Seitdem schloss Carsten vorsichtshalber ab. Aus Fehlern lernt man schließlich.

Er sah auf die Uhr. Langsam wurde es Zeit. Außerdem bekam sein Anzug Schweißflecken, wenn er nicht bald aus dem Plastik herauskam. Was sollte der Bürgermeister nur von ihm denken?

Mary spürte, dass der Schwanz in ihr an Stand verlor. Wie ärgerlich. Sie war noch nicht gekommen, sondern lediglich kurz davor gewesen. Carsten hatte so sehr gedrängelt, dass sie mal wieder um ihren Spaß betrogen wurde. Sie fragte sich, ob wenigstens der Zersetzungsprozess schon weit genug fortgeschritten war. Die Verdauungssäfte, die sie ihm über den Mund verabreicht hatte, müssten ihre Arbeit weitgehend getan haben. Hoffentlich. Sollte sie den Leib zu früh öffnen und nur halb Verdautes vorfinden, würde sie das Carsten nicht so schnell verzeihen. Fressen war ihr noch wichtiger als ein Orgasmus. Den musste ihr lieber Mann ihr später sowieso noch ersetzen. Lächelnd dachte sie an Carstens geschickte Finger und seine flinke Zunge. Aber sein Schwanz war das Beste an ihm. Deshalb hatte sie ihn damals auch nur schlafen gelegt und nicht gefressen. So ein Prachtteil wollte sie sich öfter gönnen, denn es erreichte Stellen, wo andere Männer nie hinkamen. Die Natur hatte ihn mehr als gut ausgestattet, zumindest im unteren Bereich.

Die Unruhe und der Gedanke daran, dass Carsten draußen wartete, trieb sie dazu, den Leib ihres Bettgenossen endlich zu öffnen. Eine ihrer Giftklauen, die sie praktischerweise ausklappen konnte, reichte dafür völlig. Sie riss einen Streifen entlang der Linea alba auf, die bei diesem Exemplar adrett behaart war. Der Streifen Haare führte zu einem formvollendeten Busch, der seinen Penis umhüllte. Sie mochte keine Haare im Intimbereich, aber bei ihren kurzen Bekanntschaften sah sie schon mal darüber hinweg. Der Geruch der zersetzten Innereien drang ihr in die Nase. Für sie war es das Köstlichste, das es gab. Carsten hatte sich hingegen schon beinahe neben ihr übergeben, als er mal wieder einfach so ins Zimmer gekommen war. Eine Unart, die sie ihm eigentlich abgewöhnen sollte. Sie zog die Giftklauen in ihren Kiefer zurück und leckte sich genüsslich die Lippen. Dem Festmahl stand nichts mehr im Wege. Während sie mit den Händen den Riss in seinem Leib auseinanderzog, vergrub sie ihr Gesicht in seinem Bauchraum, der angefüllt war mit köstlichem Brei. Schluckend und schlürfend nahm sie die braune Masse in sich auf. Ab und zu fühlte sie noch Stückchen von Organen, die sich nicht vollständig aufgelöst hatten, was sie ärgerte. Sie mochte es sämig, nicht zu dünn und schon gar nicht klumpig.

Wut auf ihren Mann wallte in ihr auf, wurde dann aber von dem Drang zu fressen übertrumpft. Immer tiefer schob sie ihr Gesicht in die warme Bauchhöhle des Mannes, dessen Haut nun zu beiden Seiten aufgeklappt war wie ein Buch. Zum Glück konnte sie die Nahrung schnell aufnehmen, denn sie wollte nichts vergeuden - egal, wie eilig Carsten es hatte. Jeder Mensch schmeckte ein wenig anders, je nachdem wie er sich ernährte, welches Alter und welches Geschlecht er hatte. Dieser hier war köstlich, offenbar gesund und sportlich. Sie schmeckte die Leber heraus, als sie wieder auf ein Stückchen biss. Das Gemisch bestimmte den Geschmack. Fehlte etwas, merkte sie es sofort. Wenn jemandem die Gallenblase herausoperiert worden war, schmeckte der Brei zum Beispiel sehr fad. Aber bei diesem war alles bestens. Ihr Magen wölbte sich bereits unter der Last des üppigen Mahls. Das Völlegefühl würde sie jedoch nicht lange begleiten. Da die Nahrung vorverdaut war, ging die Weiterverarbeitung recht schnell. Ihr Organismus arbeitete anders als der eines Menschen. Sie war eine gute Futterverwerterin.

Hinter der Tür war es seit mehreren Minuten ruhig. Deshalb wagte Carsten es noch einmal, sie zu öffnen. Vorsichtig spähte er durch den Spalt.

Na endlich!

»Eins sage ich dir«, begann er leise zu schimpfen, während er das Laken um den geöffneten Körper zusammenraffte, »das war der Letzte für diese Woche. Ich weiß ja gar nicht mehr, wo ich die Typen verschwinden lassen soll! Noch mehr Beisetzungen nimmt mir doch keiner ab und Schnüffler können wir nicht brauchen.«

Mary kniete sich auf die bloße Matratze und sah Carsten verträumt an. Diesem Blick konnte er nie lange widerstehen. Er küsste sie leidenschaftlich, bis ihm sein Termin einfiel. Verdammt! Er hatte keine Zeit. Ein letzter Abschiedskuss, der wie immer den Nachgeschmack ihres Giftes enthielt, dann wuchtete er den eingewickelten Körper auf seine Schulter und hoffte, dass der weitere Zersetzungsprozess nicht so schnell vonstattenging.

»Und nächstes Mal such dir gefälligst einen Kleineren aus«, fluchte Carsten, bevor er das Schlafzimmer schwankend verließ.

Mary sah ihm traurig nach. Sie war nie gern allein, und ihr Mann hatte immer so wenig Zeit. Jetzt ging er schon wieder weg. Schmollend räkelte sie sich auf der Matratze, die noch warm war. Sie roch sogar nach ihm, diesem Kerl, mit dem sie gerade so geil gevögelt hatte. Wie hieß er noch? Eigentlich schade, dachte sie. Hätte

Carsten nicht so gedrängelt, hätte sie noch eine Weile Freude mit ihrem neuen Lover haben können.

Mary leckte sich die letzten Reste ihres Lovers vom Gesicht, griff zum Laptop und rief ihre Lieblingsseite auf. Dort fand sie immer wieder dankbare Opfer. Das Internet war voll von Männern, die gern auf eine schnelle Nummer vorbeikamen. Carsten würde erst am Abend zurück sein. Was sollte sie denn die ganze Zeit ohne ihn tun? Also bezog Mary das Bett neu und duschte ausgiebig. Dann machte sie es sich gemütlich und loggte sich auf der Dating-Plattform ein.

Aufhören!

Tom hatte starke Schmerzen und er wusste, dass die Quälerei noch nicht zu Ende war. Schweiß stand ihm auf der Stirn. Der grelle Scheinwerfer, der über ihm eingeschaltet worden war, machte es nur schlimmer. Seine Hände krallten sich Halt suchend an die Armlehnen des Stuhls, auf den er sich hatte setzen müssen. Er hasste diesen Stuhl! Der Stoff seiner Hose fühlte sich am Gesäß bereits feucht an. Im Moment war er allein, aber er war sich sicher, dass die beiden Frauen gleich zurückkommen würden. Einerseits sehnte er das Ende seiner Qualen herbei, andererseits hatte er so große Angst wie nie zuvor in seinem Leben. Sein Kopf schien zu glühen. Der Schmerz pochte stark und rücksichtslos. Nervös rutschte er auf dem verhassten Stuhl hin und her.

Sollte er versuchen abzuhauen? Das grelle Licht des Scheinwerfers blendete ihn. Er konnte noch nicht einmal sehen, wo sich der Ausgang befand.

Mist!

Aber es hätte sowieso keinen Sinn. Er musste sich dem Unabwendbaren stellen.

Als Tom hörte, wie die Tür geöffnet wurde, blieb ihm beinahe das Herz stehen. In der Erwartung neuer Folterqualen verkrampften sich seine Muskeln. Die beiden Frauen redeten leise miteinander, doch er verstand ihre Worte kaum. Das Blut in seinen Ohren rauschte viel zu laut. Sein Mund war schlagartig trocken und ein klägliches Wimmern drang ohne Erlaubnis aus seiner Kehle. Er erkannte nur Schemen, die sich bewegten, keine Gesichter. Die eine Frau blieb außerhalb seines Blickfeldes und verharrte seitlich neben seinen Kopf. »Aber, aber, wer wird denn so nervös sein?«, fragte die andere vor ihm. In diesem Moment hätte er ihr alles gegeben, was sie wollte, nur damit der Schmerz aufhörte und sie ihn endlich in Ruhe ließ. Tom schämte sich dafür, dass er so schwach war, schließlich war er ein Mann.

Panisch registrierte er, wie die Frau etwas von einem kleinen Tisch nahm. Neben sich hörte er ein furchteinflößendes Geräusch und seine Nackenhaare stellten sich auf. Der Stuhl neigte sich nach hinten. Tom war nahe daran, hysterisch zu werden.

»Bitte nicht!«, rief er in höchster Not.

»Erst so lange warten und sich dann so anstellen«, gab die Frau vor ihm gereizt zurück.

»Die Spritze müsste jetzt aber wirken. Den Mund mal schön weit aufmachen!«

Er schluckte noch einmal trocken und ergab sich dann in sein Schicksal. Wenn er diese Zahnschmerzen nicht länger ertragen wollte, musste er da jetzt wohl durch.

Dark Rose

Lilli räkelte sich vor der Kamera. Sie wusste genau um die Wirkung jeder einzelnen Pose. Lächelnd präsentierte sie ihr hübsches Gesicht ganz nah vor der Webcam, sodass die anonymen Spanner vor ihren PCs ihr aufwendiges Augen-Make-up bewundern konnten. Ihr Markenzeichen waren sowohl die tiefschwarz umrandeten Augen als auch die filigranen Malereien bis hoch zu ihren Schläfen. Die Farbe ihrer Iris war beinahe schwarz, sodass man die Pupillen kaum unterscheiden konnte, was ihre düstere Ausstrahlung noch unterstrich. Als Kontrast dazu schminkte sie sich das Gesicht immer sehr hell und die Lippen blutrot.

»Dark Rose« lautete Lillis Künstlername im Netz.

Jetzt zog sie sich auf ihre kleine Couch zurück, die mit einem glänzenden Seidenlaken bedeckt war. Zu der eng geschnürten Korsage trug sie zerrissene Netzstrumpfhosen. Lasziv räkelte sie sich, streckte ihren kleinen, runden Hintern Richtung Kamera und warf einen Blick über die Schulter.

Genau diese Position mochte einer ihrer treuesten Fans am liebsten, und sie hatte seinen Namen bereits auf der Liste der Zuschauer am heutigen Abend entdeckt. Er nannte sich »Schattenmann«, was für sie ziemlich geheimnisvoll klang. Ein paar Mal hatten sie sogar schon gechattet.

Lilli drehte sich auf den Rücken, öffnete ihre Schenkel und fuhr sich mit der Hand liebevoll in den Schritt.

Den Zeigefinger der anderen Hand steckte sie sich mit Unschuldsmiene in den Mund und saugte daran, während sie ihr Becken bewegte. Unauffällig schielte sie auf die Uhr. Noch fünf Minuten, dann war die öffentliche Webcam-Session vorbei und die Kerle, die sie dann noch sehen wollten, mussten etwas tiefer in die Tasche greifen. Sie war gespannt, ob der Schattenmann wieder einer der ersten war, der mit ihr plaudern wollte.

Lilli drehte sich auf die Seite, eine Hand immer noch im Schritt. Dazu stöhnte sie ausgiebig, machte Stoßbewegungen und schloss ihre Augen. Gleich war dieser Teil geschafft und sie hoffte, wenigstens ein paar der Kerle so heiß gemacht zu haben, dass für sie ein wenig Umsatz heraussprang.

Schließlich drückte sie den Knopf, der das Ende ihrer kleinen Show einleitete. Die Zuschauer bekamen jetzt die Details für den weiteren Ablauf mitgeteilt. Siebzig Prozent würden nun einfach weiterschalten und sich eine ihrer Kolleginnen anschauen.

Ein Nachrichtenzeichen blinkte. Es war tatsächlich der Schattenmann und ihr Herz machte vor Freude einen Hüpfer.

»Gute Show«, hatte er geschrieben und sie bedankte sich artig.

»Kann ich was für dich tun?«

»Zeig mir deine Muschi aus der Nähe.«

Sie seufzte. Das wollte er fast immer, aber er schrieb nie »Fotze«, obwohl das in ihrem Gewerbe das gebräuchlichere Wort war. Sie zog den winzigen Slip herunter, richtete die Kamera aus und zeigte ihm ihre saftige, rosa Spalte mit den beiden schön gewölbten Schamlippen. Ohne noch einmal zu fragen, zog sie diese auseinander und gewährte ihm einen noch tieferen Einblick. Ihr Finger kreiste um ihr Fickloch, ein Schleimfaden zog sich verlockend daran entlang.

»Geil«, kommentierte der Schattenmann.

Aus einer Laune heraus antwortete sie: »Möchtest du mich mal live sehen?« Das bot sie selten an und vermutete, dass er nein sagen würde, denn die meisten trauten sich so etwas nicht, wichsten lieber anonym am PC. Es dauerte lange, bis sie eine Antwort erhielt.

»Gerne, wenn ich darf«, kommentierte er ihr Angebot.

Lilli überlegte und nagte dabei an ihrer Unterlippe, bis ihr einfiel, dass sie den Lippenstift ableckte. Wollte sie das Treffen wirklich?

»Wie viel zahlst du?«, fragte sie frech und nahm an, ihn damit endgültig zu vergraulen.

»Hundert Euro. Reicht das?«, kam prompt die Antwort.

Lilli grinste. Fürs Gucken würde es allemal reichen. Sie gab ihm die Adresse.

Der Schattenmann hieß im wirklichen Leben Alexander, war achtundzwanzig Jahre alt, Single und ziemlich schüchtern. Seit Wochen sah er sich jeden Abend die Show von Dark Rose im Netz an und hatte schon unzählige Male auf ihr Bild gewichst. Ab und zu redete diese geile Frau sogar mit ihm. Natürlich nur am PC, per Tastatur, aber das war immer das Highlight seines Tages.

Die heutige Show war wieder megageil gewesen und sein Schwanz spannte wie verrückt. Ihre Einladung war so plötzlich gekommen, dass er an einen Scherz glaubte. Offenbar meinte sie es aber doch ernst, wenn sie eine Bezahlung verlangte. Das war es ihm wert.

Alexander lehnte sich zurück und wichste ausgiebig. Das fehlte ihm noch, dass ihm vor seiner Traumfrau spontan einer abging. Wie sie wohl in echt war? Er keuchte vor Aufregung und fragte sich, wie sie roch. Ob er sie anfassen durfte? Seine Knie wurden weich bei dem Gedanken an ihre süße kleine Muschi, die er sich so gerne ansah, auch wenn seine Gebühren dadurch exorbitant in die Höhe schossen. Wie oft hatte er die Finger auf den Bildschirm gelegt, wenn sie sich ihm präsentierte? Wie oft hatte er sogar über ihr Bild geleckt? Das war ihm im Nachhinein peinlich, aber was sollte er machen. Er hatte keine Freundin und war von den Frauen schon oft enttäuscht worden. Dark Rose war bestimmt anders. Er machte sich auf den Weg zu ihr.

Während Lilli auf den Schattenmann wartete, chattete sie mit anderen Usern. Darunter befand sich auch ein Mann, der sich wünschte, Dark Rose einmal in Aktion zu erleben. Er bot ihr eine hohe Summe, wenn sie es vor seinen Augen mit einem anderen Kerl treiben würde. Für Geld machte Lilli fast alles und bei dem Betrag konnte sie unmöglich ablehnen. Außerdem schlug sie damit zwei Fliegen mit einer Klappe. Der Schattenmann würde bezahlen und der Spanner ebenfalls. Sie konnte es sicher so arrangieren, dass ihr Verehrer gar nicht mitbekam, dass er gefilmt wurde. Lächelnd sagte sie dem User zu, der sich »kommt gerne« nannte. Dann überprüfte sie die übrigen Anfragen, verdiente noch schnell einen Zehner, indem sie ihren Arsch in die Kamera hielt, die Backen auseinanderzog und dem User ihr hinteres Löchlein zeigte.

Gut gelaunt ließ sie wenig später den Schattenmann in ihr kleines Appartement. Er sah aus wie ein schüchterner Schuljunge: groß, schlaksig, mit Brille und schon lichter werdendem blondem Haar.

»Komm doch rein«, forderte sie ihn mit ihrer erotischsten Stimme auf. Sie merkte sofort, wie angespannt er war, und setzte hinzu: »Keine Angst. Ich beiße nicht.«

Sie holte etwas zu trinken für sie beide und bat ihn auf die Couch, die er bereits aus dem Livestream kannte. Dann sah sie unauffällig nach, ob die Kamera richtig eingestellt war, und zwinkerte dem User zu, der sie, wie sie wusste, beobachtete.

Das Gespräch plätscherte dahin und Lilli sah ein, dass sie die Zügel übernehmen musste. Offenbar hatte der Schattenmann keine Erfahrungen. Sie nahm seine Hand und zog sie zwischen ihre Schenkel.

»Ich weiß, wie sehr du auf meine Muschi stehst«, flüsterte sie und vermied ebenfalls das böse Wort Fotze. Mit offenem Mund sah er sie an.

»Fass ruhig mal hin, du bist schließlich einer meiner treuesten Zuschauer!«, ermutigte sie ihn.

Seine Finger schoben ungeschickt den Seidenslip zur Seite, den sie wieder angezogen hatte. Obwohl er nicht gerade sanft war, bog sie sich ihm entgegen, seufzte und sah ihm tief in die Augen.

Alexander konnte sein Glück kaum fassen. Er war tatsächlich hier bei seiner Traumfrau und durfte sie nicht nur berühren, sondern sogar fingern. Das hätte er im Leben nie für möglich gehalten. Sie fühlte sich so gut an, warm und geschmeidig, als wäre ihr Innerstes mit Samt ausgekleidet. Er schob seinen Finger tiefer und ließ ihn kreisen, was ihr kleine Seufzer entlockte und ihn anmachte. Sein Schwanz pulsierte wild in seiner Hose, gebärdete sich wie ein Tiger im Käfig. Sein Mund war ausgetrocknet, weil alle Flüssigkeit sich auf dem Weg abwärts befand. Er genoss dieses unbeschreibliche Gefühl, in ihr zu sein und ihr Lust zu bereiten.

»Ich will dich ficken!«, stieß er heiser hervor und hätte sich gleich dafür ohrfeigen können. Die Worte waren einfach unbedacht herausgekommen. Bevor er sich entschuldigen konnte, nickte sie. Ihr rot geschminkter Mund lächelte ihn aufmunternd an.

»Warum tust du es dann nicht?«

Sobald die Information sein Gehirn erreicht hatte, zog er den Finger aus ihr und zerrte sich die Hose vom Leib. Lilli erhaschte einen Blick auf seinen prachtvollen Schwanz. Er war schön gerade und groß. Darauf stand sie total.

Auffordernd öffnete sie die Schenkel. Unbeholfen riss er ihren Slip herunter, legte sich auf sie und begann, sie zu ficken.

Der Mann starrte auf den Bildschirm. Eine Blondine lutschte ihm den Schwanz, während er sich ansah, wie dieses Tier seine kleine Dark Rose fickte. Sicher, so lautete sein Auftrag, aber er hoffte, dass bald der zweite Teil seines Plans in Kraft trat, denn das konnte er sich nicht mehr lange mit ansehen. Seine unschuldige, reine Stute und dieser … ihm fehlten die Worte. Grob stieß er die Blondine von sich, die auf ihrem Hintern landete. »Jetzt nicht!«, schrie er sie an.

Die Tür des Appartements flog auf und sowohl Lilli als auch der Schattenmann zuckten erschrocken zusammen. Zwei Männer, dunkel gekleidet und mit schwarzen Skimasken über den Köpfen, stürmten in den Raum. Sie rissen das Paar brutal auseinander. Lilli rutschte zur Seite und machte sich in einer Ecke der Couch so klein, wie es ihr möglich war. Einer der Vermummten warf den nackten Alexander über die Lehne, sodass er Lilli ansehen konnte, wenn er den Kopf hob. Dann strich der Maskierte beinahe liebevoll über die nackten Arschbacken vor sich, holte aus und hinterließ einen roten Handabdruck auf der weißen Haut.

Alexander schrie auf. Er war so geschockt, dass er kaum reagieren konnte. Der zweite Mann hielt ihm eine Webcam vor die Nase. Jetzt war ihm klar, dass er aufgenommen wurde.

Als seine Arschbacken brutal auseinandergerissen wurden, konnte er sich vorstellen, was jetzt gefilmt wurde. Verzweifelt sah Alexander zu Lilli hinüber, die zusammengekauert keinen Meter von ihm entfernt saß. Gerade wollte er sie fragen, was hier los war, da fühlte er, wie sein Anus mit etwas Kaltem eingerieben wurde.

Ein Gegenstand fuhr in das Loch, durchstieß den Muskel und bohrte sich unaufhaltsam in ihn hinein. Vor Schreck und Schmerz blieb Alexander die Luft weg.

Der Mann vor dem Bildschirm packte die Blondine brutal an den Haaren und zog sie vom Boden zurück zwischen seine Beine. Auffordernd streckte er ihr seinen schlaffen Schwanz hin. Während er auf dem Bildschirm verfolgte, wie seine Mitarbeiter den Kerl vor der Kamera mit einem Spezialgerät bearbeiteten, hielt er sein Fickstück an der Mähne gepackt und zerrte ihren Kopf rhythmisch hin und her. Das Spezialgerät, ein kleiner Dildo, der dem Freier eingeführt worden war, besaß an der Spitze rotierende Messer und hinten einen Antrieb, der ihn immer tiefer in den Körper eindringen ließ, zumindest solange er nicht auf Knochen stieß. Die Szene machte den Mann am Bildschirm so geil, dass seine Maulhure gleich ordentlich was zu schlucken bekommen würde.

Alexander fühlte, wie irgendetwas in ihn eindrang. Er verkrampfte sich und erhielt einen heftigen Schlag auf den Hinterkopf.

»Das Ding schneidet dich von innen auf«, teilte der Maskierte ihm mit. Alexander meinte, in seinen Augen ein belustigtes Funkeln zu erkennen. »Das macht Hackfleisch aus deinen Innereien.«

»Warum? Ich habe nichts getan!«, würgte Alexander hervor.

Dark Rose war zu ihm gerutscht und hielt seinen Kopf. Sie streichelte sein Gesicht und seine Haare, flüsterte ihm Sachen ins Ohr, die er nicht wirklich wahrnahm. Er glaubte, Haut reißen zu fühlen. Sein Bauch wurde brutal gegen die Lehne der Couch gepresst. Seine Beine suchten Halt und stemmten sich dem Boden entgegen. Unerbittlich drang das Ding in ihm tiefer, schien zu vibrieren und ihn aufzuschlitzen. Feuchtigkeit rann aus seinem Rektum und lief seine Schenkel entlang. Nachdem der erste Schmerz abgeebbt war, empfand Alexander zu seinem eigenen Erstaunen eine gewisse schmerzhafte Lust an der Sache.

Die Frau hielt seine Hände, küsste seine Finger und versicherte ihm, dass alles gut werden würde. Er entspannte sich zusehends und genoss beinahe die Erregung, die durch das stetige Brummen in ihm ausgelöst wurde. Er musste an einen Motor denken, vielleicht handelte es sich um einen dieser Dildos, die mit Batterien betrieben wurden. Vielleicht war alles gar nicht so schlimm, wie es sich zuerst angefühlt hatte. Die Worte des Mannes, der ihm das Gerät eingeführt hatte, blendete er einfach aus.

Dark Rose wusste nicht, was in ihrem kleinen Appartement vor sich ging, doch sie hatte gelernt, sich jeder Situation schnell anzupassen. Für sie war es schon immer lebenswichtig gewesen, zu erkennen, wo ihr Vorteil lag und wie sie sich verhalten musste, um ihn auszunutzen. Sie ahnte, dass jemand diesen Coup in Auftrag gegeben hatte, und als sie die Webcam sah, war ihr klar, sie würde nur mit dem Leben davonkommen, wenn sie mitspielte. Allerdings konnte sie nur raten, was der Auftraggeber von ihr erwartete. Er wollte den Schattenmann offenbar leiden sehen. Dass dieser lebend hier herauskam, wagte sie zu bezweifeln. Doch hier ging es nicht um ihn, sondern um sie. Vermutlich kannte der Auftraggeber sie aus dem Internet und wollte seine eigene Show mit ihr abziehen. War er etwa eifersüchtig auf den Schattenmann? Sie wünschte, er würde ihr sagen oder schreiben, was er sich von ihr erhoffte, denn dann würde sie seine Anweisungen ohne darüber nachzudenken befolgen. Solange sie selbst mit einigermaßen heiler Haut davonkam, war ihr alles egal. Nur leider gab ihr niemand diese wichtige Gebrauchsanleitung zum Überleben.

Der Mann hatte sich tief im Hals der Frau ausgeschleimt. Er liebte es, wenn sie seinen Schwanz fast hinunterschluckte und sein Sperma gegen ihren Rachen klatschte, sodass sie würgen musste. Natürlich durfte sie nicht kotzen. Das wäre fatal für sie.

Er beugte sich vor und gab einen Befehl in die Tastatur seines Computers ein. Wenige Sekunden später hatten die Männer den Freier anders herum positioniert. Er hing recht grotesk kopfüber mit dem Rücken über der hohen Couchlehne, wobei sich sein Unterleib mit dem stattlichen Schwanz aufreizend hervorstreckte. Das war wirklich ein geiler Anblick. Die Kamera filmte den Penis und die Eier aus der Nähe, während sich sein Körper unter den hektischen Atemzügen hob und senkte. Zu wissen, dass das gewebezerfetzende Gerät derweil im Inneren dieses Kerls sein zerstörerisches Werk verrichtete, machte den Mann zusätzlich an. Wo es sich jetzt wohl befand? Wie lange es noch dauern würde, bis es etwas Lebenswichtiges zerstörte?

Er gab neue Befehle an seine Männer weiter. Da er bemerkt hatte, dass die kleine Nutte auf seiner Seite war, ließ er ihr das Messer überreichen. Ob sie schon mal einen Kerl kastriert hatte? Wenn sie sich geschickt anstellte, würde er sie vielleicht am Leben lassen. Immerhin hatte er ihr immer gern zugesehen, wenn sie sich vor der Kamera räkelte.

Dark Rose starrte das Messer an, das einer der Vermummten ihr übergeben hatte. Was damit zu tun war, konnte sie sich denken. Ihr wurde übel. War sie überhaupt dazu in der Lage, so etwas zu tun? Der kleinere Mann filmte weiterhin, während der Große abwartend dastand. Würde sie es nicht machen, wäre das ihr Ende und dem Schattenmann würde es noch nicht mal nützen, denn dass der große Kerl ihren Part gerne übernehmen würde, sah sie ihm trotz der Maske an.

Also erhob sie sich mit hölzernen Bewegungen, die in keiner Weise an ihre sonstige Geschmeidigkeit erinnerten, und trat auf den nackten Körper zu, der rücklings über der Couchlehne hing. Die Hüftknochen standen hervor, während der Unterleib eingesunken wirkte. Der Typ gab ab und zu ängstliche Schluchzer von sich und wimmerte, als sie seinen schlaffen Schwanz packte und hochzog. Sie hatte sich dafür entschieden, es wenigstens schnell hinter sich zu bringen, damit er nicht so lange leiden musste.

So leicht, wie sie gedacht hatte, ließ sich der Schwanz aber doch nicht abschneiden. Hatten die Kerle ihr etwa ein stumpfes Messer gegeben? Der Schattenmann kreischte schrill auf, als sie an seinem besten Stück herumsäbelte, daran riss, um es endgültig von seinem Leib zu trennen. Er bäumte sich auf, um nach ihr zu greifen und sie wich im letzten Augenblick zurück. Schwarze Tränen liefen ihr die Wangen hinunter und verschmierten ihr kunstvolles Make-up. Irgendwann war es geschafft und sie hielt das wabbelige Stück Fleisch in der Hand, sah ratlos und schwer atmend in die Kamera.

Der größere Maskierte stieß sie an, deutete auf den blutverschmierten Unterleib und schnippte gegen einen Hoden, als sie nicht begriff. Der Schattenmann lag so still da, als wäre er ohnmächtig geworden, was ihm zugutekommen würde, dachte sie. Wenn er nicht bei Bewusstsein war, würde er nichts von den weiteren Verstümmelungen mitbekommen. Als sie nach dem Hodensack griff, tropften Urin und Blut aus der Wunde auf ihre Hand. Fasziniert starrte sie auf das Loch, das sie selbst verursacht hatte, ein sprudelnder, kleiner Quell. An dieser Stelle hatte einmal sein Schwanz gesessen. Es war wirklich schade um dieses Prachtstück.

Sie setzte das Messer an die dünne Haut, wobei ihr wieder einfiel, wie stumpf die Klinge war.

»Habt ihr kein anderes Messer?«, fragte sie, gegen den Würgereiz ankämpfend. Wenn sie ihm die Eier mit diesem stumpfen Ding absäbeln musste, wusste sie nicht, ob sie das durchstehen konnte. Der Maskierte schüttelte den Kopf und gab ihr zu verstehen, dass sie weitermachen sollte, während der Kameramann die Position wechselte, um das Geschehen besser im Bild zu haben.

Dark Rose atmete tief durch und begann dann zu schneiden oder besser gesagt zu sägen, denn es war alles andere als leicht, das zarte Gewebe zu durchtrennen. Sie zog den Hodensack straff nach unten, um die Haut zu spannen und es schneller hinter sich zu bringen.

Alexander tauchte aus der Schwärze auf, die ihn gerade noch gnädig umfangen hatte. Es konnte sich nur um einen Albtraum handeln. Ab morgen würde er keine Pornoseiten mehr ansehen, das schwor er sich.

Ein rasender Schmerz durchzuckte ihn. Warum hing er mit dem Kopf nach unten?

Er nahm das Brummen in seinem Körper wahr, fühlte weiterhin Feuchtigkeit aus sich herausfließen, als hätte er den schlimmsten Durchfall seines Lebens, und nun riss auch noch etwas oder jemand an seinem besten Stück. Bevor ihn kräftige Hände wieder abwärts drückten, erhaschte er einen Blick auf seinen Unterleib. Zuerst konnte er gar nicht sagen, was damit nicht stimmte, denn alles schwamm in roter Flüssigkeit, als hätte man eine Flasche Ketchup über ihm entleert. Dann, als er wieder mit dem Kopf nach unten lag und zur Seite sah, kam etwas in sein Blickfeld, dass er nur ungläubig anstarren konnte. Ein rosafarbenes, blutbespritztes Etwas. Es dauerte eine Weile, bis die Erkenntnis in seinem Gehirn Gestalt annahm. Erst Sekunden später wurde ihm bewusst, dass es sich um seinen eigenen Penis handelte. Das Sägen und Zerren an seinem Sack, der vernichtende Schmerz in seinem Inneren, all das wurde zur Nebensache. Das, was dort lag, war sein Schwanz! Kurz bevor er erneut ohnmächtig wurde, landeten seine Hoden ebenfalls auf dem Sitz, nur Zentimeter neben seinem Gesicht.

Der Mann am Bildschirm gab der Blondine Anweisungen. Diese kniete sich nun rücklinks vor ihn und reckte ihren drallen Hintern zu ihm hoch. Mit beiden Händen griff er nach dieser Pracht. Wie himmlisch! Er beugte sich vor und leckte ihre Ritze, zwängte seine Zunge in das pulsierende Fleisch und lutschte gierig an der dunklen Linse ihres lieblichen Hintereingangs. Wie schön das Leben doch sein konnte und wie viele Menschen sich heute Mühe gaben, seine Lust zu stillen. Gleich, wenn das große Finale kam, wollte er tief in seiner Fickstute stecken. Für ihn gab es nichts Befriedigenderes, als einen Orgasmus zu erleben, während vor seinen Augen ein Leben erlosch oder wie in diesem Fall sogar zwei.

Die Maskierten hatten das hübsche Mädchen wie befohlen an den schlaffen Körper des Mannes gebunden, Bauch an Bauch, so stramm, dass kein Blatt Papier zwischen sie gepasst hätte. Die Kleine heulte, jammerte und flehte. Jetzt, da ihre Schminke verlaufen und ihre Miene nicht mehr so aufreizend und gespielt unschuldig wirkte, sah sie aus wie das, was sie tatsächlich war. Seine kleine Stute hatte sich in eine Nutte verwandelt, die sich gegen Geld ficken ließ. Ein Grund, der zu ihrem Todesurteil geführt hatte.

»Es wird noch eine Weile dauern«, sagte der große Mann zum Abschied und überprüfte, ob die Gefesselten in Position gehalten wurden, damit sie nicht aus dem Fokus der Kamera verschwanden. Bei ihrer Ankunft hatten sie die Verbindung zu anderen Usern unterbrochen und nur die zu ihrem Boss freigegeben. Da das kleine tödliche Spielzeug sich nur langsam durch die Eingeweide fraß, hatten sie nicht vor, an Ort und Stelle zu bleiben. Es reichte, wenn sie in ein paar Stunden zum Aufräumen zurückkamen. Zum Glück lag das Appartement in einem Industriegebiet, in dem am Wochenende nichts los war. Niemand würde die Schreie hören, die bald zu erwarten waren. Das Spezialgerät würde sich weiter durch den Körper des Mannes fressen und direkt in den der Nutte übergehen, wo es sie Stück für Stück in Fetzen hacken würde, angefangen von ihrer Bauchdecke, durch ihre Blase und den Darm, die Gebärmutter und allem, was sonst noch im Weg lag. Vermutlich würde es in der Wirbelsäule stecken bleiben, denn durch dicke Knochen drang es nicht hindurch. Der Kleinen stand ein langsamer Tod bevor, es sei denn, sie hatte Glück und das Gerät zerfetzte eine große Arterie. Dann würde sie innerlich verbluten, was weitaus schneller vonstattenging, als wenn der Inhalt ihres durchtrennten Darms sie allmählich vergiftete, denn das konnte mitunter Tage dauern.

»Macht es gut, ihr beiden Süßen!« Mit diesen Worten ließen die Männer die Gefesselten allein.

Lilli, deren Maskerade als Dark Rose sich vollständig aufgelöst hatte, kreischte vor ohnmächtigem Zorn, als die Mistkerle sie an den Schattenmann festgebunden zurückließen. Sie hatte doch alles getan, was von ihr verlangt worden war! Warum taten diese Arschlöcher ihr das jetzt an? Sollte sie ewig hier ausharren, womöglich an der verwesenden Leiche verdursten? War der Kerl überhaupt schon tot oder nur bewusstlos? Konnte sie vielleicht doch noch entkommen?

»He!«, schrie sie ihm direkt ins Ohr, das sich auf der Höhe ihres Mundes befand, aber er rührte sich nicht. Es war widerlich, so eng an ihn gebunden abwarten zu müssen. Warten worauf? Die Säfte seines auslaufenden Körpers benetzten ihre Haut. Womöglich konnte sie sich aus den Stricken befreien, wenn diese glitschig genug waren. Während sie überlegte, wie sie sich befreien konnte, wurde sie auf das Vibrieren in seinem Leib aufmerksam. Was war das? Sie hielt die Luft an und blieb ganz still. Ja, da war deutlich ein Summen, wie von einem elektrischen Gerät. Seine Bauchdecke bewegte sich plötzlich, was sie an ihrer eigenen spürte. Irgendetwas pulsierte darunter, und zwar immer stärker. Lilli hielt erneut die Luft an und zog ihren Bauch nach innen, wollte von ihm und der Gefahr abrücken, die sie intuitiv wahrnahm, aber es ging nicht. Die Männer hatten sie zu eng aneinandergebunden.

Als das erste Messer ihre Haut in Höhe der Scham zerfetzte, schrie Lilli auf. Unaufhörlich fraß sich das Ding in sie hinein, langsam aber stetig. Flüssigkeit trat aus und lief ihr den Unterleib hinunter, vereinigte sich mit seinem Sekret, das sich aus undefinierbaren Bestandteilen zusammensetzte. Ekel und Schmerz gingen einen Bund ein, der ihr den Verstand zu rauben drohte. Etwas zerstörte sie von innen, aber sie wusste nicht, was es war. Und selbst wenn sie es gewusst hätte, wäre es auch egal gewesen, denn sie konnte nichts dagegen tun. Sie würde sterben.

Der Auftraggeber beobachtete auf dem Monitor das von Entsetzen gezeichnete Gesicht der jungen Frau, die er einmal verehrt hatte. Sie war ein so reizendes und reines Geschöpf gewesen. In seinen Gedanken hatte er sie auf ein Podest gestellt und sie wie ein Schuljunge angehimmelt. Dann war ihm zu Ohren gekommen, dass sie User zu sich einlud. Er hatte es nicht glauben wollen, doch als er sie anschrieb und fragte, ob er mal zuschauen dürfte, wenn sie sich ficken ließ, hatte sie nicht entrüstet abgelehnt, wie er es vermutet hätte. Das hatte ihr Schicksal besiegelt.

»Kommt gerne« hatte er sich genannt und da war etwas Wahres dran. Die Blondine vor ihm konnte ein Lied davon singen. Während des Schauspiels auf dem Monitor hatte er all ihre Löcher mit seinem Samen gefüllt. Gerade zog er seinen erschlafften Schwanz aus ihrem Arsch und tätschelte ihr die Backen.

»Lutsch mich sauber«, forderte er sie auf, lehnte sich zurück und verfolgte den finalen Akt. Der Mann hatte es bereits überstanden. Mit erstarrten, toten Augen und offenstehendem Mund ragte er ein Stück über den Kopf der Kleinen auf. Blutiger Speichel benetzte ihr Haar, doch die Flüssigkeit begann schon zu stocken. Ihr Körper dagegen zuckte noch ab und zu, als hätte sie einen Krampfanfall. Leider konnte er ihr Gesicht nicht sehen, da sie es in einem letzten Akt des Selbstschutzes von der Kamera abgewandt hatte. Dieses kleine Miststück! Sie gönnte ihm den Genuss offensichtlich nicht.

Gerade wollte er sich der Frau zu seinen Füßen zuwenden, als sich die Haut im Rücken der Nutte seltsam bewegte, als würde sich darunter etwas Lebendiges regen. Rote Sprenkel benetzten im nächsten Moment die umliegende Haut und dicht neben der Wirbelsäule entstand ein Riss, dann ein Loch, das immer größer wurde. Wie gebannt starrte der Mann auf den Monitor, sah die Wunde, die sich nun öffnete wie die Blüte eine Rose. Das Spezialgerät plumpste unschuldig aus ihrem Körper, um sich sogleich ins Polster zu graben. Was für ein gefräßiges kleines Ding, dachte er belustigt.

»Wir sind für heute fertig«, teilte er der Blondine mit, die erleichtert aussah, als sie sich auf allen Vieren außerhalb seiner Reichweite brachte. Vielleicht würde sie die Nächste sein, die eins seiner Spielzeuge ausprobieren durfte, überlegte er amüsiert. Erst einmal schickte er aber seine Mitarbeiter los, um das gute Stück zu bergen, das seinen Test erfolgreich absolviert hatte. Sollten die Leichen je gefunden werden, hatten die Ermittler zu rätseln, was mit ihnen geschehen war. Zufrieden lehnte der Mann sich zurück, schloss die Augen und ließ den heutigen Abend vor seinem geistigen Auge Revue passieren.

Gut, dass alles aufgezeichnet worden war. Er würde das Filmmaterial zusammenschneiden und seiner privaten Sammlung zuführen, es vielleicht später einmal guten Freunden präsentieren. Wer glaubte schon daran, dass so etwas real passierte?

Das lebende Buffet

Verena hatte den Job angenommen, obwohl ihr Freund Sven dagegen war. Es war schließlich nichts dabei und es gab gutes Geld dafür, das sie dringend brauchten. Sven stellte sich mal wieder an. So langsam nervte sie das.

»Ich geh dann jetzt«, rief sie Richtung Wohnzimmer, in dem er vor dem Fernseher saß. Wahrscheinlich schmollte er immer noch.

»Bis später!«, rief sie lauter. Als weiterhin keine Antwort kam, verließ sie schulterzuckend die kleine Wohnung, in der sie mit Sven schon beinahe ein Jahr wohnte.

Als sie im Auto saß, gab Verena die Adresse, die auf einer Visitenkarte stand, in ihr Navigationsgerät ein. Außerhalb der Stadt kannte sie sich nicht so gut aus und sie wollte pünktlich zu dem Job erscheinen. Die blecherne Stimme aus dem Gerät verkündete ihr, dass sie in dreiundzwanzig Minuten da sein würde. Na, das passte doch perfekt.

Es war früher Abend, aber da es auf den Winter zuging, war es bereits dunkel. Verena bestaunte bald darauf das Anwesen, zu dem ihr Navi sie geführt hatte. Das sah richtig nobel aus!

Das alte Herrenhaus wurde von Bodenscheinwerfern angestrahlt und wirkte dadurch einladend und gemütlich. Verena parkte den Wagen hinter der riesigen Mauer, die das Grundstück einfasste, und suchte den Eingang. Irgendwie kam sie sich in dieser prunkvollen Umgebung etwas fehl am Platz vor.

»Frau Sander?« Jemand sprach sie an, während sie noch mit der Betrachtung der pompösen Eingangstreppe beschäftigt war.

»Ja?« Sie drehte sich in die Richtung, aus der die Stimme gekommen war. Eine Frau in mittleren Jahren stand ihr plötzlich gegenüber, die mit ihren streng zurückgebundenen Haaren und der Brille, die mit einem Kettchen versehen war, sehr nach einer Sekretärin aussah.

»Wir haben Sie bereits erwartet. Ich bin Frau Klare«, sagte die Dame und deutete mit einer Handbewegung an, dass Verena ihr folgen sollte. Obwohl Verena wusste, dass sie nicht zu spät dran war, verspürte sie merkwürdigerweise das Bedürfnis, sich zu entschuldigen.

Frau Klare führte sie zu einem Nebeneingang und durch mehrere Flure bis zu einem Ankleideraum.

»Wenn Sie sich dann bitte ausziehen und duschen würden«, empfahl sie nüchtern. Verena entdeckte hinter der Frau eine Tür, die wohl in ein Badezimmer führte, und nickte.

»Der Bademantel, den Sie bitte anziehen, wenn Sie fertig sind, hängt hinter der Tür. Dort finden Sie auch Stoffschlappen. Lassen Sie ihre eigenen Sachen einfach hier. Es kommt nichts weg, das verspreche ich Ihnen. In zehn Minuten hole ich Sie ab«, erklärte Frau Klare weiter. »Haben Sie noch Fragen?«

Verena hatte bereits ihren Mantel ausgezogen. Sie überlegte, schüttelte dann aber den Kopf, woraufhin Frau Klare den Raum verließ.

Verena atmete tief durch und zog sich weiter aus. So einen Job hatte sie noch nie gemacht. Aber was war schon groß dabei? Sie sah gut aus und stillliegen konnte sie ja hoffentlich auch. Das würde mal eine Abwechslung zu den Fotoshootings werden. Verena duschte ausgiebig und überlegte, ob sie überhaupt Duschgel benutzen sollte. Da sie zu Hause bereits geduscht hatte, um die Körperhaare zu entfernen, ließ sie es bleiben. Als sie fertig war, schlüpfte sie in den weichen, weißen Frotteemantel und die Schlappen und wartete darauf, dass diese Frau Klare sie abholen würde.

»Was haben wir denn heute Abend?«, fragte Rudolf seinen Freund Hans, der der Gastgeber dieser außergewöhnlichen Party war.

»Etwas ganz Besonderes«, lächelte dieser verschmitzt. »Es wird dir gefallen.«

»Du machst es ja wieder spannend«, freute sich Rudolf. Sein Freund hatte immer etwas ganz Spezielles im Programm.

Auf einmal erloschen die Lichter im Saal, und nachdem ein aufgeregtes Raunen durch die Anwesenden gegangen war, wurde es plötzlich still. Jemand schob etwas in den dunklen Raum und dann beleuchtete ein einzelner Scheinwerfer das Köstlichste, was Rudolf je gesehen hatte. Die Menschen wisperten ihre Zustimmung und dann begannen die ersten zu klatschen. Rudolf stellte sein Glas ab und trat näher an den fahrbaren Tisch, um besser sehen zu können.

Auf einem weißen Tischtuch lag eine junge, sehr schöne Frau, deren langes, blondes Haar an der Kopfseite des Tisches über die Kante fiel wie flüssige Seide. Ihr nackter Körper war mit allerlei Leckereien bedeckt und mit verschiedenen Fruchtsoßen und Sahne garniert.

»Das Buffet ist eröffnet«, rief der Gastgeber Hans und nahm sich als Erster ein kleines Stück Torte vom Bauchnabel der jungen Frau. Jetzt trauten sich auch die übrigen Herrschaften heran. Nach und nach verschwanden Obststücke, Plätzchen, Kuchen und andere süße Köstlichkeiten von dem schlanken Körper und entblößten immer mehr Haut.

Hans und Rudolf standen am Kopfende und sahen auf das Gesicht der Schönen hinab.

»Wie heißt du denn, du leckeres Ding?«, fragte Rudolf neckisch, während Hans mit seinem Zeigefinger durch die rote Erdbeersoße unterhalb der Brust der jungen Frau fuhr, ihn dann zum Mund führte und genüsslich ableckte.

»Verena«, gab sie leise Auskunft. Eigentlich war ihr aufgetragen worden, nicht zu sprechen.

»Gefällt es dir bei uns, Verena?«, fragte nun Hans, wobei er sich tief zu ihr hinunterbeugte. Rudolf ließ seinen Blick über den verschmierten Körper gleiten. Viel Essbares war hier nicht mehr zu sehen.

»Ja. Es gefällt mir gut«, antwortete sie. Langsam wurde ihr die Lage auf dem Tisch zwar unbequem, aber das wollte sie nicht zugeben. Auf einmal fühlte sie eine Zunge an ihrem Oberschenkel und wäre beinahe zusammengezuckt, beherrschte sich aber im letzten Moment.

»Also wirklich, Herbert!«, sagte Hans tadelnd. »Kannst du nicht warten?« Verena hörte, wie jemand sich entschuldigte. Auf einmal hatte sie das Bedürfnis aufzustehen und sich zu waschen.

»Wie lange muss ich hier noch liegen?«, fragte sie leise an Hans gewandt.

»Nicht mehr lange«, versprach er und zwinkerte ihr zu. Rudolf grinste verschlagen, was Verena eine Gänsehaut bescherte. Nach einer Weile fühlte sie, wie der Tisch, auf dem sie lag, sich bewegte. Das hieß wohl, dass der Job vorbei war. Gott sei Dank. Viel länger hätte sie es auch nicht ausgehalten. Ihre Haut juckte und ihr Rücken tat weh.

Mehrere Männer folgten dem Rollwagen in einen anderen Raum. Verena wurde es mulmig. Was hatte das jetzt zu bedeuten? Sie wollte sich aufrichten, wurde aber von Hans wieder hinuntergedrückt.

»Du bekommst das Doppelte, wenn wir dich saubermachen dürfen«, flüsterte er. Verena zögerte. Sie sah die gierigen Blicke der umstehenden Männer und war sich bewusst, dass sie wohl kaum Wasser und Waschlappen nehmen würden, um sie zu reinigen.

»Das Dreifache«, flüsterte Hans eindringlich. Endlich nickte Verena. So viel Geld! Sie würde sich und Sven ein paar Wünsche erfüllen können!

»Nicht im Intimbereich«, flüsterte sie zurück und Hans versprach es ihr.

Auf sein Zeichen hin beugten sich die Männer über die klebrige Haut der jungen Frau und bald fühlte sie, wie warme Zungen sie überall leckten. Es kitzelte, als wenn eine Armee von Ameisen über sie laufen würde und sie musste sich sehr beherrschen, um still liegen zu bleiben. Das war kaum auszuhalten. Als sie mit dem

Bein zuckte, wurde ihr Knöchel gepackt und festgehalten. Ihr Atem stockte, als sie spürte, wie nah manche Zungen ihrer Scham kamen. Ihre Brüste waren längst von den forschenden Zungen und Mündern erobert worden. Verena fühlte die Nässe, die sich zwischen ihren Beinen ausbreitete. Sie stöhnte erregt, und obwohl sie es selbst verboten hatte, öffnete sie unwillkürlich die Schenkel.

»Ich glaube, sie ist so weit«, flüsterte jemand und für einen Moment tauchte Verena aus der Ekstase auf, in welche die Zungen sie versetzt hatten. Die Stimmung im Raum hatte sich verändert, das spürte sie sofort.

Ihre Knöchel und Handgelenke wurden auf einmal gepackt und mit eisernem Griff gehalten. Irritiert hielt sie nach Hans Ausschau. Was war hier los?

»Wir sind noch nicht wirklich satt geworden«, sagte der Gastgeber, der sich von hinten über ihr Gesicht beugte, und leckte sich die schmalen Lippen. »Das vorhin war nur die Vorspeise. Ich denke, es ist Zeit zum Hauptgang überzugehen.«

Verena riss die Augen auf, als sie den ersten Biss spürte. Das konnte doch nicht wirklich passieren! Sie schrie, denn das war kein Spaß mehr. Jemand legte ihr die Hand auf den Mund und sie sah panisch auf. Rudolf stand neben ihr und betrachtete sie mit einem irren Funkeln in den Augen. Er leckte etwas Blut von seinem Mundwinkel und grinste diabolisch. »Wirklich köstlich«, stellte er zufrieden fest und beugte sich hinunter, um sich erneut zu bedienen.

Verena spürte ein Reißen, als kleine Haut- und Fleischstücke aus ihrem Körper gebissen wurden. Der

Schmerz war plötzlich überall, denn die Männer hatten sich rund um ihren nackten Körper verteilt, damit jeder genug Platz hatte, sich an ihr gütlich zu tun. Derjenige, der ihr den Mund zugehalten hatte, war nun offenbar auch mit dem Fressen beschäftigt. Es kümmerte niemanden, dass sie kreischte und um Gnade bettelte. Verena schrie laut auf, versuchte sich den festen Griffen zu entwinden, zappelte und kämpfte um ihr Leben, doch umsonst. Panisch schaute sie sich um, erhaschte hier und da einen Blick auf die Bestien und auf ihren Körper ... Jemand packte ihr Kinn und hielt ihren Kopf in Position, sodass sie an die Decke starren musste. Sein Gesicht und vor allem die Mundpartie waren so blutverschmiert, dass sie ihn nicht erkannte, als er sich über sie beugte. Ihr Herz trommelte ein wildes Stakkato gegen ihre Rippen, während sie den gierigen Blick des Mannes zu deuten versuchte. Was hatte er vor?

Ein stechender Schmerz an ihrer rechten Brust lenkte sie ab. Jemand hatte seine Zähne tief in das sensible Fleisch gegraben und riss nun seinen Kopf ruckartig zurück. Er zerrte an ihrem Brustgewebe, wütend und hungrig wie ein Raubtier.

Verena hörte ihr eigenes Wimmern, das immer leiser wurde. Ihre Kehle fühlte sich wund an und ausgetrocknet. Sie konnte nicht schlucken, auch nicht, als ein warmer Strahl hineinfloss. Ihr Geruchssinn sagte ihr, dass es sich um Pisse handelte, aber sie war zu abgelenkt von diesem Albtraum, gefangen von all dem Schmerz. Sie verschluckte sich, hustete, spuckte die Brühe wieder aus, die auf die zahlreichen Wunden an ihrem Oberkörper traf und sich dort in das rohe Fleisch ätzte. Jetzt brannte ihre Kehle wie Feuer. Gleichzeitig gab das Brustgewebe nach. Ein großer Brocken hatte sich Faser für Faser schmatzend gelöst und wurde nun zur Beute des Mannes, der damit von ihr herunterfiel wie eine reife Frucht von einem Baum. So etwas wie Erleichterung bildete sich für einen kurzen Augenblick im letzten Teil ihres verbliebenen Verstandes. Aber das war reine Illusion. Die übrigen Bestien hatten noch längst nicht genug.

Verenas Sinne schwanden. Doch eine Ohnmacht war ihr nicht vergönnt, unablässig holten sie die Schmerzsalven zurück in die Realität. Ihr Verstand wollte das Geschehen noch immer nicht begreifen, aber es geschah wirklich, so absurd es auch war. Diese Männer fraßen sie bei lebendigem Leib und sie konnte nichts dagegen tun.

Der Mann, der ihr in den Mund gepinkelt hatte, beugte sich nun zu ihr herunter, als wollte er sie küssen. Aus einem Reflex heraus drehte sie das Gesicht zur Seite. Wenig später gruben sich seine Zähne in ihre Wange. Offenbar war es nicht leicht, durch Haut zu beißen, denn sie fühlte immer wieder diese abartigen Versuche menschlicher Zähne, die für diese Art der Ernährung einfach nicht geschaffen waren. Das feste Gewebe der oberen Hautschichten wurde nicht zerrissen, sondern solange gequetscht, bis es aufplatzte. Ihre Peiniger schienen darin geübt zu sein. Ihr stocke der Atem, als ihr Blick auf ihren Arm fiel oder dem, was davon noch übrig war. Entsetzt starrte sie auf blanke, weiße Knochen, an denen nur noch Fleischfetzen hingen. In diesem Moment setzte ihr Verstand aus.

Hans hatte das Tranchiermesser geholt, mit dem für gewöhnlich der Truthahn oder die Weihnachtsgans aufgeschnitten wurde. Er hielt es nun mit einem freudigen Leuchten in den Augen hoch und bat um Ruhe. Das Fressen hatte nun beinahe eine Stunde angedauert, lange genug, wie er fand. Am Körper der Frau befand sich immer noch Fleisch, aber sie war längst ohnmächtig geworden. Er zollte ihr Respekt, denn sie hatte viel länger durchgehalten, als er es für möglich gehalten hatte. Die Mädchen vor ihr waren nicht so zäh gewesen, wie dieses Luder. Allerdings bezog sich dieses zäh lediglich auf ihre Ausdauer, nicht aber auf ihr außerordentlich schmackhaftes Fleisch.

»Es ist an der Zeit, es zu beenden«, teilte Hans den versammelten Freunden feierlich mit. Sie waren alle nackt, die Köper mit Blut und Fleischfasern besudelt.

»Wetten, dass ich sie noch einmal wach bekomme?«, fragte Rudolf mit einem zynischen Grinsen. Hans beugte sich dem zustimmenden Gejohle der restlichen Anwesenden und ließ das Messer vorerst sinken. Es machte ihm immer besondere Freude, den Körper zu öffnen und mit seinen Fingern in den warmen, glitschigen Innereien zu wühlen. Nun sah er gespannt zu, was Rudolf tat, obwohl er bereits eine Ahnung hatte. Sie kannten sich schließlich schon lange und hatten ihre Lust an rohem menschlichen Fleisch gemeinsam bei den Nutten in Thailand entdeckt.

Rudolf hatte sich bereits auf das untere Ende der Liege gekniet und zwei Männer aufgefordert, der bewusstlosen Frau die Reste ihrer Beine so weit auseinanderzuziehen, dass er an ihre beinahe noch intakte Fotze herankam. Die äußeren Schamlippen hatten ein wenig gelitten, eine war halb abgerissen, die andere in der Mitte gespalten. Was ihn interessierte, lag jedoch tiefer in ihrem Inneren verborgen. Was er genau tat, konnten die anderen Männer nicht sehen, denn, um an diese Köstlichkeit heranzukommen, musste er sich tief in sie hineinwühlen. Seine Nase steckte zwischen den inneren Schamlippen, die er sich gleich noch holen würde, aber zuerst grub er die Schneidezähne in den Kitzler, den er ruckartig herauszerrte. Wäre sie erregt gewesen, hätte ihm das in die Hände gespielt. Mit einem spitzen Schrei erwachte die Blondine aus der Ohnmacht und versuchte instinktiv, sich dem grausamen Schmerz zu entwinden. An den weitgehend abgenagten Überresten ihrer Extremitäten wurde sie festgehalten, doch ihr Becken half, ein weiteres Stück von sich loszuwerden, denn er zog in die Gegenrichtung und schaffte es endlich, die Klitoris am Stück herauszureißen. Der längliche Fleischfetzen hing ihm blutig bis zum Kinn herunter, als er sich triumphierend seinen Freunden präsentierte. Mit einem Happen hatte er das Fleischstück im Mund und zerkaute es genüsslich direkt vor seinem Opfer, das ihn endlich wieder mit hellen, blauen Augen anstarrte. Er packte ihren Schopf und betrachtete ihr Gesicht, das nicht mehr ganz vollständig war. In ihrer Wange klaffte ein hässliches Loch, das einen Blick auf eine Reihe gepflegter Zähne offenbarte. Während er ihr einen Kuss auf die noch intakten Lippen drückte, bahnte seine Zunge sich einen Weg in ihren Mund und ließ sie an dem Geschmack ihrer zerkauten Klitoris teilhaben. Rudolf hatte die Zuschauer um sich herum ausgeblendet und war nur noch in seiner eigenen Lust gefangen. Indem er die Hand nach hinten ausstreckte, verlangte er von Hans das Messer. Nach einigen Sekunden wurde es ihm in die Hand gelegt. Rudolf wusste, wie viel seinem Freund am Öffnen des Körpers lag, doch so weit waren sie noch nicht. Noch konnte ihnen die Kleine auf andere Weise Freude bereiten. Er legte die scharfe Klinge flach an ihre zitternden Lippen, säbelte diese sorgfältig ab und stopfte sie sich gierig in den Mund. Ein wimmernder Ton entkam dem entstellten Gesicht. Ihr Körper bäumte sich würgend auf und ein Schwall Erbrochenes regnete auf die Umstehenden nieder. Die Augen der Frau verdrehten sich, bis nur noch das Weiße zu sehen war. Eine erneute Ohnmacht drohte. Rudolf schluckte rasch das, was er im Mund hatte, herunter und begab sich wieder nach unten, um sich mehr Fotzenfleisch zu holen. Währenddessen bediente sich ein Teil seiner Freunde weiter an den nicht besudelten Teilen des Festschmauses, andere warteten ungeduldig ab, dass Hans endlich zu den Innereien kam.

Nachdem Rudolf gelangweilt von der Kleinen abgelassen hatte, nahm Hans das Messer an sich und küsste die Klinge, die ihm schon oft gute Dienste geleistet hatte. Für ihn kam nun der Höhepunkt des Abends. Er stieg auf den Tisch und stellte sich auf das bluttriefende Tischtuch, zwischen die Beine der Frau, die zwar noch blubbernd atmete, ansonsten aber still geworden war. Er nahm das Messer in beide Hände, ging in die Knie und setzte es unterhalb des Brustbeines an. Während er die Klinge in ihrem Leib versenkte, schloss er die Augen. Ein unbeschreibliches Gefühl von Macht durchflutete seinen Körper. In einer Linie schnitt er ihr den Bauch bis zur Scham auf, wobei sie nicht mehr erwachte, noch nicht einmal zuckte. Dann griff er mit beiden Händen in den Schnitt und zog ihn auseinander, bis er auf die Innereien sehen konnte. Hans fasste eine glitschige, rosige Darmschlinge und zog sie heraus, zog immer weiter, bis der Dünndarm komplett auf ihrem Unterleib und den zerfressenen Schenkeln lag. Er liebte das Gefühl, die Schlingen durch seine Finger gleiten zu lassen. Man musste nur vorsichtig sein, dass nichts riss, sonst verdarb einem der Gestank den ganzen Spaß.

Die junge Frau atmete immer noch, aber das würde sie nicht mehr lange tun.

»Wer möchte die Leber?«, rief Hans und packte das große Organ mit beiden Händen. Rudolf half ihm, die Verbindungen der großen Gefäße zu durchtrennen, damit er den Leckerbissen aus dem Körper entnehmen konnte. Blut füllte den offenen Leib in einem stetigen Strom und bahnte sich seinen Weg über den Tisch bis hinab auf den Fußboden. Zwei der Gäste nahmen Hans das triefende, dunkelrote Stück ab und zogen sich damit zurück, um es in Ruhe zu verspeisen. Ihr Schmatzen verursachte eine wohlige Gänsehaut auf Hans‘ Rücken, der nun der Reihe nach die Innereien entnahm und sie an seine Freunde weiterreichte. Schon bald schlürfte und schmatzte es um ihn herum. Ein rundum gelungenes Happening. Jetzt durfte Rudolf seine Hände in den noch warmen Körper schieben. Der Bauchraum war nun leergeräumt, als wäre er ein alter Schrank, der entrümpelt worden war.

»Was für eine Schönheit«, seufzte Rudolf andächtig und lutschte glücklich seine Hand ab, um diese anschließend wieder einzutauchen. Gedankenverloren fuhr er mit den Fingern durch die zäher werdende Flüssigkeit. »Teilen wir uns das Herz?«

»Wenn du mir hilfst, ranzukommen«, knurrte Hans, der gerade dabei war, auf die Rippen einzuschlagen. Es war nicht leicht, an den begehrten Muskel zu kommen. Rudolf grinste breit, nahm das Tranchiermesser und stach es von unten gegen den Brustkorb, fuhr damit an dessen Rand entlang und stocherte ein wenig herum. Skeptisch sah Hans ihm dabei zu.

»Hey, was machst du da?«

»Vertrau mir!« Rudolf schob seine Hand an der Schnittfläche unter den Rippen entlang. Von außen konnte man die Abdrücke seine Fingerknöchel unter der Haut sehen. Als er an seinem Ziel angelangt war, umschloss er das Herz, das in seine Faust passte, und begann, daran zu ziehen, was ihn einige Anstrengung und noch ein paar Schnitte von außen mit dem Messer kostete. Dann hielt er das Objekt der Begierde seinem Freund triumphierend unter die Nase. Hans schnappte sofort nach einer dicken Ader, die wie ein Strohhalm aus dem Organ heraushing, und begann, genüsslich daran zu saugen, bis Rudolf es ihm entriss. Bevor sie sich ernsthaft streiten konnten, teilte er das Herz mit dem scharfen Messer mittig durch und warf seinem Kumpel dessen Anteil zu.

»Sieh nur, ihr Herz ist gebrochen«, meinte er lapidar und schleckte seine Hälfte aus. »Und ich dachte immer, diese Nutten haben gar kein Herz.«

»Sie war keine Nutte«, korrigierte Hans. »Die Magenverstimmung von dem gammeligen Thai-Fleisch hat mir damals gereicht. Ich nehme nur noch saubere Ware.«

»Dennoch wäre ich einem baldigen Abstecher nach Thailand nicht abgeneigt«, schmatzte Rudolf. »Einer weiteren Einladung von dir zu einem speziellen Dinner natürlich auch nicht.«

»Mehr als einmal im Jahr ist nicht drin.« Hans spuckte eine der Adern aus, die er nicht zerkauen konnte. Die dickeren Venen waren zäh wie Gummi, das restliche Muskelfleisch hingegen äußerst delikat.

»Dann sollten wir die Kleine hier bis zur Neige auskosten. Hast du was, womit wir den Schädel aufbekommen? Hirn ist lauwarm köstlich.«

Hans grinste seinen besten Freund breit an. »Natürlich werden wir nichts von ihr verkommen lassen. Ich schabe ihr gleich noch das restliche Fleisch von den Knochen. Herbert wollte einen davon haben, um das Mark auszulutschen. Du kannst dich um den Schädel kümmern, wenn du willst.«

Und ob Rudolf wollte. Gerade er als Neurologe schätzte diesen Teil des Körpers besonders, schließlich bezog sich ein Großteil seiner Arbeit darauf. Mit Hilfe des Messers skalpierte er zuerst den Kopf und zog die langen, blonden Haare mit einem Ruck samt Haut von der Schädeldecke. Einer der Gäste bat darum, sie als Andenken behalten zu dürfen und wichste bereits fleißig darauf, noch bevor der Schädelknochen geknackt war. Blut und Sperma verschmierten das ehemals seidige Haar, das bald darauf als klebriger Klumpen in einer Ecke landete.

Rudolf hatte aus der Küche eine Säge geholt, die eigentlich für Käselaibe bestimmt war. Seine Bemühungen hatten zwar eine Weile gedauert, doch nun konnte er das Schädeldach abheben und die graue Masse darunter bewundern. Zwei weitere Männer gesellten sich zu ihm und konnten es kaum erwarten, ihre Finger in die weiche Hirnmasse zu stoßen, um sich Bröckchen davon in die unersättlichen Münder zu stopfen. Doch zunächst musste die harte Hirnhaut entfernt werden, erst dann konnte das Schlemmen beginnen.

Eine halbe Autostunde von dem Grauen im Herrenhaus entfernt, versuchte Sven seine Freundin zu erreichen. Allmählich war er Verenas Eskapaden leid. Immer machte sie so ein Geheimnis um ihre diversen Nebenjobs. Am Ende ging sie noch in irgendeinem Puff anschaffen. Das musste ein Ende haben! Sobald sie zu Hause war, würde er ein ernstes Wörtchen mit ihr reden. Es sei denn, sie hatte wieder so einen Batzen Geld dabei wie beim letzten Mal, dann könnte er eventuell darüber hinwegsehen. Je mehr sie ranschaffte, umso weniger musste er selbst tun. Sven seufzte genervt, als Verenas Mailbox ansprang. Er knallte das Handy auf den Tisch und zappte durch die TV-Kanäle. Eine Wiederholung vom perfekten Dinner lief und er sah eine Weile zu. Was diese reichen Typen so alles aßen. Widerlich! Nierchen in Weißweinsoße, Leber mit geschmorten Äpfeln, Hirn mit Ei. Ihm zog sich der Magen zusammen. Wie krank war das denn? Rasch schaltete er auf einen Splatterfilm, bei dem einem Kerl gerade der Schädel mit einer Machete gespalten wurde. Ja, das war besser. Das entsprach wenigstens nicht der Realität. So was konnte er sich ansehen, bis Verena zurück war.

Lauf!

Er rannte wie noch nie in seinem Leben. Seine Lunge brannte und sein Herz hämmerte, aber das nahm er als Zeichen, dass er noch lebendig war. Seine Beine stampften im Takt auf dem unebenen, weichen Boden. Nicht fallen, war alles, woran er denken konnte. Er durfte nicht stolpern, trotz der Wurzeln und Löcher, die sich hier befanden und ihm vorkamen wie Landminen, auf die er nicht treten durfte. Trotzdem sah er kaum nach unten. Er konzentrierte sich auf die Bäume um ihn herum.

Der Schweiß hatte sein Shirt durchnässt. Gottlob trug er ein Stirnband, sodass er sich nicht ständig das Gesicht abwischen musste. Der Luftzug, der durch das Laufen entstand, kühlte die Feuchtigkeit ab und ließ ihn frösteln.

Die anderen schienen dicht hinter ihm zu sein, aber er drehte sich nicht um. Das war ein Fehler, den man auf keinen Fall machen durfte. Niemals umdrehen, auch wenn du den Atem des Verfolgers schon im Nacken spürst.

Er wusste nicht, wie lange er schon lief, aber er durfte sich keine Pause gönnen, das wusste er. Weiter! Nicht stehen bleiben! Wenn er stehen blieb, war es vorbei.

Seine Arme schwangen rhythmisch vor und zurück. Er musste gar nicht darüber nachdenken. Sein Körper wusste genau, was er zu tun hatte. Der Instinkt trieb ihn zu Höchstleistungen an. Plötzlich wurde seine linke

Wade hart und begann, sich zu verkrampfen. Das fehlte ihm gerade noch! Er durfte nicht aus dem Tritt kommen.

Mindestens einer der Männer war dicht hinter ihm. Er konnte ihn keuchen hören. Ein anderer schien gefallen zu sein, er hörte den Aufprall und den Schmerzensschrei. Doch er blieb dabei, stur geradeaus zu sehen und sich auf seinen Lauf zu konzentrieren. Er wusste, dass er es schaffen konnte. Er musste nur lange genug durchhalten. Länger als die anderen.

Seine Wade hatte sich wieder beruhigt, aber er bekam andere Probleme, mit denen er nicht gerechnet hatte. Seitenstechen wie ein Anfänger. Fluchend presste er die rechte Hand an seinen Körper und lief einfach weiter. Er war nicht bereit aufzugeben.

Niemals!

Sein Rhythmus war nicht mehr so entspannt wie zuvor, aber er blieb in Bewegung, und das war wichtig. In letzter Sekunde wich er einem Baum aus. Seine Konzentration ließ nach! Seine Zunge klebte am Gaumen und er sehnte sich nach einem Schluck Wasser.

Weiter! Nur länger durchhalten als die anderen.

Er war ein guter Sportler und so ein Cross-Lauf würde ihn schon nicht umbringen. Durch die Bäume konnte er schon die Zielschnur erkennen. Er riss die Arme hoch, als er die jubelnde Menschenmenge hörte. Gleich war es geschafft, nur noch wenige Meter. Keuchend aber glücklich stolperte er ins Ziel.

Sieger!

Die Bescherung

»Was wünschst du dir zu Weihnachten?«

Andy zuckte überrascht zusammen und schaute sich misstrauisch um. Die Frage schien an ihn gerichtet gewesen zu sein, denn alle sahen ihn erwartungsvoll an.

»Weihnachten?«, wiederholte er, um Zeit zu gewinnen.

»Ja, Mann. Weihnachten, nicht Ostern!« Seine Kumpel lachten über diesen Witz. Sie saßen zu fünft in ihrer Stammkneipe, alle waren sie Mitte zwanzig. In den besten Jahren sozusagen.

»Ich weiß nicht. Steh nicht so auf Weihnachten«, sagte Andy achselzuckend. In Wirklichkeit graute ihm geradezu vor diesem angeblichen Fest der Liebe.

»Also, ich schenke meiner Kleinen wahnsinnig heiße Dessous«, freute sich Tom. *Das Geschenk ist dann wohl eher für ihn selbst bestimmt*, dachte Andy missmutig.

»Meine kriegt so tolle Stiefel, die bis übers Knie gehen«, protzte Micha und fügte schnell hinzu, wie um sich zu rechtfertigen: »Die hat sie sich gewünscht. Waren sauteuer.«

Andy seufzte und trank einen Schluck Bier. Eigentlich mochte er gar kein Bier, aber wenn er mit den Jungs zusammen war, gab es keine Alternative. Er war sowieso schon der Außenseiter, da wollte er sich nicht wegen eines Getränks noch mehr ins Abseits schießen.

»Ich schenke meiner Mutter eine neue Kaffeemaschine«, sagte Felix und die Freunde lachten wieder laut los.

Felix zwinkerte Andy zu. Er lenkte gern mal die Lacher der anderen auf sich, das wusste Andy in manchen Situationen zu schätzen.

Ralf, der zweite Single in der Gruppe, stieß Andy in die Seite. »Und wo feierst du Weihnachten?«, wollte er wissen.

Andy verzog den Mund zu einem verspannten Lächeln. Die anderen wussten doch, dass er keinen Kontakt mehr zu seiner Familie hatte.

»Schätze mal vor dem Fernseher«, entgegnete er mürrisch.

»Mensch, Andy!«, rief Felix laut. »Warum kommst du nicht zu uns? Sarah hat sicher nichts dagegen.«

Das bot Felix ihm jetzt schon das dritte Jahr hintereinander an und Andy lehnte immer ab. Dieses Fest war einfach nichts für ihn. Aber das Fernsehprogramm war auch Mist. Er musste unbedingt daran denken, einige Filme auszuleihen.

Die fröhliche Runde war auf einmal leise geworden. Andy sah wieder auf, wie aus einem Traum erwacht. Er war einfach mit seinen Gedanken nicht bei der Sache.

»Was?«, fragte er, als alle ihn ansahen. Hatte er was verpasst?

Niemand klärte ihn auf.

Felix schaute auf seine Uhr: »So spät schon?«, rief er überrascht. »Ich muss los! Wenn du es dir anders überlegst, gib mir einfach Bescheid, Andy.«

Nach und nach verabschiedeten sich alle, bis nur noch Andy übrig blieb. Auf ihn wartete niemand. Ob er nun hier herumlungerte oder zu Hause, wo war da der Unterschied?

Am Heiligen Abend saß Andy in alten Sportklamotten auf der Couch. Er hatte sich gemütlich eingerichtet. Getränke und Chips standen in Reichweite und der Vorspann des ersten ausgeliehenen Films flackerte über den Flatscreen. Er überlegte gerade, ob er eine Kerze anzünden sollte, nur mal so oder wegen der Stimmung, als es klingelte.

Andy blieb stocksteif auf der Couch sitzen. Sein Puls beschleunigte sich und das verdammte Herz schien ihm die Kehle hochzuwandern. Es klingelte noch mal. So ein Mist! Vielleicht würde der Störenfried wieder gehen, wenn er sich ganz ruhig verhielt. Aber er ahnte, dass das nicht der Fall sein würde.

Nachdem Klopfen und Klingeln ein Ausmaß angenommen hatten, dass sich bereits die ersten Nachbarn beschwerten, öffnete Andy endlich die Tür.

Eine Frau in einem Pelzmantel rauschte an ihm vorbei. Er überlegte, spontan den umgekehrten Weg einzuschlagen und aus dem Haus zu flüchten, ihr einfach die Wohnung zu überlassen, aber dann entschied er sich doch dagegen.

Langsam schloss er die Tür und schlurfte zurück ins Wohnzimmer. Da saß sie. Auf seiner Couch! Der Pelzmantel hing über dem Sessel. Andy drehte sich der Magen um.

»Was willst du?«, brachte er endlich heraus, ohne sie dabei anzusehen.

Sein Kumpel Felix fiel ihm plötzlich ein. Warum hatte er dessen Angebot nicht einfach angenommen? Dann würde er jetzt in der Kirche sitzen oder sonst wo, aber nicht hier. Bei ihr!

»Aber Schatz, du weißt doch, was ich will«, entgegnete sie mit ihrer verführerisch weichen Stimme, die er so gut kannte.

»Ich will es aber nicht«, stieß er schnell hervor, bevor ihn der Mut verlassen konnte. Dann hielt er es nicht mehr aus und rannte ins Bad, wo er sich geräuschvoll über der Toilettenschüssel erbrach.

Schon als er den Kopf hob, wusste er, dass sie ihm gefolgt war. Warum konnte sie ihn nicht einfach in Ruhe lassen?

Fürsorglich drehte sie den Wasserhahn auf. Er sah ihre lackierten Fingernägel. Blutrot, wie immer. Widerwillig stellte er sich ans Waschbecken und ließ zu, dass sie ihm das Gesicht wusch - wie damals, als er noch ein Kind war.

»Wie siehst du überhaupt aus?« Es war keine Frage, sondern eine Feststellung. Ohne eine Antwort abzuwarten, drückte sie seinen Kopf herunter und ließ Wasser über seine Haare laufen. Andy hätte sich wehren können, tat es aber nicht. Sie wusch ihn und warf ihm dann ein Handtuch über den Kopf. Damit trocknete sie ihn ab.

Nach einer Weile übernahm er das selbst und richtete sich zu seiner vollen Größe auf. *So klein ist sie und hat doch so viel Macht über mich*, dachte er bitter und schaute auf sie hinunter.

»Bitte, geh wieder!«, stieß er hervor, das Gesicht im Handtuch verborgen. Sie seufzte.

Jedes Jahr dasselbe Theater, dachten beide.

»Es tut mir leid, ich kann nicht, jedenfalls nicht ohne dich«, sagte sie leise und berührte ihn am Arm. Er zuckte zurück, als hätte sie ihn geschlagen.

»Jedes Jahr am Heiligen Abend, das hast du mir versprochen. Weißt du das nicht mehr?«, fragte sie ungeduldig.

Doch, das wusste er und bedauerte es seither jede Minute, ihr dieses Versprechen gegeben zu haben. Damals wollte er einfach nur weg, aus ihrem Dunstkreis verschwinden, selbständig sein.

Sie schob das Handtuch zur Seite und streichelte seine stoppelige Wange. Er hatte sich absichtlich nicht rasiert, weil er wusste, dass sie das hasste, genau wie er gewusst hatte, dass sie auftauchen würde. Aber hoffen durfte man doch noch, oder? Sein kindischer Protest kam ihm nun lächerlich vor.

»Na, komm!«, forderte sie ihn auf und ging zurück ins Wohnzimmer.

»Aber ich hasse das«, versuchte er ein letztes Auflehnen.

»Und ich brauche es!«, erwiderte sie streng.

Sie setzte sich auf die Couch und holte eine Brille aus ihrer Handtasche. *Früher hatte sie so etwas nicht gebraucht.* Dann legte sie ein Buch auf den Tisch. Panisch schielte Andy darauf.

»Setz dich neben mich«, befahl sie ihm und klopfte auf die Decke, die über die Sitzfläche des Sofas gebreitet war.

Zögernd kam er zu ihr und ließ sich auf der äußersten Kante nieder, die Knie gegeneinandergepresst, den

Rücken steif, die Finger verkrampft ineinander verknotet.

Sie schlug das Buch auf und begann darin zu blättern. Andy steckte nervös einen Finger in den Mund und knabberte an der Nagelhaut, bis ihr strafender Blick ihn traf. Schwitzend klemmte er die Hand zwischen seine Beine und saß still, bis sie gefunden hatte, wonach sie suchte. Sein Blick zuckte unruhig zum Fernseher. *Geh endlich*!, flehte er stumm.

»Sieh hin«, forderte sie ihn auf und hielt ihm das Buch vor die Nase. Es war ein Album mit Fotos. Er kannte es in- und auswendig und doch gruselte ihm davor.

»Wie süß du warst«, gurrte sie und streichelte ihm über die Wange. Hörbar schnappte er nach Luft.

»Wie süß du bist«, setzte sie hinzu, das letzte Wort betonend. Dann blätterte sie weiter und deutete auf ein anderes Bild.

»Dein Vater«, sagte sie unnötigerweise, »was für ein stattlicher Mann er doch war.«

Wieder wurde umgeblättert. Sie lächelte, als sie die Finger über das nächste Foto gleiten ließ.

»Dein Sohn«, fast liebevoll betrachtete sie das Foto. »Er sieht aus wie du, nicht wahr?«

Andy wand sich innerlich. Sein Sohn! Wie lange hatte er ihn nicht gesehen? Ein Jahr? Groß war er geworden und hübsch. Ganz der Papa. Woher hatte sie nur dieses Bild? Warum zeigte sie ihm das? Wollte sie ihm drohen?

Vergangenheit und Gegenwart flossen ineinander. Wie oft hatte er sich vorgenommen, sich nicht mehr von ihr beeinflussen zu lassen und einen deutlichen

Schlussstrich zu ziehen. Aber immer, wenn sie in seiner Nähe war, schrumpfte er zu dem zusammen, was er früher einmal gewesen war. Er konnte es nicht verhindern. Er konnte sich ihrem Einfluss nicht entziehen. Wenigstens ließ sie ihn das Jahr über in Ruhe, seit er so weit weggezogen war. Eine der klügsten Entscheidungen seines Lebens. Warum hatte er ihr nur dieses blöde Versprechen gegeben? Warum schaffte er es einfach nicht, sich gegen sie aufzulehnen? Tief im Inneren wusste er, warum.

»Und jetzt kommt die Bescherung«, trällerte sie fröhlich, klappte das verdammte Album zu und lehnte sich bequem zurück. »Sollen wir nicht doch lieber wegfahren? Deine Nachbarn könnten aufmerksam werden«, gab sie zu bedenken. Andy zögerte noch ein paar Sekunden. Dann stimmte er zu. Es war besser, seine eigenen vier Wände reinzuhalten. Andy dachte an die Dessous, die Tom seiner Freundin heute schenken würde, und an die hohen Stiefel von Michas Freundin. Sogar an Felix dachte er und daran, wie dumm er gewesen war, seine Einladung abzulehnen. Wäre er auf einem Fest mit vielen anderen Menschen, hätte seine Mutter ihn nicht so einfach in ihr Auto zitieren können. Oder etwa doch? Sicher hätte sie einen Vorwand gefunden. So lief das doch immer.

»Wo fahren wir hin?«, fragte Andy, als er auf dem Beifahrersitz Platz nahm. Seine Mutter warf ihm einen amüsierten Seitenblick zu.

»Mach dir keine Sorgen, Liebling. Ich habe alles vorbereitet, damit es nicht so lange dauert und du mich bald wieder los bist.«

Eine Weile fuhren sie schweigend. Andy sah stur aus dem Fenster und verfolgte den Weg, der sie aus der Innenstadt hinausführte, natürlich aufs Land, wo die Nachbarn einem nicht so dicht auf der Pelle saßen. Er war gespannt, was sie sich dieses Jahr hatte einfallen lassen. Nach einer halben Stunde bogen sie in einen Waldweg ab. Sein Herzschlag beschleunigte sich automatisch, als er ahnte, dass sie bald am Ziel ankommen würden. Seine Mutter parkte den Wagen vor einer Blockhütte, die schon bessere Tage gesehen hatte.

»Wir sind da«, teilte sie ihm mit und musterte ihn von der Seite. »Ich brauche das wirklich, sonst würde ich es nicht tun, und ohne dich ...«

»Ich weiß!«, unterbrach Andy sie barsch. Mittlerweile hatte er sich mit der Situation abgefunden. Seine Mutter würde bekommen, was sie wollte und danach hatte er wieder ein Jahr Ruhe vor ihr.

»Holst du das Geschenk aus dem Kofferraum?«, fragte sie, zog den Kragen ihres Pelzmantels enger um den faltigen Hals und stieg aus. Andy atmete tief durch. Die Verriegelung der Heckklappe öffnete sich mit einem klackenden Geräusch. Er ließ seinen Blick über den Laderaum schweifen. Eine übergewichtige junge Frau lag gefesselt und geknebelt zusammengekrümmt im Innenraum und starrte ihn ängstlich an.

Andy spürte bei ihrem Anblick ein Kribbeln in der Magengrube. Ein Vorbote dessen, was er sorgfältig in sich verborgen hielt. Ein Trieb, der ihm unheimlich war, denn wenn er einmal die Oberhand gewann, verwandelte er ihn in einen anderen Menschen. Mit beiden Händen griff er nach der jungen Frau, die beinahe noch ein

Mädchen war. Ihre dicken Wangen und das speckige Kinn verliehen ihr etwas Babyhaftes. Andy leckte sich über die Lippen und besann sich auf seine Aufgabe. Er zerrte die Gefesselte zu sich heran und wuchtete die Last auf seine Schulter. Er schwankte unter dem Gewicht, fing sich aber wieder und ging mit festen Schritten auf die offenstehende Tür der Hütte zu. Im Inneren brannte bereits ein Feuer im Kamin und verbreitete eine behagliche Atmosphäre. Mit der Ferse gab Andy der Tür einen kräftigen Tritt, damit sie zufiel, dann sah er sich nach der vorgesehenen Ablagestelle um. Ein schwerer Holztisch, der für mindestens acht Personen ausgelegt war, stand im Essbereich des Hauses. Seine Mutter hatte den Pelz abgelegt und nickte ihm auffordernd zu.

Andy legte die Frau auf dem Tisch ab und betrachtete sie nachdenklich. Bei den Massen hatte er ordentlich Arbeit vor sich. Da er eine schnelle Abwicklung bevorzugte, nahm er das Jagdmesser, das seine Mutter ihm reichte, und schlitzte damit die Kleidung der gefesselten Frau auf. Der Körper musste nackt sein.

»Du weißt, was zu tun ist«, stellte seine Mutter nüchtern fest, als sie seine geübten Handgriffe beobachtete. »Ich gehe ins Bad und warte dort.«

Andy nickte, wischte sich den Schweiß von der Stirn und wagte zu fragen: »Kann ich sie nicht zuerst abstechen?«

Seine Mutter umfasste sein Handgelenk mit dem Messer.

»Nein! Und du weißt auch, weshalb das nicht geht«, fuhr sie ihn an.

Andy schloss die Augen. Er hasste es, wenn sie noch bei Bewusstsein waren. Hoffentlich verlor sie es schnell. Das wäre für sie beide einfacher.

»Kann ich mich auf dich verlassen?«, fragte seine Mutter und erzwang Blickkontakt.

»Ja, Mama.«

»Gut, dann fang an.«

Melanie wusste nicht, was geschehen war. Sie hatte ihrer Chefin geholfen, das Gepäck ins Auto zu tragen, dann waren bei ihr plötzlich die Lichter ausgegangen. Als sie erwachte, verspürte sie wahnsinnige Kopfschmerzen, und als sie sich an die Stelle fassen wollte, von der das Pochen ausging, bemerkte sie, dass sie gefesselt war. Was ging hier vor? Wer hatte sie entführt? Dass sie sich im Kofferraum eines Wagens befand, war ihr schnell klar. Das Motorengeräusch drang unverkennbar in ihr Gefängnis. Oh Gott! Ob der Anschlag ihrer Chefin gegolten hatte? Befand sich diese ebenfalls im Wagen? Wurden sie beide gekidnappt? Verdammt! Warum hatte sie an Heiligabend nicht nein sagen können, als die Chefin sie um Hilfe bat? Wäre sie egoistischer gewesen, würde sie sich jetzt nicht in dieser Lage befinden. Das hatte sie nun von ihrer Gutmütigkeit.

Aber die Chefin war immer so nett zu ihr. Anders als die vielen anderen Arbeitgeber, die sie nur aufgrund ihrer Leibesfülle behandelt hatten wie Dreck. Dabei arbeitete sie genauso gut wie jeder andere.

Das Auto war stehengeblieben, im Kofferraum wurde es bitterkalt. Melanie fror und klapperte mit den Zähnen. Dann fuhren sie weiter, unendlich lange. Die Motorengeräusche und die anhaltende Kälte lullten sie ein, bis ihre Augen zufielen. Dann erstarben die Geräusche, der Kofferraum wurde geöffnet und sie sah in das Gesicht eines jungen Mannes. Er war nicht maskiert. Merkwürdig!

Als er sie aus dem Wagen hob und beinahe unter ihrem Gewicht zusammenbrach, fühlte sie sich furchtbar. Warum war sie nur so fett? Sie hätte doch eine Diät machen sollen. Ihre Mutter hatte ihr immer gesagt, wie ungesund solche Abnehmkuren waren und dass man danach mehr wiegen würde als zuvor. Sie hätte es wenigstens einmal probieren können.

Er trug sie ins Haus. Als sie mit dem Kopf nach unten über seinem Rücken hing, stieg ihr sein Geruch in die Nase. Seine Kleidung roch nach Schweiß aber auch noch schwach nach Waschpulver oder Weichspüler. Er trug einen Jogginganzug. Holzdielen zogen an ihren Augen vorbei, dann wurde sie unsanft auf eine harte Unterlage befördert und ächzte, was ihr peinlich war. Nun starrte sie an eine Decke, die aus lackierten Holzstämmen bestand, an denen unverkennbar Spinnweben hingen. Eine alte verstaubte Lampe baumelte beinahe genau über ihr. Plötzlich vernahm sie die Stimme ihrer Chefin und horchte verwundert auf. Sie war auch hier! Sie würde ihr helfen! Sie war immer so nett zu ihr.

»Kann ich sie nicht zuerst abstechen?«, hörte sie den jungen Mann fragen und ihr Herz stand einen Moment lang still. Was? Was hatte er da gesagt?

»Nein und du weißt auch, weshalb das nicht geht.« Das war die Chefin. Was war hier nur los? Was würde der Typ mit ihr machen? Als sie das Messer in seiner

Hand sah, wurde sie panisch. Doch was konnte sie tun? Sie lag da wie ein fetter gestrandeter Wal. Ihre Kleidung wurde zerschnitten! Der Gedanke, dass sie vollkommen nackt vor ihm liegen würde, trieb ihr die Schamesröte ins Gesicht. Wollte er sie etwa vergewaltigen? Sie hatte bisher erst einen Freund gehabt und mehr als küssen war da nicht gewesen. So wie der Typ ihren Körper begaffte und nun auch noch mit den Händen über ihren Bauch und ihre Schenkel fuhr, hatte sie nie zuvor jemand berührt. Es war ihr unangenehm und sie wimmerte in den Stoff, der in ihrem Mund steckte.

»Ich werde es so schnell wie möglich machen«, sagte er und packte eine dicke Bauchfalte, zog diese hoch und setzte das Messer an. »Nützt ja keinem was, wenn du lange leidest.«

Melanie hob den Kopf so weit an, wie es ging, denn sie wollte sehen, was er da tat. Ein brennender Schmerz durchfuhr sie, als das Messer die hochgezogene Hautpartie einfach abschnitt. Wie gebannt starrte sie auf das Stück Fleisch, das tropfend in der Luft baumelte wie ein nasser Putzlappen. »Bin gleich zurück«, sagte er und verließ ihr Blickfeld. Melanie ließ den Kopf zurücksinken. Tränen liefen ihr die Wangen hinunter. Ihr Bauch brannte, als hätte jemand Säure über ihr ausgeschüttet. Panisch zerrte sie an ihren Fesseln und versuchte, sich auf die Seite zu drehen, sich irgendwie von der Unterlage zu winden, aber es tat so verdammt weh. Heulend fiel sie wieder auf den Rücken.

Andy war mit dem ersten Fleischlappen zum Bad gegangen. An der Tür hielt er kurz inne, obwohl er den

Boden volltropfte. Nicht sein Problem. Am Ende würden sie vermutlich sowieso alles abfackeln. Er atmete tief durch und wappnete sich gegen den Anblick seiner nackten Mutter. Vermutlich lag sie in der Badewanne, die sie zuvor mit Decken oder Handtüchern bequem ausgepolstert hatte. Er stieß die Luft aus und trat endlich ein.

»Bescherung!«, rief er aufgesetzt fröhlich, wie sie es in seiner Kindheit immer getan hatte, bevor es Geschenke gab.

»Na endlich!«, kam es ungeduldig zurück. »Mir ist schon ganz kalt. Lass mal sehen.«

Andy drehte den Hautlappen um und zeigte ihr die Innenseite mit der dicken Fettschicht. Gelb wie Eidotter glänzten die aufgeschwemmten Fettzellen in voller Pracht. Seine Mutter nickte zufrieden, warf die Decke zurück und entblößte ihren geschundenen Leib. Brandnarben verunstalteten die Haut, die an manchen Stellen runzlig aussah, an anderen rosig-glänzend. Er war verantwortlich für diese Narben. Er hatte sie damals verbrennen wollen, und es war ihm nicht gelungen. Weil sie ihm verziehen und ihn nicht angezeigt hatte, stand er nun in ihrer Schuld. Sie meinte, das Fettgewebe junger Frauen täte ihren Wunden gut, also hatte er das zu akzeptieren.

»So ein schönes, großes Stück für den Anfang. Sehr gut, mein Junge! Ich wusste gleich, als ich sie zum ersten Mal sah, dass sie geeignet wäre. Leg es mir auf den Bauch, Schatz.«

Andy beugte sich vor und platzierte das Gewebe über ihrer runzeligen Bauchdecke. Seine Mutter war immer dürr gewesen. In die fette Haut der Dicken konnte er sie sicher drei Mal einwickeln. Er hatte bereits versucht, die Haut in einem Stück vom Spender abzuziehen, wie einen Anzug, aber es war ihm nie gelungen. Das Fettgewebe musste erhalten bleiben.

»Mach weiter, Schatz, bevor sie kalt wird.«

Er verließ das Bad, nahm das Messer wieder an sich, dass er in der Nähe des Opfers liegen gelassen hatte, und überlegte, wo er weitermachen sollte. Sie stöhnte und schüttelte wild mit dem Kopf, als er nach einer ihrer riesigen Titten griff. Fettgewebe satt! Rasch setzte er das Messer an und ignorierte das gedämpfte Kreischen der Frau, den Angstschweiß auf ihrer Stirn. Routiniert legte er das abgetrennte Stück Fleisch auf ihr ab und schnitt es auf, wie eine Dönertasche. So auseinandergeklappt dürfte es den Brustkorb seiner Mutter bedecken, dachte er und lief mit seiner Beute los.

»Oh, das tut so gut, mein Liebling«, säuselte seine Mutter, als er ihr das aufgeschnittene Brustgewebe auf den Oberkörper legte. Der Nippel ragte mittig unter ihrem Kinn auf, wie ein unappetitlicher Pickel.

»Ich hole die andere Seite«, sagte er und eilte wieder davon. Je schneller er fertig war, desto besser. Mit der zweiten Brust verfuhr er ebenso. Die Frau kreischte wieder los. Er war froh, dass sie geknebelt war. Schlimm genug, wie sie ihn ansah. Als könnte er etwas dafür. Ihn durchzuckte die Idee, ihr die Augen auszustechen, damit sie nicht mehr so glotzen konnte, aber er ließ es bleiben. Bald war es sowieso vorbei. Dunkelrotes Muskelgewebe war durch die Löcher zu sehen. Das gelbe Fettgewebe hatte er säuberlich abgetrennt. Bei Dicken war es doch leichter, da die Fettschicht einfach so weich und locker war, dass sie sich gut vom Muskel lösen ließ.

Im Bad deckte er seine Mutter mit dem großen Hautstück am Unterleib ein und besah sich sein Werk. Viel war gar nicht mehr nötig. Arme und Beine lagen noch bloß und natürlich das Gesicht. Das bereitete ihm am meisten Kopfzerbrechen.

»Denk an die Maske«, murmelte seine Mutter, als hätte sie seine Gedanken gelesen.

»Ja, natürlich.«

Andy ging zurück, packte das Kinn der Dicken und drehte ihr Gesicht nachdenklich hin und her. Sie war immer noch bei Bewusstsein, auch wenn ihr Blick etwas glasig wirkte. Um ihre Haut abzuziehen, musste er ihr den Knebel abnehmen. Aber dann würde sie wahrscheinlich schreien. Er musste ihr zuerst die Kehle durchschneiden. Seine Mutter würde es nicht merken. Wenn sie einmal in ihre Spezialpackung eingewickelt war, bewegte sie sich nicht mehr. Also hob Andy das Messer, legte es unterhalb des Schwabbelkinns an und presste es fest in die weiche Haut. Das war der Nachteil bei Fetten: Die Haut gab zu sehr nach. Einer Dürren die Kehle durchzuschneiden, war viel einfacher.

Als das Wimmern der Frau wieder einsetzte, erwachte in ihm das Tier. Der Teil von ihm, der das restliche Jahr in einem imaginären Käfig verbrachte, wollte jetzt raus und spielen. Er leckte sich nervös die Lippen und versuchte, die Bestie in ihm zurückzudrängen. Doch wozu? Die Arbeit musste getan werden. Für die Dicke gab es keine Rettung mehr. Warum sollte der animalische Teil in ihm die Sache nicht übernehmen, während er selbst sich eine geistige Auszeit gönnte? Andy legte das große Messer weg, stolperte Richtung Küche und zog alle Schubladen auf, um ein Schälmesser zu suchen.

Melanie schwebte in einem roten Nebel und hatte nur noch wenige wache Momente. Wenn der Schmerz an Intensität zunahm, wurde sie manches Mal wachgerüttelt und starrte dann meist dem Monster ins Gesicht, in das sich der Typ verwandelt hatte. Er sah ganz anders aus als vorhin, viel boshafter und angsteinflößender. Er war nicht mehr der junge Mann, den sie gesehen hatte, als der Kofferraumdeckel sich öffnete. In seinen Augen lag keine Spur von Entsetzen oder Mitleid, sondern ein dunkles Funkeln, das sich zu dem irren Grinsen gesellte. Er schien Freude an dem zu haben, was er jetzt tat. Mit einem kleineren Messer schnitt er an ihrer Stirn entlang, die Schläfe hinunter, am Ohr vorbei, zur Wange und von dort zum Kinn, um mit der Klinge an der anderen Seite ihres Kopfes wieder hinaufzufahren. Während er das tat, biss er sich konzentriert auf die Zunge, sah ihr in die trüben Augen und - bildete sie sich das ein, oder nicht - zwinkerte ihr zu. Als der kalte Stahl ihr Gesicht umrundet hatte, machte er sich an ihrem Mund zu schaffen, fuhr die Kontur ihrer Lippen nach und legte erst dann das Messer zur Seite. Lächelnd rieb er sich die Hände an seiner Hose ab.

»Dann wollen wir mal sehen, was darunter ist«, sagte er und griff zu. Seine Finger gruben sich in den blutigen Schnitt, den er zuvor gesetzt hatte, und zerrten an dem Gewebe, das sich nicht lösen wollte. Er nahm das Messer, schob es unter ihre Haut, fast bis zur Nase und lockerte das Unterhautfettgewebe. Sie spürte die Klinge flach über ihren Wangenknochen schaben, ein fürchterlicher Ton, den sie wohl nur in ihrem Inneren vernahm. Schmatzend löste sich ein Teil ihrer Gesichtshaut und Melanie verlor das Bewusstsein.

Andy bedauerte beinahe, dass die Frau doch noch ohnmächtig geworden war. Aber wer konnte es ihr verdenken? So glatt, wie er es sich vorgestellt hatte, ließ sich die Haut leider nicht vom Gesicht lösen. Dabei gab er sich große Mühe. Immer wieder kappte er mit dem Obstmesser ganz vorsichtig die störenden Verbindungen. Schließlich wusste er, wie wichtig seiner Mutter gerade dieses Teil war. Bei der Nase unterlief ihm jedoch ein Missgeschick. Seine Finger waren glitschig und konnten das Messer nicht so ruhig führen, wie es nötig war. Ein Loch war entstanden, über das er nun leise fluchte. Doch das würde sich beheben lassen, genügend Fett war vorhanden. Aufgeregt wischte er sich die Hände erneut an seiner Hose ab. Endlich hatte er es geschafft. Stolz hob er die Maske hoch und betrachtete dann neugierig die Überreste des Gesichtes der Dicken. Die Muskeln bildeten ein interessantes Muster und sahen irgendwie saftig aus. Da konnte Gunter von Hagens mit seinen Körperwelten nie und nimmer mithalten. Vielleicht sollte er ein Foto machen, dachte Andy.

»Da bist du ja endlich!«, rief seine Mutter ungeduldig.

»Es tut mir leid, dass es so lange gedauert hat«, entschuldigte er sich und hielt triumphierend das Stück Haut hoch. Augenhöhlen, Mund und Nase waren frei.

»Leg es mir auf. Was ist mit der Nase passiert?« Seine Mutter klang verärgert, legte dann aber bereitwillig den Kopf in den Nacken, damit er die Haut über ihrem Gesicht platzieren konnte. Hektisch drückte Andy das Gewebe zusammen und versuchte, das viel größere Hautstück den Konturen seiner Mutter anzupassen.

»Siehst du, die Nase ist wieder intakt«, stellte er zufrieden fest, als er fertig war.

»Ich fühle es. Die Wirkung setzt schon ein. Hol rasch den Rest, mein Schatz. Lebt sie noch?«

Andy überlegte und zuckte mit den Schultern, aber seine Mutter hatte die Augen geschlossen. Mit der Maske sah sie eigenartig aus, gar nicht mehr wie sie selbst.

»Weiß ich nicht«, antwortete er schließlich, »entweder ist sie ohnmächtig oder tot.«

»Gut. Pack meine Arme und Beine ein und lass mich dann genießen. Du ahnst gar nicht, wie gut mir das jedes Mal tut. Übrigens werden wir das nun öfter machen müssen. Ich bin alt und die Wirkung hält nicht mehr so lange an wie früher. Ich denke, jedes halbe Jahr wäre sinnvoll.«

Andy schluckte. »Ja, Mama«, sagte er trotzdem. Sie hatte ihn nicht nur wegen des Brandes in der Hand, sondern erpresste ihn zusätzlich mit seinem Sohn, den er nicht mehr sehen durfte. Sie anscheinend schon, denn wo sollte sie sonst das Foto herhaben? Sie hatte schon einmal damit gedroht, dem Kleinen etwas anzutun, wenn er nicht parierte, und da er seine Mutter kannte, wusste er, dass ihre Drohungen ernst zu nehmen waren. Als sie ihm heute das Fotoalbum mit dem Bild seines Jungen zeigte, war das ein eindeutiger Hinweis gewesen.

Er ging zurück in das Zimmer, in dem das Feuer lustig vor sich hin prasselte. Die Flammen besaßen etwas Magisches. Schon immer hatte er es geliebt, mit Feuer zu spielen. Es reinigte, so sagte man jedenfalls.

Andy riss sich von dem Anblick los und wandte sich seiner Arbeit zu. Die Dicke schien tatsächlich tot oder ohnmächtig zu sein und seine Mutter hasste kalte Fleischauflagen. Also beeilte er sich, die Haut samt Fettschicht von Armen und Beinen zu schneiden, die im Überfluss vorhanden war. Dann deckte er seine Mutter im Bad sorgfältig damit ein und wünschte ihr eine angenehme Ruhezeit.

Elvira grunzte zufrieden. Sie lag in der Badewanne eines Ferienhauses, das sie gemietet hatte, und genoss, wie ihre arme verbrannte Haut sich endlich entspannte. Die Narben taten manchmal so weh, dass sie starke Schmerzmittel nehmen musste. Dass Hautfett helfen konnte, hatte ihr eine Heilpraktikerin schon vor Jahren verraten. Elvira war sich bewusst, dass die Dame seinerzeit eine etwas andere Vorstellung von der Anwendung und Gewinnung des Fettes hatte, als sie und ihr Sohn dies praktizierten. Aber Elvira schwor auf diese Therapie, die sie durch Zufall entdeckt hatte. Damals hatte sich Andys jüngere Schwester ungeschickterweise ein großes Hautstück vom Arm abgetrennt und fürchterlich gebrüllt, bevor sie ohnmächtig geworden war. Dieses dumme Ding konnte noch nie Blut sehen. Elvira hatte die Haut einfach aufgehoben und sie sich auf eine ihrer Wunden gelegt, die besonders stark schmerzte. Ein Jahr zuvor hatte ihr Sohn den Wohnwagen angezündet. Offenbar war er der Meinung gewesen, dass der Gastank explodieren würde, doch den hatte Elvira zuvor herausgenommen, um ihn auffüllen zu lassen. Warum genau der Bengel ihr ans Leder wollte, konnte sie nur vermuten. Wahrscheinlich hatte es mit den Kindern zu tun, die sie ab und zu dort hinbrachte, um ihnen etwas Blut abzuzapfen. Sie war schon immer eine Vertreterin der Blutlehre gewesen und setzte es gegen verschiedene Krankheiten aber auch als Verjüngungstrank ein. Zusätzlich nahm Andy wohl an, dass sie am Tod von dessen Vater nicht ganz unschuldig war. Natürlich traf das zu, aber das konnte der Junge unmöglich wissen. Selbst die Polizei ging von einem Unfall aus.

Das Stück Haut ihrer Tochter hatte ihr seinerzeit jedenfalls so große Linderung verschafft, dass Elvira den Plan fasste, sich von nun an menschliche Haut zu besorgen. Als Komplizen wählte sie Andy, der damals sechzehn war. Er schuldete ihr schließlich was. Selbstverständlich hatte er geheult und gefleht, dass sie sogar damit drohen musste, seine Schwester nur zu verschonen, wenn er ihr ein anderes Mädchen bringen würde. Der brave Junge fand eine junge Ausreißerin, die niemand vermisste. Und so war sie schließlich zu ihrer ersten Ganzkörperbehandlung gekommen, die sie nun regelmäßig in Anspruch nahm.

Elvira lächelte bei der Erinnerung, dann schreckte sie auf. Rauch stieg ihr in die Nase. Kam das vom Kamin?

»Andy?!«, rief sie ängstlich. Entweder hörte er sie nicht, weil er mit der Leiche beschäftigt war, oder er wollte sie nicht hören. Die Stunde war sicher noch nicht um. Was machte der Kerl? Trieb er sich etwa draußen herum? Seufzend ließ Elvira sich zurückfallen und hing wieder ihren Gedanken nach. Die schöne Behandlung abzubrechen, nur um nachzusehen, ob alles in Ordnung war? Niemals! Das war die Umstände nicht wert. Sie genoss es gerade, wie ihre Haut sich unter dem Einfluss der fremden Fettzellen entspannte. Sicher hatte Andy nur frische Zweige aufgelegt, die den Rauch erzeugten, dachte Elvira und wusste nicht, dass sie mit ihrer Überlegung meilenweit von dem entfernt war, was ihr Sohn gerade tat

Andy hatte die Leiche der Frau direkt vor die Tür des Badezimmers gelegt, sie mit Benzin übergossen und angezündet. Nun sah er zu, wie der Körper verbrannte, wie die gierigen Flammen anfingen, am Holz des Türrahmens und des Fußbodens zu lecken. Er fand das Schauspiel faszinierend. Das Tier in ihm summte leise ein Weihnachtslied und erfreute sich an dem Anblick.

Es dauerte nur Minuten, bis er seine Mutter rufen hörte. Sie klang noch nicht panisch, eher wütend. Fakt war, dass er nicht zu ihr hinein und sie auch nicht zu ihm hinaus konnte. Das einzige Fenster war vergittert und außerdem sehr klein, die Tür wurde von dem massigen Körper blockiert. Dieses Mal saß sie in der Falle. Heute würde ihr Treiben ein für alle Mal ein Ende haben. Er würde nie wieder für sie töten!

Das Feuer fraß sich immer schneller in das alte Holz. Andy warf einen letzten Blick auf die fette Leiche und die Tür, die ihn von seiner kreischenden Mutter trennte, dann verließ er die Hütte, um sich das restliche Spektakel aus sicherer Entfernung anzusehen.

Elvira war aus der Wanne gesprungen, als ihr der Duft von gebratenem Fleisch, vermischt mit Benzin in die Nase drang. Sie kannte diesen Geruch recht gut, nur normalerweise roch sie ihn erst, wenn sie gewaschen und angekleidet den Ort des Geschehens verließ. Was hatte dieser Bastard getan? Wollte Andy sie etwa schon wieder töten? Elvira hatte einen sehr ausgeprägten Überlebenswillen und war zäher, als manche Menschen dachten. Wütend klopfte sie gegen die Tür, an deren Griff sie sich augenblicklich die Hand verbrannte. Das Feuer loderte offenbar direkt auf der anderen Seite. Das Fenster! Elvira rüttelte an den Gitterstäben. Sie musste hier raus. Rauch erfüllte längst die Luft und stach in ihre Lungen. Hustend hielt sie sich die Hand vor den Mund. Das verdammte Gitter saß fest und gab nicht nach. Elvira hielt ein Badetuch unter den Wasserhahn, machte es nass und wickelte sich vollständig darin ein.

Andy hörte das Knacken und Knistern und spürte die Hitze des Feuers auf der Haut. Am liebsten hätte er wie Rumpelstilzchen um die Flammen herumgetanzt. Was für ein Schauspiel! Einige Bäume fingen bereits Feuer, und wenn nicht bald jemand die Feuerwehr anrief, würde der ganze Wald abfackeln. Eigentlich sollte er längst im Auto sitzen und davonfahren, aber er konnte sich vom Anblick der riesigen Flammen nicht losreißen. Außerdem hatte er keinen Fahrzeugschlüssel, denn der steckte sicher noch im Pelzmantel seiner Mutter und verbrannte gerade. Egal! Dann würde er eben laufen, bis er an eine Straße kam und ihn jemand mitnahm. Andy war so froh, seine Mutter endgültig los zu sein, dass er sich zum ersten Mal in seinem Leben wirklich lebendig fühlte. Frei! Als wären Eisenketten von ihm abgefallen, die ihn so lange niedergedrückt hatten.

Bevor er sich auf den Weg zur Straße machte, sah er sich noch einmal um und erstarrte. Eine lodernde Fackel taumelte aus dem Haus. Das konnte doch nicht wahr sein! Wie hatte diese Hexe das geschafft? Nach der ersten Schrecksekunde rannte Andy auf seine brennende Mutter zu, um sie zurück in die Flammen zu stoßen. Sie durfte das nicht noch einmal überleben! In seiner Panik erkannte er die Gefahr für sich selbst zu spät.

Elvira schwankte ins Freie. Das nasse Badetuch hatte mittlerweile Feuer gefangen, doch das spürte sie nicht.

»Mutter!« Sie wandte den Kopf, konnte jedoch nichts erkennen. Andy war noch hier? Hatte er doch nichts mit dem Brand zu tun? Elvira spürte die Hitze kaum, die ihren Körper einhüllte und die Frotteefasern mit ihrer Haut verschmolz. Er hatte sie erreicht. Sie umarmte ihn, bevor er etwas anderes tun konnte, hielt ihn fest umklammert und ließ ihn nicht mehr los, bis die Flammen auf ihn überschlugen. Ihr Sohn schrie gellend auf und versuchte verzweifelt, sich zu befreien, doch Elviras Muskeln waren bereits verschmort und ihre Arme derart um ihn verkrampft, dass er ihr die Knochen hätte brechen müssen, um sie zu lösen. Gemeinsam gingen Mutter und Sohn zu Boden. Das Letzte, was Elvira sah, war das rußgeschwärzte Gesicht ihres Kindes.

Das Letzte, das Andy sah, war eine verkohlte Leiche, die ihn mit ihren schwarzen Lippen und gebleckten Zähnen angrinste.

Als die Feuerwehrleute eintrafen, bot sich ihnen ein grotesker Anblick: Ein Mann mit qualmendem Haupthaar in der Umarmung einer verbrannten Frauenleiche, der unaufhörlich »Bescherung« kreischte.

Kinderschreck

Eduard hasste diese verdammten Blagen! Schon wieder fuhren sie mit ihren Fahrrädern klingelnd und kreischend an seinem Grundstück vorbei. Seit der Verdacht aufgekommen war, er hätte etwas mit dem Verschwinden einiger Kinder aus dem Ort zu tun, wagte sich niemand mehr von diesen Hosenscheißern direkt auf seinen Hof, aber offenbar galt es als Mutprobe, bei ihm vorbeizufahren und ihn zu provozieren.

Wütend stapfte er nach draußen. Natürlich ergriffen diese Nervensägen sofort die Flucht. Er hörte sie nur noch aufgeregt kreischen und sah die Staubwolke, verursacht von den durchdrehenden Fahrradreifen im trockenen Sand des Feldweges.

Dreckskröten!

Mürrisch stampfte Eduard zum alten Schweinestall hinüber. Er hielt seit einigen Monaten keine Viecher mehr. Mit seinen beinahe siebzig Jahren war er dieser schweren Arbeit nicht mehr gewachsen. Er stieß die Tür auf und sog den Gestank ein, den der Stall immer noch verströmte. Eduard hatte lange Zeit mit Schweinen gearbeitet und sich irgendwann an den Geruch gewöhnt – genauso wie an den Mief dieser kleinen Kröten. Durch die quadratischen Glasbausteine, die in regelmäßigen Abständen über jeder Box in die Wand eingelassen worden waren, schien nur gedämpftes Licht. Dennoch sah er die Fahrradkette recht gut, an der die Leiche des letzten kleinen Bastards baumelte, der es nicht rechtzeitig geschafft hatte. Die Kette war ihm abgesprungen und der Bengel hatte ausgerechnet ihn um Hilfe gebeten. Das war noch bevor diese Pressefuzzis hier herumgeschnüffelt hatten.

»Komm mit«, hatte Eduard zu dem etwa zehnjährigen Jungen gesagt und der war ihm vertrauensvoll mit seinem kaputten Rad zum Stall gefolgt.

»Muss eben Werkzeug holen«, hatte Eduard erklärt und war in den Stall gegangen. Eigentlich hatte er einen großen Hammer nehmen wollen, um der Göre den Schädel einzuschlagen, aber dann fiel ihm die Fahrradkette ein und er überlegte es sich anders. Statt das Rad zu reparieren, hatte er ein Glied aus der Kette gelöst und sich wie ein Kind darauf gefreut, den Knirps zappeln zu sehen. Er war nicht der Erste, der durch Eduard den Tod fand. Irgendjemand musste diese Brut schließlich ausrotten. Kinder waren laut, spionierten überall herum, taten unschuldig und plauderten dann bei der nächsten Gelegenheit alles aus, was niemanden etwas anging.

Bei der Erinnerung an jenen amüsanten Nachmittag lächelte Eduard. Er war mit der ölverschmierten Fahrradkette heraus auf den Hof getreten, wo der Bengel ihn erwartungsvoll ansah. Der Kleine hegte kein Misstrauen und wirkte kein bisschen ängstlich. Selber schuld! Eduard hatte sich die Enden der Kette um je eine Hand gewickelt und dann dem überraschten Jungen die übrigen Glieder um den Hals geschlungen und festgezogen. Wie schön der Kleine gestrampelt hatte! Seine Füße waren über den Boden gerutscht und hatten tiefe Furchen im Schotter hinterlassen, die Hände griffen nach der Kette, die ihm den Atem nahm, und zerrten daran, doch Eduard hatte nicht lockergelassen, sondern das Machtgefühl und die schwächer werdenden Abwehrbewegungen genossen. Als der Hosenscheißer sich nicht mehr rührte, hatte er ihn an der Kette in den Stall gezerrt und an einem Haken aufgehangen. Vermutlich war der Bursche nur ohnmächtig gewesen, aber das war Eduard egal. Zufrieden hatte er beobachtet, wie sich die schmierigen Kettenglieder tief in den schmalen Hals gruben, an dem bereits bläuliche Verfärbungen zu sehen waren. Da Eduard ein gründlicher Zeitgenosse war, hatte er sich mit seinem kompletten Gewicht an die dünnen Beine gehängt. Sicher war sicher. Seitdem hing der kleine Bastard hier im Stall und würde niemanden mehr nerven. Der einst anklagende Blick seiner gebrochenen Augen war verschwunden.

Heute sah der Bengel ganz anders aus. Immerhin hing er auch schon wochenlang im Stall. Vielleicht sollte er ihn endlich unter dem Misthaufen vergraben. Früher hatte Eduard den Schweinen die Körperteile seiner Opfer zu fressen gegeben, aber nun, da er keine Viecher mehr hielt, musste er sich etwas anderes einfallen lassen.

Eduard ging zurück ins Haus und machte sich einen Instant-Kaffee. Das Zeug schmeckte scheußlich, aber seine Maschine war kaputt und er hatte kein Geld für eine neue. Während er darauf wartete, dass das Wasser kochte, fiel ihm ein, dass er noch etwas in der Eistruhe hatte, das er gleich zusammen mit den Überresten des Jungen verbuddeln konnte. So sparte er sich einen Arbeitsgang. Die Plackerei ging ihm allmählich auf die Nerven und ins Kreuz.

Seufzend klappte er den Deckel der altersschwachen Gefriertruhe hoch und inspizierte den Raureif, der sich auf den nackten Armen gebildet hatte. Das geblümte Kleid war steifgefroren, genau wie die blonden Löckchen, in denen noch das blaue Schleifenband steckte. Sie war schon ein süßes Ding gewesen, keine acht Jahre alt. Offenbar war das dumme Kind einer seiner Katzen nachgelaufen. Sie hatte pausenlos von einer Katze geschwafelt, als er sie völlig verängstigt in der Scheune fand.

»Magst du Kätzchen?«, hatte er sie gefragt. »Eine hat gerade Babys. Komm, ich zeig sie dir.«

Sie war ihm arglos in den kleineren Stall gefolgt.

»Dort drüben sind sie«, hatte er gesagt und in eine Ecke gedeutet, in der Heu aufgeschichtet lag. Tatsächlich hatte eine der Katzen dort vor ein paar Tagen geworfen. Allmählich nahmen auch diese Viecher überhand. Es wurde Zeit, dass er ein paar von ihnen ersäufte, wie es sein Vater immer getan hatte. Schlussendlich hatte Eduard vorerst die Katzen verschont und dafür das Mädchen genommen, es gepackt und zur Regentonne geschleppt, einfach kopfüber hineinfallen lassen und die zappelnden Beinchen festgehalten, bis sie sich nicht mehr bewegten. Nach ein paar Minuten war alles vorbei gewesen, aber zur Sicherheit hatte er das kleine Biest noch länger im Wasser gelassen und es erst nach einer Viertelstunde herausgeholt und dann direkt in die Tiefkühltruhe geworfen. Anschließend hatte er sich einen Kaffee gekocht, genau wie jetzt.

Wie die Presse ihm auf die Schliche gekommen war, wusste er nicht, denn er verwischte seine Spuren stets sorgfältig. Das Rad des Jungen lag bei einigen anderen alten Fahrrädern im Stall, und dort hatte niemand nachgesehen. Noch nicht mal die Polizei war hier aufgetaucht. Nur die blöden Pressefuzzis machten Theater. Vielleicht sollte er sich mal einen von denen schnappen. Schließlich stand unter jedem Artikel der Name des Verfassers. Aber das wäre wohl zu auffällig. Allerdings hatten diese Journalisten bestimmt auch Kinder, die weitaus leichter aus dem Weg zu räumen waren. Eduard hatte schon einmal eine dieser Kröten auf dem Weg nach Hause überfahren und mitgenommen. Warum sollte das nicht noch einmal gelingen? Damals war es zwar fast ein Unfall und reiner Zufall, aber da ließe sich bestimmt etwas machen. Eduard nippte an dem grässlich schmeckenden Kaffee und erinnerte sich an jenen Tag, als er mit seinem alten Geländewagen unterwegs war und plötzlich dieser Junge am Straßenrand stand. Der Bengel war extra an die Seite gegangen, was ihm natürlich nichts genützt hatte. Mit seiner zerbeulten Rostlaube war Eduard ihm über die Beine gefahren, sodass er praktischerweise nicht mehr weglaufen konnte. Was hatte dieser kleine Scheißer geheult und geschrien. Irgendwann reichte es Eduard und er hatte ihm den Hals umgedreht. Es war nicht leicht, eine Wirbelsäule zu brechen, doch Eduard hatte ein Leben lang hart gearbeitet und war deshalb kräftig genug.

Das eben noch feiste Lächeln auf seinem Gesicht verschwand, als er an den darauffolgenden Tag dachte. Früh am Morgen wurde Eduard vom Hupen eines Wagens geweckt. Wütend war er aus dem Bett gesprungen und mit seinem Gewehr auf den Hof gerannt, wo ein Transporter mit dem Logo eines TV-Senders stand.

»Verlassen Sie sofort mein Grundstück!«, hatte er geschrien, als einer der Insassen die Autotür öffnete.

»Wir wollen Ihnen nur ein paar Fragen stellen!«, hatte der Kerl auf dem Beifahrersitz gerufen. Jedoch war Eduard nicht in der Lage, den Mann zu verstehen, denn er hatte bereits mit seiner Flinte auf die Frontscheibe gezielt, was die Pressefuzzis wohl überzeugte, denn der Fahrer hatte Gas gegeben und war davon gebraust. Seltsames Pack!

Nach dem Frühstück widmete sich Eduard seinen Aufgaben, vergrub die beiden Kinderleichen unter dem Misthaufen, den er bei dieser Gelegenheit gleich umschichtete. Der Mist stammte zum Teil vom Nachbarhof. Der Jungspund von einem Bauern war immer froh, seinen stinkenden Abfall loszuwerden. Dabei war das doch guter Dünger.

Eduard war müde und seine alten Knochen taten ihm weh, als er endlich mit der schweren Arbeit fertig war. Er wollte sich gerade auf seiner durchgesessenen Couch erholen, als er draußen Kinderstimmen hörte. Was war denn nun wieder los?

»Wer hat Angst vor'm schwarzen Mann?«, hörte er eine Mädchenstimme fragen.

»Niemand!«, antworteten mehrere Kinder lachend.

»Und wenn er kommt?«, fragte das Mädchen.

»Dann laufen wir weg!«, riefen deren Freunde.

»Lauft bloß, ihr Ungeziefer«, knurrte Eduard, der zu faul war, aufzustehen, »sonst zertrete ich eure kleinen Schädel mit meinen Stiefeln!«

Draußen wurde es keineswegs leiser. Die Kinder stimmten ein Lied an. Eduard kannte es von früher und wunderte sich, dass die Blagen das heute noch sangen und dazu spielten. Als nach einer Weile immer noch keine Ruhe herrschte, raffte er sich stöhnend auf und wuchtete seinen müden Körper von der Couch. Waren diese Mistkröten größenwahnsinnig? Wussten die denn nichts von seinem Ruf? Was musste er denn noch alles tun, dass diese Monster ihn endlich in Ruhe ließen? Mit hochrotem Kopf trat er aus dem Haus und griff nach der Mistgabel, die er dort hingestellt hatte. Ein junges Mädchen mit dünnen geflochtenen Zöpfen sah ihn direkt an. Es trug eine Kittelschürze? Eduard fragte sich, warum das Kind so altmodisch gekleidet war. Heute trugen die Kröten doch Jeans und T-Shirt.

»Verschwinde, sonst mache ich dir Beine!«, rief er der Kleinen zu. Er war zu erschöpft, um sich die Brut zu schnappen.

»Ich habe schon welche«, konterte das freche Gör und hüpfte darauf herum. Eduard schaute irritiert auf ihre weißen Kniestrümpfe und fragte sich erneut, wer so etwas heutzutage noch trug. Vor fünfzig Jahren waren sie alle so herumgelaufen, aber heute ...

Er stutzte. Vor fünfzig Jahren war er siebzehn gewesen und hatte den Feldzug gegen das kindliche Ungeziefer angetreten. Sein erstes Opfer war die Tochter einer Magd gewesen, die auf dem Hof gelebt hatte. Er erinnerte sich an die dürren Zöpfe des Mädchens und wie er sie daran gepackt hatte. Gänsehaut überlief seinen Körper. Das konnte nicht sein! Das Kind war seit Ewigkeiten tot! Niemand hatte die Leiche je gefunden und er war niemals unter Verdacht geraten, etwas mit ihrem Verschwinden zu tun zu haben. Eduard griff die Mistgabel fester. Wenn sie nicht endlich verschwand, würde er sie damit aufspießen.

Hinter dem Mädchen erschienen plötzlich weitere Kinder, Jungen in kurzen Hosen, mit Haarschnitten und Seitenscheiteln, wie sie früher einmal in Mode gewesen waren, Mädchen mit Haarschleifen und in geblümten Kleidchen. Was war hier los? Eduard fühlte sich in eine andere Zeit versetzt und ihm zog sich vor Grauen die Haut im Nacken zusammen. Immer mehr Kinder tauchten in der Einfahrt und auf dem Hof auf. Eduard blieb nichts anderes übrig, als nach drinnen zu flüchten und sich dort zu verbarrikadieren.

Nachdem er minutenlang versucht hatte, sich zu beruhigen, schlich er zum Fenster und schob die schmutzstarrende Gardine etwas zur Seite. Durch die beinahe blinde Scheibe entdeckte er etwa ein Dutzend Kinder, die ihm alle vage bekannt vorkamen. Besonders das Mädchen mit den Zöpfen machte ihm Angst. Sie war sein erstes Opfer gewesen oder sah zumindest genauso aus wie die Kleine von damals. Sein Verstand wollte nicht akzeptieren, dass sie dort draußen stand, aber seine Augen sagten ihm, dass es so war. Was sollte er tun? Die Polizei rufen? Würden die Geister der Vergangenheit dann verschwinden? Konnte er sich vielleicht durch den Keller davonschleichen? Kurzerhand stopfte Eduard sein letztes Bargeld in die Hosentaschen, schnappte sich eine Taschenlampe und die Mistgabel und öffnete die Tür zum alten Keller. Er würde am Weiher herauskommen, der sich in der Nähe der ehemaligen Kuhweide befand. Die Kühe hatte sein Vater gehalten und gleich nach dessen Tod waren sie beim Schlachter gelandet. Eduard hatte Kühe noch nie leiden können. Schweine waren ihm wesentlich lieber.

Im Kellergang roch es modrig. Er war ewig nicht hier unten gewesen. Ihm fiel ein, dass er der Tochter der Magd hier irgendwo den Schädel eingeschlagen hatte. Das Gefühl von Blut und Hirnmasse, die ihm ins Gesicht gespritzt waren, würde er wohl nie vergessen. Eilig lief er an der Stelle vorbei, an der es geschehen war. Hier, an der Öffnung zum Rübenkeller hatte er es getan. Der gemauerte Vorsprung war ideal gewesen, um ihr den Kopf zu spalten. An den dünnen Zöpfen hatte er die kleine Petze gehalten und ihren Schädel immer wieder gegen die Kante geschlagen, bis es endlich geknackt hatte.

Eduard hielt die Luft an und lauschte. Halluzinierte er oder waren das tatsächlich Schritte, die er hörte? Es klang wie Ratten, viele kleine Füße, die rasch über den Boden flitzten. Er sollte sich wohl beeilen. Die Tür am Ende des Ganges war offen. Zum Glück hatte er es immer wieder verschoben, ein neues Vorhängeschloss zu kaufen. Das alte war schon seit Ewigkeiten defekt.

Eduard stolperte ins Freie. Warum war es dunkel? Er hatte doch eben noch gefrühstückt und nun stand der Mond als schmale Sichel am Himmel? Grunzen drang an Eduards Ohr und sein geschultes Hirn erkannte das Geräusch sofort. Schweine! Wie kamen die denn hierher?

Hinter ihm flog die alte Holztür mit einem lauten Krachen auf und schlug gegen die Hauswand. Erschrocken wirbelte Eduard herum. Er hatte die Tür doch gerade erst hinter sich geschlossen. Wer ... Die Kinder? Mit Entsetzen erspähte er ihre kleinen, so unpassend gekleideten Gestalten. Dämonen aus einer anderen Zeit. Warum waren sie hier? Wie konnte er sie loswerden?

Plötzlich stupste eine weiche Schnauze gegen Eduards Finger. Er griff automatisch höher und kraulte das Schwein an der Stirn. Sie waren seine Gehilfen gewesen und hatten die zerhackten Körper seiner Opfer nur allzu gierig gefressen. Ein stechender Schmerz fuhr durch Eduards Hand, als die verdammte Sau ihn biss. Aus einem Reflex heraus drehte er sich und stach dem Vieh mit der Mistgabel in die Flanke. Er würde diesem Mistvieh schon Manieren beibringen. So eine Dreckssau! Auf den Grill gehörte so was und sonst nirgendwo hin! Das Tier quiekte laut und rief damit seine Artgenossen auf den Plan. Leises Grunzen war zu hören, das nun immer lauter wurde. Der Boden begann zu vibrieren und Eduard konnte viele kleine Augen in der Dunkelheit funkeln sehen. Sie hielten direkt auf ihn zu. Nur ein Wimpernschlag später hatten ihn die ersten erreicht und zu Boden geworfen. Ihre scharfen Klauen trafen ihn.

Verzweifelt schrie Eduard auf und schlug mit der Mistgabel um sich. Schwankend kam er wieder auf die Beine und sah sich nach einem Fluchtweg um. Doch vor ihm standen die merkwürdigen Kinder. Sie hielten sich an den Händen und starrten ihn stumm an. Hinter ihm grunzten und quiekten die aufgebrachten Schweine und neben ihm lag der nach Verwesung stinkende Weiher, in dem er einige dieser kleinen Monster ersäuft hatte.

»Aus dem Weg!«, schrie Eduard und hielt die Mistgabel wie eine Waffe vor sich. Die Kinder standen in einer Reihe und wichen keinen Zentimeter zurück. Sie machten ihm mehr Angst, als er zugeben wollte. Schließlich trat die Kleine mit den dünnen Zöpfen einen Schritt vor und streckte die Hand aus. Die Mistgabel machte sich selbständig und Eduard konnte sie nicht mehr halten. Im nächsten Augenblick hielt das Mädchen sie in der Hand und rammte sie ihm ohne zu zögern in den Bauch. Eduard sah ungläubig an sich hinunter. Der Stiel der Forke ragte aus seinem Körper und wurde nun wie von Geisterhand gedreht. Seine Bauchdecke riss auf. So viel Kraft konnte so ein kleines Kind doch gar nicht haben, dachte er verwundert, während er in die Knie sackte. Die rostigen Zinken der Mistgabel wurden aus seinem Leib gerissen. Eine Darmschlinge hing feucht und glitschig aus einem der Löcher, die das Metall verursacht hatte. Es dauerte ein paar Atemzüge, bis Eduard bewusst wurde, was geschah. Panisch versuchte er, die Darmschlinge wieder in seinen Bauch zu stopfen. Das konnte nicht sein. Das durfte nicht sein! Als er aufsah, stand ein kleiner Junge mit verschorften Knien vor ihm, die Forke drohend auf ihn gerichtet. Eduard hob abwehrend seine freie Hand vor sein Gesicht. Ein Zinken drang durch die Handfläche und blieb in seinem Wangenknochen stecken. Eduard kreischte, starrte den wippenden Holzstiel an, ließ endlich den Darm los und zog mit einem Ruck den Metallstachel aus seinem Kopf.

Ein weiteres Kind stand bereit, um ihm bei der durchbohrten Hand behilflich zu sein. Schmatzend verließ das Metall den Handteller, in dem ein blutendes

Loch zurückblieb. In Todesangst warf sich Eduard herum. Er ahnte, dass das nächste seiner ehemaligen Opfer ihn weiter traktieren würde. Dieses Mal flammte der Schmerz in der rechten Arschbacke auf. Er landete auf dem Bauch, spürte den matschigen Untergrund, in den er einsank, und heulte wie ein Kleinkind.

»Hört doch auf! Ihr seid sowieso tot! Was nützt es euch, wenn ich auch draufgehe?!«, jammerte er und versuchte Halt im Schlamm zu finden. Eins der Schweine war nähergekommen und schnüffelte neugierig an seinem Ohr.

Doch Eduard hatte keine Chance, das Vieh beiseite zu stoßen. Sein Körper wurde ruckartig hochgehoben, als die Mistgabel aus seiner Arschbacke gezogen wurde. Er ächzte vor Schmerz, als er zurück in den Schlamm fiel. Die Zacken der Mistgabel rammten sich in seinen Rücken. Er schrie vor Angst. Das Schwein war wieder da und biss ihm in den Nacken. Eduard kreischte und versuchte das Mistvieh wegzustoßen. Stinkende Zähne schlugen sich in seinen Arm und zerrten an ihm. Eduard hörte trotz seines Gebrülls Knochen knacken, als seine Hand abgetrennt wurde. Die Mistgabel war verschwunden, dafür versammelten sich nun immer mehr Schweine um seinen blutenden Körper, sie schnüffelten an ihm und bissen, als wären sie Piranhas.

Eduard schlug schreiend um sich, aber gegen die vielen massigen Leiber kam er nicht an. Ein Schwein steckte seinen Kopf unter Eduards Leib und wuchtete ihn erst auf die Seite, dann auf den Rücken. Als die Bauchwunde freilag, stürzten sich die hungrigen Mäuler auf ihn. Zu seinem Pech blieb Eduard bei Bewusstsein. Er starrte ungläubig die Mondsichel an und dachte darüber nach, wann dieser Albtraum endlich vorbei sein würde. Die Schweine zerrten Darmschlingen aus seinem Inneren und fraßen sie schmatzend auf. Warum lebte er überhaupt noch? Das Gesicht des Mädchens mit den dünnen Zöpfen tauchte plötzlich über ihm auf. Sie grinste ihn mit ihrer Zahnlücke an. Eduard blinzelte. Er musste bereits tot sein oder wahnsinnig, anders konnte er es sich nicht erklären. Die Kleine beugte sich zu ihm herunter und biss in seine Nase. Er hörte den Knorpel knirschen, bevor sie ihm abgerissen wurde, dann knackten die Knochen in seinem Unterkiefer. Schreien war längst nicht mehr möglich. Das Grauen hatte Eduard erstarren lassen. Er schloss die Augen und bat Gott darum, ihm seine Sünden zu verzeihen. Was er als Antwort erhielt, war ein schauriges Lachen.

Zwei Tage später erschien folgender Bericht in der örtlichen Zeitung:

Eduard J., ein ortsansässiger Bauer, wurde am Morgen auf dem Einsiedlerhof tot an seinem Weiher gefunden. Sein Körper war von Schweinen beinahe vollständig aufgefressen worden. Wie der Redaktion berichtet wurde, hielt Eduard J. selbst keine Tiere mehr, weshalb es ein Rätsel bleibt, wessen Schweine für die Tat in Frage kommen. Kein Bauer aus der Umgebung hat seine Tiere als vermisst gemeldet. Bisher geht die Polizei von einem natürlichen Tod aus. Der hiesige Veterinär teilte dem Tageblatt mit, dass Schweine Allesfresser seien und nach seiner Meinung schlichtweg die Gunst der Stunde genutzt hätten. Genaueres über den Tod des Bauern wird die Gerichtsmedizin noch herausfinden. Viel interes-

santer ist die Tatsache, dass die Polizei auf dem Hof des Einsiedlers das Fahrrad eines Jungen sicherstellte, der vor einigen Wochen als vermisst gemeldet wurde. Daraufhin wurde der Hof abgesperrt, um weitere Ermittlungen einzuleiten. Der Bauer stand schon länger unter Verdacht, etwas mit dem Verschwinden der Kinder aus dem Dorf zu tun zu haben. Bisher hat man ihm nichts nachweisen können, es scheint jedoch so, dass wir Eltern wieder aufatmen können.

Bericht: D. Heinrich

Foto: K. Walter

Faszination des Grauens

Sie sah eine Hand, die Gegenstände auf einem Rollwagen arrangierte. Der Mann, zu dem diese Hand gehörte, trug eine schwarze Skimaske, die nur seinen schmalen Mund und die Augen offenbarte. Der Blick aus diesen stahlblauen Augen brachte sie zum Schaudern.

Gänsehaut überzog ihre Arme.

Sie betrachtete die Utensilien näher, die er pedantisch geordnet hatte. Einige davon wurden sicher in Krankenhäusern verwendet, so wie das silbern glänzende Skalpell, verschiedene Zangen und eine übergroße Spritze. Andere Dinge schienen aus einer Werkstatt zu stammen. Sie erkannte einen Lötkolben und eine Druckluftpistole, mit der man Nägel in Holz schießen konnte.

Oder in Menschen, fuhr es ihr durch den Kopf und sie stellte sich vor, wie schmerzhaft es sein müsste, einen solchen Nagel mit diesem enormen Druck ins Knie geschossen zu bekommen. Keuchend biss sie sich auf die Unterlippe.

Beim Anblick der kleinen Säge und des Tackers wurde ihr übel. Sie dachte daran, wie dieser Mann mit der Skimaske womöglich Wunden zufügen und dann wieder verschließen würde, um sein Opfer länger quälen zu können. Grausam! Sie schluckte trocken und griff nach ihrem Weinglas und nach der Schüssel mit den Kartoffelchips. Es war schwer, sich loszureißen, aber mit einem entschiedenen Druck auf die Fernbedienung zappte sie weiter. Schließlich wollte sie heute Nacht in Ruhe schlafen.

Dunkles Verlangen

Das junge Pärchen hatte es Martin angetan. Es handelte sich um ausgesprochen hübsche Menschen. Sie passten unglaublich perfekt zusammen, jedenfalls in Martins Augen. So stellte er sich ein ideales Paar vor. Der Mann war groß, mit einem athletischen, nicht zu muskulösen Körper, hatte dunkle Haare und schöne weiße Zähne, die man strahlen sah, wenn er lachte. Die Frau dagegen wirkte klein und zierlich, mit einer langen blonden Mähne und niedlichen blauen Puppenaugen, die sie mit schwarzgetuschten Wimpern betonte. Martin hatte die beiden schon seit einer Weile im Visier, verfolgte sie, wenn er Zeit dazu hatte, wusste, wo sie arbeiteten beziehungsweise studierten, wo sie ihre Freizeit verbrachten, welches Fitness-Studio und welchen Friseur und Bäcker sie aufsuchten, all diese kleinen privaten Dinge hatte er im Laufe der Zeit herausgefunden.

Heute Abend hockte Martin auf der weißen Mauer, die das gemietete Einfamilienhaus der beiden umgab. Geschützt wurde er von den niedrig hängenden Ästen einer Trauerweide, durch die er hindurch spähte, geradewegs hin zur riesigen Fensterfront, die einen Blick ins Wohnzimmer erlaubte, wenn die Rollos nicht geschlossen waren, so wie jetzt. Martin hatte schon oft auf diesem Platz gesessen und den beiden dabei zugesehen, wie sie gemeinsam auf der Couch saßen, fernsahen oder bei Kerzenlicht speisten. Er verlor sich gern in der Beobachtung des Pärchens auf der gemütlich aussehenden

Sofalandschaft. Diese zwei wundervollen Körper so im Einklang agieren zu sehen, war berauschend. Mit offenem Mund und prall gefüllter Hose bestaunte er regelmäßig den Liebesakt und war irgendwann von dem Gedanken besessen, ein Teil dieser Beziehung zu sein.

Wie durch Gottes Fügung ergab sich eines Abends eine so günstige Gelegenheit, dass Martin sich nicht zurückhalten konnte. Die Terrassentür stand weit offen, er konnte das Paar im Wohnzimmer herumalbern sehen, sie küssten und neckten sich, waren vollkommen aufeinander konzentriert. Martin sprang von der Mauer und schlich durch den Garten, bis er an der Tür angekommen war. Dort, im Schatten verborgen, hörte er eine Weile zu. Bei der Gelegenheit erfuhr Martin die Kosenamen der beiden. Er, Konstantin, nannte sie Engelchen, dabei hieß sie Lena, und sie nannte ihn neckisch Bärchen. Nun forderte das Bärchen sein Engelchen gerade dazu auf, nach oben ins Schlafzimmer zu gehen und sich eines ihrer sexy Dessous anzuziehen. Sie wollten es also jetzt miteinander treiben.

Diese Chance musste Martin einfach nutzen, auch wenn er nicht vorbereitet war und die Tasche mit seinen Spielzeugen zu Hause lag. Als Lena kichernd nach oben gegangen war, schlich er durch die Tür und versteckte sich hinter der Couch. Das Bärchen kam bald darauf dicht an seinem Versteck vorbei, um die Terrassentür zu schließen. Er trug lediglich Shorts, was Martin die Gelegenheit gab, seinen gut gebauten Körper zum ersten Mal aus der Nähe zu bewundern. Konstantin sah mit seinem Sixpack und den durchtrainierten Oberarmen aus wie Adonis, was Martin eine wohlige Gänsehaut bescherte. Er streichelte den eigenen Bauch, der über den Bund seiner Jeans quoll und wartete, dass der Kerl sich entfernte, damit er endlich zuschlagen konnte. Schon oft hatte er sich in seinen Träumen vorgestellt, was gleich passieren würde, und dabei seinen leider nur kurzen aber dicken Schwanz gerieben. Der Gedanke, dass seine Phantasien jetzt endlich Wirklichkeit werden könnten, machte ihn nervös. Auf Konstantin oder besser gesagt auf dessen Körper war er neidisch, aber auf Lena war er scharf. Engelchen! In den vergangenen Wochen hatte es ausgereicht, an ihre festen Schenkel zu denken und wie es sich wohl anfühlte, zwischen ihnen zu sein, wie sie riechen würde. Heute nicht! Ab jetzt musste das Kopfkino nicht mehr alleine herhalten. Bald würde Lena ihre Beine freiwillig für ihn breitmachen und ihn anflehen, sie zu ficken.

Als er Konstantin endlich nach oben gehen hörte, schlich Martin in die Küche. Er musste improvisieren, aber das machte die Sache noch viel spannender. Leise öffnete er einige Schubladen und fand schließlich, wonach er suchte.

Als er dem Pärchen in die obere Etage folgte, schlug sein Herz vor Aufregung so heftig, dass er es bis zum Hals hinauf spürte. Er liebte diese Spannung, das erregende Prickeln des Adrenalins in seinen Adern. Die beiden, auf die er es heute abgesehen hatte, vergnügten sich bereits unüberhörbar. Martin schob die angelehnte Schlafzimmertür ein Stück auf. Lena räkelte sich in Dessous auf dem großen Bett und ihr Bärchen beugte sich gerade über sie. Zwei so gutaussehende Exemplare hatte

Martin lange nicht gehabt. Gierig leckte er sich die Lippen und machte sich bereit.

Mit drei großen Schritten war er im Zimmer, warf sich über den Mann und hielt ihm sein Küchenmesser an die Kehle, während er in die schreckgeweiteten blauen Augen von Lena sah. Wie herrlich es war, ihnen endlich so nahe zu sein.

»Ganz ruhig«, knurrte Martin seinem Opfer ins Ohr und griff ihm in die vollen dunklen Haare, um den Kopf zu fixieren und die scharfe Klinge gegen den Kehlkopf zu pressen. »Und wehe, du schreist rum!«, fuhr er an Lena gerichtet fort. »Ich kann Schreien nicht ausstehen. Wenn du Theater machst, wird er dafür büßen und umgekehrt. Habt ihr das verstanden?«

Das süße Engelchen schien sich in einer Schockstarre zu befinden, aber Konstantin äußerte seine Zustimmung, jedenfalls legte Martin das grunzende Geräusch als solche aus. Er genoss noch einen Moment das Gefühl, den ihm körperlich weit überlegenen Kerl zu beherrschen, dann ließ er dessen Kopf los und nahm das Messer weg. Er hörte, wie Konstantin erleichtert aufatmete, als der nach seinem Hals tastete und feststellte, dass ihm nichts geschehen war. Aber die Erleichterung dauerte nur so lange an, bis er die streichelnde Hand auf seinem Schulterblatt bemerkte. Nun versteifte er sich ebenso, wie seine Freundin, hielt ganz still, als wenn er damit etwas verhindern könnte.

»Was wollen Sie?«, fragte er nach den ersten Schrecksekunden mit zitternder Stimme.

»Entspann dich«, war Martins Antwort und seine Hand glitt den Rücken des anderen hinab bis zum

Gummibund der Shorts. »Du bist gut trainiert«, stellte er fest, als seine Finger sich in den Hintern des Bärchens krallten. »Das gefällt mir.«

Lena schien zu sich zu kommen und begann zu weinen. Missbilligend sah Martin sie an, doch dann klärte sich sein Blick. Eine ihrer Brüste lugte kokett aus der schwarzen Spitzencorsage hervor, die Brustwarze, dunkel und einladend lecker, zog Martin magisch an.

»Küss sie«, befahl er Konstantin und grub seine Nägel in dessen Schulter, um ihn in Lenas Richtung zu bewegen. »Saug ihre Nippel für mich hart.«

Als der junge Mann zögerte, rammte er ihm die Faust ins Kreuz und drückte ihn nach unten. Lüstern sah er zu, wie die dunkle Warze in dessen Mund verschwand und wie er daran nuckelte.

»Mach sie ganz lang«, flüsterte er, während er mit dem Messer den Stoff der Shorts auftrennte und seine Hand in die Spalte des Mannes gleiten ließ. Er fühlte, wie die Muskeln bei seiner Berührung zuckten, und lächelte zufrieden. Das Engelchen verzog schmerzerfüllt das Gesicht, was sein Interesse wieder auf sie richtete.

»Lass mal sehen«, forderte er Konstantin auf und beugte sich tief über dessen Schulter, um den Nippel zu begutachten. Er konnte noch sehen, wie lang er gewesen war, doch er zog sich bereits wieder zurück. Martin griff danach, klemmte ihn zwischen die Nägel von Daumen und Zeigefinger und zog, bis Lena aufschrie und jammernd darum bat, dass er aufhörte.

»Darum kümmere ich mich später ausführlich«, teilte er ihr mit einem Augenzwinkern mit und stieg dann vom Bett herunter. »Ihr wolltet gerade ficken, als ich dazu gekommen bin«, stellte Martin nüchtern fest. Konstantin zuckte zusammen und schluckte trocken, während Lena den Stoff der Corsage über ihrer Brust zusammenzog. Niemand antwortete.

»Hast du noch Lust, sie jetzt durchzunehmen?«, fragte Martin deshalb und deutete mit dem Messer auf Konstantin. Der senkte den Blick und schüttelte dann den Kopf.

»Schade«, stellte Martin fest, packte den anderen bei den Haaren und zerrte ihn zum Fußende. »Dann werde ich das wohl selbst machen müssen«, flüsterte er ihm ins Ohr, »du darfst natürlich zusehen.«

»Nein!«, schluchzte Lena, die trotz des Flüsterns alles mitbekommen zu haben schien, und sah ihren Freund hilfesuchend an. Der konnte ihrem Blick nicht standhalten, sah kurz zu Martin und dann mit hochrotem Kopf zu Boden.

»Ich kann nicht«, hauchte er kaum hörbar. Martin beugte sich zu ihm herunter, wobei er dafür sorgte, dass sein Opfer das Messer nicht vergaß, denn wenn er unbewaffnet gewesen wäre, hätte er bei einem Zweikampf durchaus den Kürzeren ziehen können.

»Bekommst du keinen hoch? Gerade sah das doch schon sehr vielversprechend aus«, neckte er ihn. Konstantin sog zitternd die Luft ein und stieß sie in einem Zug wieder aus.

»Du kannst doch nicht zulassen, dass dieser ...«, Lena brach ab, weil sie offenbar Angst hatte, Martin zu erzürnen, wenn sie ihn mit einem Wort bedachte, das ihr auf der Zunge lag. »Bitte, Konny! Wenn es schon sein muss, dann mit dir.«

Nachdenklich sah Martin zwischen den beiden hin und her.

»Soll ich jetzt beleidigt sein, Süße?«, fragte er und schabte mit der Messerklinge über sein eigenes Kinn. Dann widmete er sich wieder dem Bärchen, das zusammengesunken am Fußende des Bettes kauerte.

»Dreh dich um und setz dich auf die Kante«, forderte er. Zögernd kam Konstantin dem nach.

»Nun stütz die Arme hinter dir auf der Matratze ab und öffne die Beine.« Martin beobachtete jede Bewegung und ließ seinen Blick lange auf dem schlaffen Schwanz seines Opfers ruhen. Der Mistkerl war viel besser bestückt, als es gut für ihn war! Er kniete sich vor den Nackten, schob die Messerklinge unter das weiche Fleisch in dessen Körpermitte und hob es etwas an. Konstantin sog zischend die Luft ein, seine Bauchmuskeln zuckten nervös, was Martin amüsiert registrierte. Ob er das Messer mal kurz in das ach so perfekte Sixpack rammen sollte? Der Schwanz rutschte seitlich von der flachen Seite der Klinge herunter, schien aber unverletzt, jedenfalls sah Martin kein Blut.

»Komm her, Süße. Wenn du willst, dass er dich fickt, musst du wohl ein wenig Aufbauarbeit leisten«, forderte er Lena auf.

»Warum tun Sie das nur?«, hauchte Konstantin, der es nicht wagte, aufzusehen.

»Weil ich mich ein bisschen amüsieren will«, antwortete Martin, ohne zu zögern. Sobald Lena nah genug war, packte er ein Büschel ihrer blonden Mähne und zog sie daran zu sich.

»Wenn du es schaffst, ihn in fünf Minuten steif zu lutschen, darf er dich ficken, wenn nicht ...«, er hob die Brauen und grinste breit. »Und du«, er wandte sich wieder zu Konstantin, »solltest dir auch Mühe geben. Wenn dein kleiner Freund nicht zu gebrauchen ist, kann ich ihn dir genauso gut abschneiden.« Er wedelte mit dem Messer und zerrte schließlich Konstantins Kopf an den Haaren hoch, weil der sich standhaft weigerte, ihm in die Augen zu sehen.

»Du hast gehört, was ich gesagt habe. Also los!«, zischte Martin und trat etwas zurück, um Lena Platz zu machen, die sofort zwischen die Beine ihres Lovers rutschte.

Martin sah auf die Uhr und richtete seine Aufmerksamkeit dann auf Lenas Mund. Sie bemühte sich wirklich, das schlaffe Teil ihres Freundes auf Vordermann zu bringen, aber es sah nicht sehr vielversprechend aus. Je länger es dauerte, desto energischer wurden die melkenden Bewegungen ihrer kleinen Hand. Martin bewunderte, wie grazil ihre Finger waren. Seine erschienen ihm dagegen noch dicker und pummeliger als sonst. Lena besaß schöne Lippen, sanft geschwungen, dunkelrot und feucht. Sie sog den schlaffen Hautsack in ihren Mund und saugte daran, ihre Kehle bewegte sich, die Lippen arbeiteten, aber mehr als halbsteif wurde das Teil nicht. Als Martin: »tick tack«, sagte, fiel der Schwanz wieder vollständig in sich zusammen.

»Bitte!«, jammerte Lena. »Sie machen ihn nervös.« Ihre blauen Puppenaugen sahen ihn flehend an.

»Er hat allen Grund dazu, nervös zu sein«, erwiderte Martin und wickelte sich einen Strang ihrer wundervollen weichen Haare um die Hand. Er beugte sich vor und roch daran. Apfelduft stieg ihm in die Nase. Warum roch die Frau nach Äpfeln?

»Komm her, Süße. Jetzt darfst du es bei mir versuchen. Ich bin sicher, dass hier jemand freudiger auf dich reagiert.«

Lena heulte auf, als er an ihren Haaren riss. Sie rutschte auf den Knien zu ihm hin und er öffnete die Hose. Sein Blick ruhte auf Konstantin, der ihm viel zu ruhig erschien.

»Hey!«, rief er zu ihm herüber. »Wenn du irgendeinen Scheiß machst, schneide ich ihr die Gurgel durch, kapiert? Und sieh mich gefälligst an, wenn ich mit dir rede!«

Konstantin hob den Kopf gerade so weit, wie es nötig war, und nickte knapp. Trotzdem gefiel Martin nicht, was er sah. Er traute dem Typen nicht über den Weg. Hielt er das Ganze etwa für einen Scherz?

»Ich weiß, dass du es kaum erwarten kannst, mich zu schmecken, Süße, aber bevor du mir deine Zungenkünste vorführst, möchte ich Konny einen Logenplatz reservieren.«

Martin sah sich kurz um, zog dann den Stuhl vom Frisiertisch herüber und deutete darauf: »Setz dich hierher, Bärchen, und genieß die Show.«

Lena sah ängstlich zu, wie ihr Geliebter gehorchte. Martin hatte nicht vor, sich lange mit der Fickmaus aufzuhalten. Seine eigentlichen Vorlieben lagen woanders, aber sie hatten ja noch die ganze Nacht Zeit. Warum sollte er sich nicht ein bisschen vergnügen?

Mit den Kabelbindern, die er ebenfalls in der Küche gefunden hatte, fesselte er nun Konstantin sorgfältig an den Stuhl. Erst wollte er ihn zappeln lassen, beschloss dann aber, es schnell hinter sich zu bringen. Er packte den immer noch schlaffen Schwanz, zog ihn lang und trennte ihn mit mehreren ratschenden Bewegungen der Messerklinge vom Körper ab. Das Ganze ging so schnell, dass Konstantin erst zu kreischen begann, als Martin bereits fertig war und seine Trophäe hochhielt. Blut sprudelte aus der Wunde und Lena stimmte nun auch noch in das Lied aus Schmerz und Angst ein. Martin ignorierte diese missklingenden Töne, solange es ihm möglich war, dann verpasste er Lena eine heftige Ohrfeige, schnappte sich die Stoffreste von Konnys Shorts und stopfte sie ihm tief in den Mund. Er riss Müllbeutel von der Rolle, die er aus der Küche mitgenommen hatte, steckte den abgetrennten Penis, der ohne dazugehörigen Körper für Martin nur noch ekelig aussah, in eine davon und benutzte eine weitere, um damit die Wunde abzudichten. Nicht, dass der Kerl ihm hier noch verblutete. Lena wimmerte weiterhin, während Konstantin mit glasigem Blick stur geradeaus starrte und von seinem kalkweißen Gesicht die Schweißtropfen perlten. Martin stopfte eine weitere graue Plastiktüte in das Loch im Unterleib und nickte dann zufrieden. Die Blutung schien fürs Erste gestoppt zu sein. Er legte das Messer in Reichweite auf den Nachttisch, dann zog er sich in aller Seelenruhe aus, wobei er Blutspritzer auf seiner Kleidung entdeckte und leise fluchte. Er bemerkte, wie Lenas Blick auf seinem Geschlecht ruhte, und schlug ihr noch einmal heftig ins bereits gerötete Gesicht. Wegen seines kurzen, dicken Schwanzes war er schon zu oft gehänselt worden.

»Du sollst ihn ins Maul nehmen und nicht anglotzen!«, fuhr er sie aggressiv an. Mit verheulten Augen, die Hand an die geschwollene Wange gepresst, brachte sie eine kaum zu verstehende Entschuldigung hervor. Wenig später machte Lena ihren Fauxpas wieder gut, indem sie ihn mit ihrer sanften Zunge verwöhnte. Genießerisch schloss Martin für einen Moment die Augen. Ja, das war wirklich gut. Lena schien geübt, denn in null Komma nichts stand er kurz vor dem Spritzen, was er aber keinesfalls in ihrer Kehle tun wollte.

»Mach die Beine breit, du gierige Schlampe!«, befahl er, während er die Schenkel, nach denen er sich so lange gesehnt hatte, lüstern betatschte und dann grob spreizte. Ihre Fotze war heiß und trotzdem verzog das Engelchen schmerzerfüllt ihr Gesicht, als er brutal in sie hineinstieß. Sein Schwanz war kurz aber dick, und so fickte er sie mit aggressiven Stößen, um schon nach wenigen Minuten seine Ladung in ihr abzuspritzen. Keuchend zog er sich zurück, doch fertig war er noch lange nicht. Mit zwei Fingern stieß er in das geweitete Loch und massierte sie, nicht um sie kommen zu lassen, sondern nur um ihre Festigkeit zu prüfen. Durch das Sperma war der Eingang gut geschmiert und sein Schwanz hatte sie so geweitet, dass er ohne Probleme einen dritten Finger einführen konnte. Sie schrie dennoch auf und versuchte ihr Becken wegzuziehen, aber er hielt sie eisern fest.

»Stell dich nicht so an, Püppchen. Bevor ich gehe, wirst du meine ganze Faust in dir haben«, erklärte er genüsslich und beobachtete dabei ihre Mimik. Entweder hatte sie nicht verstanden, was er gesagt hatte, oder sie war noch zu schockiert, um reagieren zu können.

Martin beugte sich vor und leckte ihr über die Lippen, während seine Finger sich in sie bohrten und sie dehnten. Als er erst einmal genug davon hatte, wandte er sich Konstantin zu, der die Zeit damit verbracht hatte, seine Gelenke an den Kabelbindern aufzuscheuern und in den Knebel zu stöhnen. Kalter Schweiß stand ihm auf der Stirn.

»Und du wirst meine andere Hand in deinen Knackarsch bekommen«, sagte Martin genüsslich und stand vom Bett auf. Er liebte es, über seine Gedanken und Ideen zu philosophieren und diskutierte sie manchmal sogar mit seinen Opfern aus. Jetzt befreite er Konstantin erst einmal und befahl ihm, sich aufs Bett zu knien, genau neben seine Freundin. Der junge Mann wagte tatsächlich einen kurzen Aufstand, aber Martin boxte ihn einmal fest dahin, wo vor kurzem noch sein Schwanz gewesen war, sodass er keuchend zusammenklappte. Dann band er ihn mit Kabelbindern, die er an den Knöcheln fixierte, am Fußende des Bettes fest.

»Das war keine gute Idee, mein Lieber. Mal sehen, wer dafür bezahlen wird«, tadelte Martin und streichelte dem Gefesselten über den Rücken.

»Du hast so einen tollen Arsch«, erklärte er und fuhr Konstantin wieder zwischen die strammen Backen. Wie lange er wohl dafür trainiert hatte?

»Deine Kleine ist schon echt eng, aber auf deinen Arsch freue ich mich ganz besonders«, sagte er, während er versuchte, den Schließmuskel mit dem Finger zu durchbohren. Konstantin presste dagegen und stöhnte laut auf.

»Weißt du, da ich dich sowieso fisten werde, kann ich dir den Muskel auch gleich aufschneiden. Also entspann dich lieber, sonst ficke ich dich mit der Klinge «, drohte Martin und registrierte wohlwollend, dass Konstantin in seinen Knebel wimmerte und aufhörte zu pressen, als er ihm die Klinge über eine Arschbacke zog und ihm einen tiefen Schnitt zufügte. Fasziniert betrachtete er die frische Wunde, die blutenden Ränder klafften auseinander und gaben den Blick auf dunkelrote Muskeln frei.

»So ist es besser«, lobte Martin zunächst, tränkte seinen Zeigefinger in dem träge fließenden Blut und stieß ihn dann in den noch immer verspannten Anus. »Das wird ein hartes Stück Arbeit«, stellte er sachlich fest, während er sich abmühte, stoßweise tiefer einzudringen und sich in ihm zu bewegen. Martins Schwanz wurde hart.

»Komm her!«, befahl er Lena, die schreckensstarr mit blassem Gesicht neben ihrem Liebsten ausgeharrt hatte und nun ängstlich gehorchte.

»Leck sein Arschloch! Ich will, dass er schön weich und feucht wird, damit ich weitermachen kann«, erklärte er und drückte den Kopf des Engelchens mit aller Gewalt in die Spalte, während seine Finger sich wieder den Weg in ihre Fotze bahnten. Er sah zu, wie ihre rosige Zunge das Fickloch einspeichelte, während er sie dehnte und mit mehreren Fingern bearbeitete, bis ihre Fotze tropfte. Amüsiert zog er die vollgeschleimten Finger heraus und schmierte ihren Saft auf den Anus ihres Geliebten.

»Geh zu seinem Kopf und kümmere dich um ihn, während ich ihn entjungfere«, verlangte er von der eingeschüchterten Lena, deren Augen ihn immer puppenhafter anstarrten. Doch Martin wartete gar nicht ab, ob sie gehorchte, stieg sofort hinter das vorbereitete Loch und setzte seinen steifen Schwanz an die Rosette. Während er langsam eindrang, hörte er den Geräuschen seines Opfers zu. Konstantin war so schön, dass es verboten gehörte, so auszusehen. Er hatte einen perfekten Körper besessen und Martin hätte zu gerne mit ihm getauscht, natürlich als er noch intakt war. Ein kleiner, dicker Penis war immer noch besser, als gar keiner, dachte er amüsiert. Lena kniete weinend neben ihrem Freund und sah immer wieder ängstlich zu Martin auf.

»Wenn du wegläufst, töte ich ihn«, warnte er sie, während er sich ganz in diesem köstlichen Hintern versenkte. Der Darm war so herrlich eng, es war ein Vergnügen, ihn zu reiten. Lena blieb untätig und leise wimmernd am Kopf ihres Partners sitzen, bis Martin grunzend gekommen war. Wie er es bei ihr gemacht hatte, nutzte er die Dehnung und sein Sperma aus, um ihn mit den Fingern noch mehr zu weiten. Erregt wühlte er in der Enge herum und musste sich beherrschen, hier nichts vorschnell kaputt zu reißen.

Nach einer Weile ließ Martin von dem jammernden Konstantin ab und beschäftigte sich wieder mit Lena. Er befahl ihr, die Corsage auszuziehen und zog ihr brutal die Nippel lang, wonach er die empfindlichen Knospen lutschte, bis Lena weinte und ihn anflehte, damit aufzuhören.

»Wenn du ihm den Arsch ausleckst, lasse ich deine Titten in Ruhe«, sagte Martin und wartete neugierig auf ihre Reaktion. Der junge Mann zitterte am ganzen Körper. Sperma floss ihm aus dem Rektum und an den Schenkeln hinunter. Die Wunde auf der Arschbacke blutete nur noch wenig, bot aber weiterhin einen schönen Blick ins Innere. Martin lächelte, als er sah, wie Lena sich hinter ihren Freund kniete und anfing ihn zu lecken, was ihm wieder Gelegenheit gab, sich mit ihrer Fotze zu beschäftigen. Ab und zu würgte sie und der grazile Körper krümmte sich zusammen, aber sie hielt sich tapfer, wie Martin anerkennen musste.

Er sah auf die Uhr. Sie hatten noch reichlich Zeit. Bis zum Morgengrauen mussten die beiden tot sein, aber vorher wollte er sie unbedingt gemeinsam fisten. Je eine Hand wollte er tief in beide Körper vergraben, so wie er es in einem Film gesehen hatte. Das war das Finale, das er sich ersehnte und bisher auch jedes Mal erreicht hatte, egal wie. Er stieß ihr Gesicht näher an sein Arschloch, während er drei Finger in ihre Fotze steckte und dann versuchte, einen vierten daneben zu quetschen. Es ging nicht. Die Schlampe war zu eng! Das regte ihn auf. Brutal zog er sie von ihrem Freund weg und befahl ihr, sich auf den Rücken zu legen.

»Ich komme in dich rein, und wenn ich dich aufschneide wie ein Schwein«, zischte er wütend. Lena weinte, aber das störte ihn wenig. Ihre Wange glühte noch von den Schlägen, die er ihr verpasst hatte. Dann erhellten sich Martins Augen, als er eine dicke Kerze auf dem Frisiertisch entdeckte. »Jetzt stell dich nicht so an, Engelchen. Sei froh, dass es nur eine Kerze ist!«, stellte

Martin sachlich fest, während er ihre Schenkel auseinanderriss und begann, die Kerze in ihre Fotze zu schieben. Es war mühsam und sie jammerte und schrie, aber schließlich schaffte er es. Was für ein Anblick! Wie toll das aussah! Wahnsinn! Er war ganz verzückt.

»Du behältst das jetzt drin, hörst du?!«, fuhr er sie an, während sie sich jammernd auf dem Bett wand.

»Halt die Hand davor.« Er griff ihr viel zu dünnes Handgelenk, das wirkte, als wäre es leicht zu brechen, und führte ihre Finger an die richtige Stelle.

»Wenn du sie rauslässt, bevor ich es erlaube, schneide ich ihm den Sack auch noch ab! Hast du das verstanden?« Sie nickte hektisch, während sie die Hand zwischen ihre Beine presste.

»Und nun zu dir. Womit sollen wir dir den Arsch füllen?«, überlegte Martin laut. Konstantin war festgebunden und konnte nicht entkommen. Martin nahm das Messer mit und begab sich auf die Suche nach geeignetem Füllmaterial. Als er mit einer Bierflasche in der Hand zurückkam, hörte er, wie Lena ihrem Geliebten etwas zuflüsterte. Martin ging zum Bett hinüber und davor in die Hocke, sodass er seinem männlichen Opfer ins Gesicht sehen konnte. Konstantin hatte schöne Augen, hellbraun und warm, allerdings waren sie jetzt von Schmerzen getrübt. Martin hielt die Flasche hoch: »Ich denke, wir fangen mit dem Hals an und später nehmen wir dann den Boden«, erklärte er und drehte das braune Glas dabei vor der Nase des Gefesselten hin und her.

»Wieso tun Sie das nur?«, stieß Lena hervor, obwohl sie mit ihrer Beherrschung und der Kerze in ihrer Fotze kämpfte.

»Weil du und dein Bärchen so geile Stücke seid«, entgegnete Martin amüsiert. Er ging zur Seite des Bettes und besah sich das knackige Hinterteil, mit der aufgeschlitzten Arschbacke, das er gleich penetrieren würde. Das braune Glas lag kühl in seiner Hand. Leider war die Flasche bereits leer. Vermutlich hatte Konstantin sie selbst ausgetrunken. Martin entfernte den Kronkorken, der wieder aufgesetzt worden war, und setzte den gläsernen Hals an die Rosette.

»Press nicht dagegen. Denk daran, was ich dir gesagt habe. Ich schneide dich auf, wenn es nicht anders geht«, warnte er sein Opfer ein letztes Mal.

Mit drehenden Bewegungen führte er den Flaschenhals ein, so tief es ging. Zufrieden betrachtete er sein Werk eine Weile. Da lag die hübsche blonde Lena und presste krampfhaft die Hand gegen die weiße Kerze, die in ihrer Muschi steckte. Gegenüber lag ihr gefesselter Freund mit einer Flasche im Anus. Das Problem war nur, dass diese jedes Mal herausrutschte, wenn Martin sie losließ. Schließlich schaffte er es, sie mit einem Schal zu fixieren, indem er den Stoff um den Flaschenboden legte und ihn an der Hüfte verknotete. Es blieb eine wackelige Angelegenheit, aber solange Konstantin sich nicht zu stark bewegte, sollte es halten.

Martin holte ein weiteres Bier und trank es genüsslich, während er seine Opfer betrachtete. Sie waren nicht mehr so hübsch wie am Anfang, aber immer noch sehr ansehnlich. Als er die Flasche geleert hatte, ging er zu Konstantin und öffnete den Knoten des Schals. Er zog den gläsernen Hals heraus und drehte die Flasche herum, sodass der Boden nun auf die Rosette zielte. Doch so sehr er auch drückte und schob, er bekam ihn nicht durch den Schließmuskel des jungen Mannes, der vor Schmerzen schon beinahe ohnmächtig war. Schließlich legte er das Folterinstrument zur Seite und nahm wieder seine Finger. Wie er befriedigt feststellte, hatte er doch einen Erfolg erzielt und konnte jetzt mit drei Fingern in das Loch hineinfahren. Konstantin hatte es irgendwie geschafft, den Stoff aus seinem Mund zu befördern und flehte ihn jetzt an, aufzuhören, doch das brachte Martins Blut nur noch mehr in Wallung. Er brauchte etwas, das vom Durchmesser zwischen den beiden Größen von Hals und Boden lag. Vorher kümmerte er sich aber noch um Lena. Er erlaubte ihr, die Hand wegzunehmen und die Kerze rutschte langsam heraus. Ihre Fotze bot einen grandiosen Anblick. Verzückt schob er seine Hand in das pulsierende Loch. Der Daumen machte etwas Probleme, aber dann war seine Faust in ihr. Ein unbeschreiblich schönes Gefühl, so warm und eng. Es fühlte sich an, als würde er in samtenen Rosenblättern baden, während sich das Gewebe um sein Handgelenk zusammenzog. Am liebsten würde er noch weiter in sie kriechen.

Herrlich!

»Ist das nicht wundervoll?«, fragte er zufrieden lächelnd und sah Lena erwartungsvoll an. Sie atmete stoßweise und war schweißbedeckt. Wenn er die Hand in ihr bewegte, stöhnte sie auf.

»Das gefällt dir, du geiles Miststück«, kommentierte er ihr Stöhnen und gab das an ihren Freund weiter. »Siehst du! Deine Freundin hat es schon geschafft. Sie wird jetzt von mir verwöhnt, denn es ist eine tolle Leistung, die sie da vollbracht hat. Ich werde ihr einen Orgasmus schenken, den sie noch nie erlebt hat.«

Der junge Mann jammerte und weinte, genau wie seine Freundin, aber Martin war jetzt richtig in Fahrt. Er hämmerte mit seiner Faust tief in ihre Vagina, stieß gegen den Muttermund und versuchte, seine Finger zu spreizen. Sein halber Unterarm steckte jetzt in ihr, aber davon bekam Lena nichts mehr mit, denn sie war irgendwann ohnmächtig geworden, ohne dass Martin es in seiner Ekstase bemerkt hatte. Sein Schwanz war zum Bersten gespannt und so schob er ihn Konstantin kurzerhand in den Arsch, der schon merklich weiter war, als zu Beginn, und ergoss sich laut schreiend.

»Jetzt bist du dran, mein Schöner.«, keuchte Martin, zog seinen Schwanz aus dem Arschloch und steckte sofort seine Finger hinein. Er presste, bohrte und drehte, bis er es auch hier geschafft hatte, seine ganze Hand in dem Darm zu versenken. Was für ein überwältigendes Gefühl und was für ein Anblick. Er liebte Konstantin in diesem Moment über alles. Auch der war leider nicht mehr bei Bewusstsein, aber das kümmerte Martin nicht. Er schob seine Faust tiefer und tiefer und genoss das Gefühl der auseinanderweichenden Darmwände und des Schließmuskels, der sich um seinen Arm herrlich eng zusammenkrampfte.

Als die Ekstase abgeklungen war, legte Martin sich beide Körper so zurecht, dass er sie gleichzeitig erreichen konnte. Lena drehte er auf den Rücken, ihren Freund, dem er die Kabelbinder abgenommen hatte, auf den Bauch, dann wartete er geduldig, bis seine Opfer wieder so weit wach waren, dass sie ihn verstehen konnten.

»Es war sehr amüsant mit euch«, begann er seinen kleinen Vortrag. »Ich habe mich jedenfalls köstlich amüsiert und bin voll auf meine Kosten gekommen.« Er rieb sich den knubbeligen Schwanz, dann küsste er jeden von ihnen lange auf den Mund. Zum krönenden Abschluss führte er beide Fäuste in jeweils eine ihrer vorbereiteten Körperöffnungen ein und bewegte sich in den Leibern seiner Opfer. Ein Triumphschrei entrann seiner Kehle und er ergoss sich auf Lenas knackigen Oberschenkel, ohne Hand an sich gelegt zu haben. Das einzige, was er in diesem Augenblick bedauerte, war, dass er kein Foto oder gar Video hatte machen können. Doch dieses Gefühl würde er mit sich nehmen. Entspannt schloss er die Augen und genoss den Moment, dann zog er seine Hände zurück, bedankte sich bei den beiden und schnitt jedem von ihnen bedächtig die Kehle durch. Das Blut sickerte warm über die schönen Körper. Er kuschelte sich an Lena, streichelte ihr Haar und lutschte an ihren Nippeln. Sie war noch eine Weile bei Bewusstsein, schnappte nur merkwürdig nach Luft, wie ein Fisch an Land. Immer wieder bedankte er sich bei ihr, führte ihr sogar noch ein letztes Mal seine Faust in ihre süße Fotze, grub seine Nägel in alles, was er erreichen konnte und zog am Ende einen blutigen Klumpen aus ihrem Inneren heraus, den er ihr auf den flachen Bauch klatschte und dort verrieb. Als sie nicht mehr atmete, begab er sich zu Konstantin, der ebenfalls kurz davor war, sein Leben auszuhauchen. Seine Milchkaffee-Augen waren weit aufgerissen und starrten ihn ungläubig an, so als könne er immer noch nicht glauben, was hier geschehen war. Martin griff nach der Plastiktüte, die aus der Stelle ragte, an der einmal der Schwanz des Sterbenden gesessen hatte. Langsam zog er die Folie aus der Wunde, bis das Loch freigelegt war und er mit den Fingern hineinfahren konnte. Warum eigentlich mit den Fingern? Mit einem diabolischen Grinsen legte Martin sich auf sein Opfer und versuchte, mit seinem dicken Schwanz in den anderen einzudringen.

Blubbernd drangen letzte Schmerzenslaute, vermischt mit einem hellen Blutstrahl aus dem Mund des Opfers, bevor dessen Augen endgültig brachen. Martin seufzte leise, fickte aber noch zu Ende und nahm sich vor, beim nächsten Mal direkt diesen Zugang freizulegen. Es fühlte sich ganz anders an, wenn das Gewebe an dieser Stelle riss, um ihn einzulassen. Er fragte sich, gegen was er da beim Ficken eigentlich stieß, verwarf dann aber den Gedanken und spritzte laut stöhnend in die aufgerissene Wunde. Es war egal. Niemand würde mehr über seinen Schwanz lachen, den er nun am seidigen Haar des toten Engelchens säuberte.

Nachdem er sich angezogen und mit einer weiteren Flasche Bier sein Werk betrachtet hatte, schnitt er eine Strähne des goldenen Engelshaars ab und steckte sie in die Hosentasche. Eine kleine Trophäe, die ihn an diese unglaubliche Nacht erinnern sollte. Dann drapierte Martin die Leichen eng umschlungen auf dem besudelten Bett, schüttelte den Penis aus der Tüte und ließ ihn auf Lenas Kopf fallen. In der Garage hatte er einen Kanister mit Benzin gefunden, das ihm nun dabei behilflich war, seine Spuren zu beseitigen. Bisher hatte das immer gut funktioniert. Es war früher Morgen, gerade mal vier Uhr, und es würde bestimmt etwas dauern, bis jemandem das Feuer auffiel. Martin nahm das Küchenmesser, welches er in mehrere Plastiktüten eingewickelt hatte, und verließ das Haus durch die Vordertür. Er fühlte sich befriedigt, wie lange nicht mehr und trotzdem spukte ihm bereits ein neues Pärchen im Kopf herum. Neulich hatte er die beiden beim Einkaufen beobachtet. Die Frau besaß enorm große Titten. Martin lächelte, kletterte über die weiße Mauer unter der Trauerweide und verschwand im Zwielicht des anbrechenden Tages.

ACHTUNG!

Jeder Mensch hat seine persönlichen Grenzen. Die nachfolgende Geschichte überschreitet eins der am häufigsten genannten Tabus! Leser, die mit dem Thema ›Gewalt gegen Kinder‹ nichts anfangen können, werden eindringlich gebeten, direkt zum übernächsten Kapitel weiterzublättern.

Zum Fressen gern

Isko wartete in der Nähe der Beratungsstelle für Schwangere. Ein Freund hatte ihm davon erzählt. Der Idiot hatte seine Freundin unbeabsichtigt geschwängert und fuhr sie hierher, damit ihr jemand ins Gewissen redete und sie dazu brachte, abzutreiben. Genauso gut hätte er sie direkt zu Isko bringen können, aber das wusste der Freund nicht und Isko konnte es ihm auch nicht einfach so sagen.

Isko stammte von den Philippinen, genau wie seine Frau Saya, die er dort kennengelernt hatte. Mit neunzehn waren sie beide nach Deutschland ausgewandert. Er ging nun schon stramm auf die Vierzig zu, was man ihm aber nicht ansah. Ob es an seiner dunkleren Hautfarbe lag oder ob er sich einfach nur gut gehalten hatte, konnte er nicht sagen. Vielleicht lag es aber auch an seiner nicht gerade alltäglichen Ernährungsweise. Grinsend betrachtete Isko weiter den Eingang der Beratungsstelle.

Das Mädchen könnte nun aber wirklich mal wieder herauskommen. Er hatte schließlich nicht ewig Zeit, sich hier die Beine in den Bauch zu stehen. Wie lange sollte das denn noch dauern? Ungeduldig trat er von einem Fuß auf den anderen und dachte an die junge Frau, die er bis hierher verfolgt hatte.

Schwangere waren für Isko etwas Besonderes. Er liebte ihre weichen Rundungen und die größer werdenden Brüste. Saya sah ihn oft giftig an, wenn sie ihn dabei ertappte, wie er eine Schwangere betatschte, aber er konnte einfach nicht die Finger von ihnen lassen, weder von ihren Bäuchen, in denen die Ungeborenen strampelten, noch von ihren Brüsten, aus denen manchmal schon Milch herauszupressen war. Nur Schwangere hatten diese prallen Schamlippen und willigen Fotzen, allesamt schwanzgeil. Ob das an den Hormonen lag? Oder doch daran, dass er netter zu ihnen war als Saya? Die konnte unglaublich biestig werden.

Endlich öffnete sich die Tür des unscheinbaren Gebäudes und die Schwangere trat heraus. Sie sah müde aus, stemmte eine Hand ins Kreuz und streckte sich. Suchend sah sie sich um. Mit einem Lächeln lief Isko auf sie zu.

»Kann ich Ihnen helfen?«, fragte er und verbeugte sich. Dass die Menschen hier dachten, es gehöre zu den Sitten seines Volkes, sich so unterwürfig zu verhalten, fand er amüsant.

»Nein, danke. Ich suche nur die nächste Bushaltestelle«, wies sie ihn freundlich ab. Sie lächelte sogar. Isko fielen ihre geraden weißen Zähne auf und das honigfarbene lange Haar, das sie nun kokett über ihre Schulter warf.

Sehr hübsch.

»Mein Taxi steht dort drüben. Das ist doch viel bequemer«, legte er den Köder aus.

Überrascht sah das Mädchen in die Richtung, in die er zeigte. »Das kann ich mir leider nicht leisten«, erklärte sie verlegen.

Isko sah auf die Uhr: »Ich habe sowieso in zehn Minuten Feierabend. Wie wäre es, wenn ich Sie nach Hause fahre und das Taxameter ausgeschaltet lasse? Meine gute Tat für den heutigen Tag steht noch aus.« Er grinste und verneigte sich wieder. Die Leute sahen in ihm keine Bedrohung, weil er klein und schlank war und immer freundlich lächelte. Die junge Frau schaute zu seinem Wagen mit dem gelben Taxischild auf dem Dach und fragte unsicher: »Das würden Sie tun?«

»Meine Frau ist ebenfalls schwanger«, log Isko und ging voraus zu seinem Wagen, wohin sie ihm zögernd folgte.

»Ich möchte Ihnen aber keine Umstände machen«, sagte sie schüchtern, während sie sich nach allen Seiten umsah, als würde sie sich Rat von einem Passanten erhoffen.

»Keine Sorge, das tun Sie nicht. Ich habe heute sowieso nur herumgestanden und bin froh, dass die Schicht endlich um ist. Wo müssen Sie denn hin?«

Jetzt lächelte sie ihn an und nannte die Adresse. Warum die Menschen in diesem Land dachten, dass vor allem Ausländer Taxi fuhren, wusste er nicht, aber es wurde nie angezweifelt, obwohl er keine Lizenz besaß. Isko begleitete die Frau zum Wagen und ließ sie auf den Rücksitz steigen.

»Hier haben Sie es bequemer«, sagte er fürsorglich und lächelte weiter, während er überprüfte, ob die Kindersicherung aktiviert war, damit sie die Tür von innen nicht öffnen konnte.

Die Schwangere ahnte natürlich nicht, was in seinem Kopf vorging und ließ sich auf ein Gespräch ein, als er den Motor startete. Isko war gut darin, Leute auszuhorchen. Schnell erfuhr er, dass sie Jenny hieß, gerade achtzehn geworden war, keine Ausbildung hatte und in wenigen Wochen ihr Baby erwartete, dessen Vater sie sofort, als er von der Schwangerschaft erfuhr, verlassen hatte. Ihre Eltern hatten sie auf die Straße gesetzt, eine Weile war sie bei einer Freundin untergekommen, aber auf Dauer war das auch keine Lösung, weshalb sie nun zu dieser Beratungsstelle gegangen war. Schon morgen sollte sie eine Wohnung besichtigen, die ihr das Sozialamt bezahlen würde. Jetzt wollte sie eine letzte Nacht in dem Haus der Freundin verbringen, dann ihre Sachen packen und umziehen. Isko bot sofort seine Hilfe an, auch wenn sie die nicht mehr brauchen würde. Irgendwann während des Gesprächs fiel Jenny auf, dass sie sich nicht auf dem richtigen Weg befanden. Er erzählte etwas von einer Baustelle, die er umfahren müsse und sie schien für eine Weile beruhigt zu sein. Lange würde das aber nicht anhalten.

»Ich fahre kurz an den Straßenrand«, teilte Isko ihr mit und stoppte den Wagen.

»Was ist denn los?« Jenny sah sich nervös um.

»Keine Sorge. Ich sehe nur nach dem Hinterreifen. Ich hatte gerade das Gefühl, dass damit etwas nicht stimmt«, redete er beruhigend auf sie ein. Als sie sich entspannt im Sitz zurücklehnte, nahm er einen Lappen und eine Glasflasche aus dem Ablagefach der Seitentür und stieg aus. Auf dem Weg zum Heck schraubte er die Flasche auf und tränkte den Stoff mit Chloroform. Damit war er immer gut zurechtgekommen. Nicht mehr lange und sie waren zu Hause. Saya wartete sicher schon.

Isko öffnete die Tür des Fonds und vergewisserte sich, dass niemand in der Nähe war, der sie beobachten konnte. Jenny sah ihn fragend an, doch bevor sie schreien konnte, presste er ihr das Tuch fest über Mund und Nase. Sie stieß ein paar Töne aus, die der Stoff dämpfte und sackte dann in sich zusammen.

Sehr gut.

Zufrieden legte Isko das Mädchen auf den Sitz und betrachtete wohlwollend ihren geschwollenen Leib. Ganz kurz ließ er seine Hände darüber gleiten, beherrschte sich aber und fuhr mit seiner Beute nach Hause.

»Da bist du ja endlich!«, begrüßte ihn seine Frau zickig. »Hast du wenigstens etwas mitgebracht?«

»Ja, habe ich.« Voller Freude zwinkerte er ihr zu. Die Garage grenzte direkt an einen Schuppen, in dem sie die Opfer bis zum Gebrauch unterzubringen pflegten. Von außen konnte niemand sehen, wie er den Fang seiner Frau präsentierte. Saya zog eine enttäuschte Schnute.

»Das dauert ja noch«, stellte sie mürrisch fest.

Isko wurde wütend. Nie war Saya mit dem zufrieden, was er brachte, dabei war es gar nicht so einfach, die Ware zu beschaffen.

»Kannst es ja vorher rausschneiden, wenn du nicht abwarten willst«, meinte er schnippisch.

»Nicht nötig«, zischte Saya, »die andere liegt schon seit Stunden in den Wehen und schreit wie am Spieß. Sie müsste bald so weit sein.«

»Tatsächlich?« Er war überrascht. So schnell hatte er noch gar nicht damit gerechnet. Oder hatte Saya mal wieder nachgeholfen, weil es ihr nicht schnell genug ging?

»Ja, tatsächlich«, äffte sie ihn nach und stemmte die Hände in die schmalen Hüften. »Du warst ja nicht da und ich musste alles alleine machen.«

Isko war gerne bei Geburten dabei. Er fand es schön zu sehen, wie das Kleine sich seinen Weg auf die Welt bahnte. Wenn der Kopf geboren war und der Rest noch in der Frau steckte, war das für ihn der schönste Moment. Es sah so unwirklich und doch irgendwie geil aus.

»Hilf mir, sie rauszutragen. Der Platz in der Scheune ist ja jetzt frei«, forderte er seine Frau auf. Die Schwangere war zwar zierlich und deshalb nicht so schwer, aber Isko war auch nicht der Kräftigste. Saya nahm die Füße der jungen Frau und trug sie mit ihm zusammen zu dem Feldbett hinüber, das noch von ihrer Vorgängerin zerwühlt war.

»Die schläft noch eine Weile«, meinte Isko. »Lass uns nach der anderen sehen.«

»Geh du. Mir reicht das Geschrei«, entgegnete Saya, deren Stimme immer noch genervt klang. »Ich bereite in der Küche alles vor.«

Isko schloss den Schuppen sorgfältig ab und begab sich dann in die Gebärkammer, die sie im Keller ihres Hauses eingerichtet hatten. Hier waren die Wände schallisoliert, sodass kein Laut nach draußen dringen konnte. Das war auch gut so, denn die junge Frau, die hier in den Wehen lag, kreischte und schrie wie am Spieß.

»Carina«, sprach Isko sie an. Fiebrig glänzende Augen, in denen feine Äderchen geplatzt waren, sahen ihn verwirrt an. Haarsträhnen klebten ihr feucht im Gesicht.

»Ich bin jetzt da und helfe dir«, fuhr er fort. »Lass mich sehen, wie weit du bist.«

Saya hatte die Beine der Frau an den Beinhaltern eines alten gynäkologischen Stuhles festgebunden, weshalb er nun dazwischentreten und sich ihren Unterleib ansehen konnte. Die Handgelenke der Gebärenden waren seitlich am Oberteil des Stuhls fixiert. Isko schob seine Finger in den geweiteten Kanal und berührte den Kopf des Kindes. Bald würde es aus ihr herausgleiten, direkt in seine wartenden Arme.

Isko zog sich die Hose aus, nahm seinen Schwanz, spuckte sich in die Hand und rieb ihn damit ein, wichste ein bisschen. Anschließend setzte er ihn an ihre Rosette und drückte sich in die Frau hinein, die gerade relativ ruhig dalag und versuchte, Kraft für die nächste Wehe zu sammeln. Es war nur eine sehr dünne Membran, die seinen Schwanz vom Kopf des Kindes trennte, was er ausgesprochen erregend fand. Außerdem fickte er gerne während der Wehen und bedauerte, nicht eher zu Hause gewesen zu sein. Dieses krampfartige Zusammenziehen der gesamten Muskulatur während der Wehen war einzigartig. Sein Schwanz wurde dabei bis zur Ekstase gequetscht.

Der Wahnsinn!

Carina bekam leider kaum mit, was er da tat.

»Ich fick dir die Brut aus dem Bauch«, stieß er hervor und ließ seine Eichel langsam an dem kugelförmigen Hindernis des kindlichen Kopfes vorbeigleiten, der im

Geburtskanal steckte. Wie er dieses Gefühl liebte. Noch nie war es ihm gelungen, diese Situation mit einem Gegenstand nachzustellen. Er veränderte den Winkel und stieß gegen den Kopf des Kindes. Die Frau brüllte unter einer weiteren Wehe auf. Ihr Körper verkrampfte sich, der Darm zog sich um Iskos Schwanz zusammen und hielt ihn im Inneren gefangen. Grinsend hielt er die Luft an und genoss diesen langanhaltenden, immensen Druck. Als die Darmwände um ihn herum weicher wurden, stieß er die Luft aus seiner Kehle und seinen Schwanz wieder rhythmisch in den Anus der Schwangeren. Kurz bevor die Presswehen einsetzten, entlud er sich ein letztes Mal in der Frau, wie er bedauernd zur Kenntnis nahm. Sie hatten ein paar schöne Wochen zusammen verlebt, aber alles hatte mal ein Ende und eine Nachfolgerin war bereits gefunden. Bei dem Gedanken an die hübsche Jenny wurde ihm ganz warm ums Herz.

Isko zog sich an und stellte erfreut fest, dass bereits dunkle Haare aus dem Geburtskanal lugten. Bald würde der Kopf zum Vorschein kommen. Er hielt sich bereit, um das Kind aufzufangen, denn manchmal rutschte der Rest sehr schnell nach und es war schon vorgekommen, dass der zukünftige Braten auf dem Boden gelandet war. Alles zum Durchtrennen der Nabelschnur lag bereit, Tücher für das Kind ebenfalls, also hatte Saya schon vorausgedacht. Seine Frau bereitete vermutlich bereits die Zutaten vor, die sie bald brauchen würden. Hoffentlich seine Lieblingsfüllung.

Carina hielt die Augen zugekniffen, legte das Kinn auf die Brust und presste so stark, dass es aussah, als würde ihr Kopf jeden Moment platzen. Ihr Gesicht nahm eine dunkelrote Farbe an. Sie knurrte, hechelte, presste erneut, schrie dann schrill auf. Isko packte den Kopf des Kleinen und zog daran, bis er den glitschigen Körper in den Händen hielt. Routiniert betrachtete er das frisch Geschlüpfte und teilte Carina mit, dass es sich um ein Mädchen handelte. Da seine Frau nicht in der Nähe war, legte er das schleimige Wesen auf den Bauch seiner Mutter und klemmte die Nabelschnur mit zwei Klemmen ab, um sie dazwischen durchzuschneiden. Carinas Hände waren festgebunden, sodass sie das Kind nicht halten konnte.

»Lass es mich sehen«, bettelte sie Isko an.

»Was nützt es dir?«, fragte er, hob das Kind an einem Knöchel hoch und hielt es kopfüber, woraufhin es zu quäken begann.

»Ich schätze, es wiegt um die sechs Pfund«, meinte er und ließ es über dem Gesicht der Mutter baumeln, die den Kopf in den Nacken legte, um es anzusehen.

»Was tust du denn? Gib sie mir!«, verlangte Carina, die sich aufbäumte, um an ihr Kind zu gelangen.

»Es tut mir leid, aber meine Frau wartet schon drauf. Es muss ja auch noch ungefähr drei Stunden in den Ofen, eine Stunde pro Kilo, sagt man. Das wird spät. Ich bringe es in die Küche, dann komme ich zurück, um mir die Nachgeburt zu holen. Press sie schön raus, dann muss ich dir nicht wehtun. Sie ist eine wichtige Zutat.« Er tätschelte ihren Schenkel und machte sich mit dem Kind, das er immer noch am Knöchel kopfüber hielt, auf den Weg in die Küche.

»Na endlich!« Saya kam auf ihn zu und nahm das schreiende Bündel entgegen, befühlte es fachmännisch von allen Seiten, trug es dann zur Arbeitsplatte, auf der ein großes Holzbrett lag, und ließ es darauf fallen, woraufhin es noch schriller brüllte. Isko sah zu, wie seine zarte Frau resolut nach dem Fleischklopfer griff und dem kleinen Schreihals den Schädel einschlug. Sofort herrschte himmlische Ruhe.

»Ein schöner Braten«, sagte Saya zufrieden und ließ ihre Hände über den Körper gleiten. »Was ist? Warum siehst du mich so an?« Sie drehte den Wasserhahn über dem riesigen Spülbecken auf und wusch das Fleisch darunter gründlich ab.

»Nichts.« Isko schaute unschuldig zu ihr herüber. »Warum hast du es so schnell gemacht?« Er mochte es, wenn sie noch eine Weile bei Bewusstsein waren und herumzappelten. Wenn sie Zeit hatten, beschäftigte Isko sich manchmal noch mit den Kleinen, trug sie herum oder sah sie sich ganz genau an. Aber Saya hatte es eilig und ihre Geduld war definitiv am Ende.

»Den ganzen Tag höre ich mir das Geschrei von der dämlichen Kuh an. Nimm bitte Rücksicht auf meine Nerven! Außerdem will ich heute noch essen. Hast du mal auf die Uhr gesehen? « Saya nahm ein langes scharfes Messer und schlitzte den Bauch des Kindes auf. Mit beiden Händen griff sie in den Schnitt, zog ihn weit auseinander und wühlte geübt in den Innereien herum. Wie oft hatte sie das schon getan? Jedes Mal faszinierte es ihn aufs Neue, ihr dabei zuzusehen.

»Gib mir mal bitte den kleinen Topf und dann hol den Mutterkuchen, damit ich den mit in die Füllung geben kann«, verlangte Saya. Isko reichte ihr den Topf und konnte nicht widerstehen, seine Hände unter ihr Kleid zu schieben. Saya trug nie Hosen, immer nur diese enganliegenden Kleider, die ihr ausgesprochen gut standen. Sie war schlank und zierlich, in etwa so groß wie er und besaß bezaubernde lange schwarze Haare. Jetzt vergrub er seine Nase darin, während er ihr über die Schulter schaute und zusah, wie einige Innereien im Topf landeten. Das würde morgen eine leckere Suppe geben. Ihm lief jetzt schon das Wasser im Mund zusammen. Sein Zeigefinger fuhr in ihre kleine, immer noch enge Fotze. Er bemerkte amüsiert, wie feucht sie war. Offenbar erregte sie ihre Tätigkeit ebenso wie ihn. Saya schnurrte und lehnte kurz den Kopf an seine Schulter, dann schüttelte sie sich, als würde sie aus einer Trance erwachen und entzog sich ihm.

»Geh die Zutat holen«, verlangte sie mit rauer Stimme, während sie etwas aus dem Leib des Kindes zog, das nicht sehr appetitlich aussah. Seufzend ergab Isko sich in sein Schicksal. Nach dem Mahl würden sie sich wie immer ausgiebig lieben. Es war so, als würde der Genuss des Fleisches dieser unschuldigen reinen Kinder aphrodisierend wirken.

Carina hatte sich etwas erholt, als Isko zu ihr kam. Die Plazenta, von der sich das Kind im Mutterleib ernährt hatte, lag wie ein schleimiger roter Wasserball, aus dem man die Luft herausgelassen hatte, zwischen den Beinen der jungen Frau, die mit Blut, Urin und Kot verschmiert waren. Beim Pressen kam eben alles mit heraus.

»Sehr schön«, lobte Isko und hob die Nachgeburt am Rest der Nabelschnur hoch. »Bin gleich wieder da.« Er brachte die Zutat zu seiner Frau, die mit den Händen in einer Schüssel etwas vermengte.

»Kannst du die Haut der Plazenta abziehen? Dann musst du das Innere nur noch durch den Fleischwolf drehen und mit in die Schüssel geben. Sonst muss ich mir die Hände extra waschen.« Saya wusste, dass er diese Aufgabe nicht gerne übernahm, aber sie sah ihn so bittend an, dass er nicht ablehnen konnte. Er küsste sie auf den Mund und ging zu dem Brett, auf dem der vorbereitete Braten lag. Der Bauchraum stand weit offen, bereit, gefüllt zu werden. Isko nahm das Messer, mit dem Saya den Leib geöffnet hatte, und folgte den Anweisungen seiner Frau. Schon bald kneteten ihre Finger eine hellrote Masse unter die anderen Zutaten.

»Halt es offen, damit ich es füllen kann«, ordnete sie an. Der Backofen wärmte bereits vor, wie Isko bemerkte. Sein Magen knurrte. Nichts ging über das zarte Fleisch eines gerade Geborenen. Später setzten die Babys für seinen Geschmack zu viel Fett an. Allerhöchstens eine Woche, dann gehörten sie auf den Grill oder in den Ofen. Hungrig leckte sich Isko die Lippen, während er die Hautlappen auseinanderhielt, damit Saya die Füllung in den Bauchraum drücken konnte.

»Danke«, sagte sie, als nichts mehr hineinpasste. Dann nahm sie eine gebogene lange Nadel, an der bereits ein dicker Faden hing und begann, die Bauchdecke zu verschließen. Anschließend band sie mit Garn Arme und Beine fest an den kleinen Körper und legte ihn dann in einen Bräter.

»Reichst du mir mal das Öl?«, bat sie Isko, der ihr die Flasche gab. Sie goss reichlich davon über das Kleine, das nun mehr an einen Truthahn erinnerte als an ein Kind, und massierte das Öl mit den Fingern in die zarte Haut. »Und nun die Würzmischung.«

Isko sah eine Schüssel, die verschiedene Kräuter enthielt, und reichte sie seiner Frau.

»Meine Finger sind schmutzig. Schütte es einfach aus, ich verteile es dann schon.« Sayas kleine flinke Hände arbeiteten gekonnt. Sie pustete sich eine Haarsträhne aus der Stirn und lächelte ihn zufrieden an.

»Es tut mir leid, dass ich vorhin so unfreundlich zu dir war«, sagte sie. »Ich freue mich über die neue Kuh. Der Tag war nur so anstrengend, ich hatte Kopfweh und die Alte hörte nicht auf zu schreien. Zeitweise habe ich ihr ein Tuch in den Mund gestopft, aber da drohte sie zu ersticken. Es war furchtbar.«

»Ist schon gut.« Isko naschte etwas von der Füllung, die übriggeblieben war. »Köstlich«, lobte er.

»Warte erstmal, bis du den Braten zu schmecken bekommst«, neckte Saya, stolz auf ihre Kochkünste, die sie mit jedem neuen Stück verfeinerte.

»Ich brauche Milch von der Kuh, damit ich das Fleisch einpinseln kann. Wenn sie nicht genug hergibt, geh zu der, die noch stillt, die müsste was übrighaben.«

Isko nickte und verließ die Küche, damit Saya Ordnung machen konnte. Sie hasste es, wenn alles herumstand.

Carina jammerte nach ihrem Kind. »Wo ist sie? Was habt ihr Bestien mit ihr gemacht?«

Er packte ihr Kinn und quetschte die Haut zusammen. »Halt die Klappe! Ich habe dir gesagt, was wir mit deiner Brut machen werden. Jedes Mal, wenn ich dich gefickt habe, habe ich es dir erzählt und dass waren einige Male. Hast du gedacht, ich lüge dich an?« Er stieß ihr Kinn von sich weg und besah sich die Schweinerei, in der sie lag.

»Ich mach dich jetzt los und stell dich unter die Dusche. Du stinkst wie ein Schwein! Danach wirst du deine Titten melken. Die Kleinen schmecken im eigenen Saft immer am besten.«

Er löste die Lederriemen und hob ihre Beine aus den Halterungen. Von der Geburt war sie geschwächt und er wusste, dass der Kreislauf schlappmachen könnte, weshalb er wartete und sie erst einmal auf der Kante des Stuhls sitzen ließ. Plötzlich weinte sie und begann zu schimpfen: »Du Scheißkerl! Du hast mein Baby umgebracht! Ihr wollt es fressen, ihr Kannibalen! Ihr Mörder!«

Isko leckte sich die Lippen. Schon bald würde der Duft von köstlichem gebratenem Fleisch die Küche erfüllen. Er dachte an einen Schenkel, den er sich abreißen würde, um ihn genüsslich abzunagen. Das Fleisch war saftig und nicht so trocken wie das am Bauch. Doch am allerbesten waren die Arschbacken, die er schon bewundert hatte, als der kleine Körper kopfüber an seiner Hand baumelte. Er konnte den Geschmack bereits erahnen. Butterweich würde das Fleisch auf der Zunge zergehen. Es gab einfach nichts Besseres, und sie hatten wirklich viel ausprobiert.

»Steh jetzt auf und lauf zur Dusche. Wenn du mich angreifst, breche ich dir die Knochen«, warnte er. Carina kam schwankend auf die Beine. Offenbar gefiel ihr die Idee, sich waschen zu können. Die Kabine bestand lediglich aus einer gemauerten Nische mit gefliesten Wänden. Der Duschkopf war an der Decke angebracht, zu hoch, um heranzukommen. Isko drehte das Wasser auf und schubste Carina darunter.

»Heute Nacht kommt ein Mann, der dich mitnimmt«, erklärte er ihr. Er hätte es nicht erwähnen müssen, aber gerade fand er Gefallen daran. »Der steht auf Fotzen, die frisch geworfen haben und schön weit sind.«

»Was soll das heißen?«, fragte sie ängstlich und sah ihn entsetzt an. Obwohl das Wasser warm war, schien sie zu frösteln und rieb sich die Arme.

»Für uns bist du Abfall, nachdem wir bekommen haben, was wir wollten. Aber der Mann hat schon öfter den Müll für uns entsorgt. Er zahlt sogar noch was, weil du bei der Geburt nicht ganz aufgerissen bist.«

Wimmernd ging Carina in die Knie. »Du Schwein! Wie kannst du so was nur tun? Ich dachte ...«

Isko lachte und vollendete den Satz: »Du dachtest, ich würde dich lieben, nur, weil ich dich gefickt habe?«

Mit zitternden Lippen sah sie ihn von unten an. Er hätte ihr jetzt gerne seinen Schwanz ins Maul geschoben, traute sich aber nicht. Sie hatte nichts zu verlieren und könnte ihm ernsthaften Schaden zufügen. Hin- und hergerissen dachte er über die Möglichkeiten nach, die ihm blieben.

»Hör zu! Wenn du mir jetzt einen bläst, lasse ich dich gehen. Du musst mir nur schwören, uns nicht anzuzeigen. Ich sage meiner Frau einfach, du wärst mir davongelaufen. Was hältst du davon?«

Carina brauchte nicht lange, um zustimmend zu nicken. Wer wollte es ihr verdenken, dass sie sich an die letzte Hoffnung klammerte? Zur Sicherheit nahm Isko das Messer, das er benutzt hatte, um die Nabelschnur durchzuschneiden, und hielt es ihr drohend vor die müden Augen.

»Wasch dich erst, du Sau«, wies er sie an. »Und deine Milch brauche ich auch noch!«

Carina rieb sich gehorsam ab, wobei sie ihren Intimbereich aussparte, der nach der Geburt sehr empfindlich war. Dann stellte Isko das Wasser ab und befahl ihr, wieder auf die Knie zu gehen und soweit vorzurutschen, damit er nicht im Nassen stehen musste. Er legte ihr das Messer an die Kehle und zischte: »Wenn du mich beißt, bist du tot. Und jetzt mach meine Hose auf.«

Carina hatte schon mehrfach seinen Schwanz gelutscht, aber jetzt machte es ihn richtig geil, in ihren Mund einzutauchen. Ihr Kind, das sonst immer in ihrem Bauch gezappelt hatte, schmurgelte im Ofen und würde ihm bald eine unvergessliche Gaumenfreude bereiten, sie selbst würde natürlich doch bei dem Mann landen, der sie gekauft hatte, es sei denn, sie machte Dummheiten und er musste sie abstechen. Das Versprechen, sie laufen zu lassen, war selbstverständlich nur eine Lüge gewesen. Sie konnten nicht riskieren aufzufliegen.

»Sehr schön«, lobte Isko, als Carina sein Sperma herunterschluckte. Sie hatte tatsächlich keine Hintergedanken gehabt. »Jetzt melk deine Titten für den Braten. Die

Haut wird schön kross, wenn man sie mit Muttermilch bepinselt.«

Carina schluchzte auf, als er ihr Kind erwähnte, aber sie begann trotzdem an ihren Brüsten herumzudrücken, allerdings ohne Erfolg.

»Lass mich mal«, forderte Isko sie auf und beugte sich herunter, um ihre Zitze in seinen Mund zu saugen. Etwas süßliche Vormilch konnte er herauspressen, aber lange nicht so viel, wie sie benötigten. Dann musste er wohl doch zu ihrer Milchkuh, die eine weitere Leckerei für sie säugte. Das Kind war schon ein paar Monate alt und zum Räuchern gedacht. Saya meinte, dass es deshalb Speck ansetzen müsse. Allerdings graute Isko schon vor dem Moment, in dem er der Milchkuh das Kleine wegnehmen würde, andererseits erregte ihn die Vorstellung. Alle machten einen Aufstand, aber die, die ihre Brut länger behalten durften, waren am schlimmsten.

Er fesselte Carina erneut an den Stuhl, den er vorher mit ihrem Handtuch grob gesäubert hatte, allerdings beließ er es bei ihren Händen. Sie war nackt und ihre Haare noch feucht. Frisches Blut lief ihr bereits wieder die Schenkel hinunter. Flehend aber mittlerweile stumm sah sie ihn an. Offenbar hatte sie begriffen, dass es für sie keine Flucht geben würde.

»Ich komme später noch mal zu dir, um mich zu verabschieden«, sagte er, nahm den Becher, den er für die Milch mitgenommen hatte, an sich und verließ das Gebärzimmer, in dem schon viele Braten das Licht der Welt erblickt hatten. Mittlerweile verdaut und ausgeschissen, dachte Isko.

Das Zimmer der stillenden Mutterkuh, wie Saya sie immer bezeichnete, lag im oberen Teil des Hauses, in einer winzigen Kammer, deren Fenster mit Brettern vernagelt waren. Nur durch schmale Ritzen fiel Licht in den Raum. Als Isko aufschloss und eintrat, musste er sich zunächst an das Dämmerlicht gewöhnen. Die Frau saß im Bett und streckte sofort die Hand nach ihrem Kind aus, das offenbar neben ihr schlief.

»Keine Panik. Ich will nur Milch von dir«, erklärte er anzüglich grinsend, kam näher und überreichte ihr den Becher. Sie sah ihn misstrauisch und zugleich ängstlich an, warf wieder einen Blick auf das schlafende Kleine und packte dann eine ihrer Brüste aus. Isko überlegte, wie lange sie bereits hier war. Ein halbes Jahr musste in etwa vergangen sein. Saya kümmerte sich um die Hygiene und das Essen. Seit die Mutterkuh hier oben war, hatte er sie nicht mehr angerührt und auch das Kind nicht mehr gesehen. Er wusste noch, dass es ein Junge war, aber das spielte keine Rolle, denn das Fleisch schmeckte gleich gut. Er ging zu der Seite des Bettes hinüber, auf dem der Säugling schlief und betrachtete das kleine Gesicht mit den langen schwarzen Wimpern und den rosigen Wangen. Der Mund bewegte sich im Schlaf und Isko vernahm leise schmatzende Geräusche. Er streckt die Hand nach dem Kind aus, was die Mutter sofort in Alarmbereitschaft versetzte.

»Tu ihm nichts! Bitte!«, flehte sie ihn an.

»Ich bin nur wegen deiner Milch hier, und je schneller du sie abmelkst, desto eher bin ich wieder weg, aber ich darf ihn mir ja wohl ansehen«, belehrte er sie. Wie er es sich gedacht hatte, würde sie einen Mordsaufstand machen, wenn es so weit war, dass sie den Kleinen hergeben musste. Wie lange wollte Saya ihn wohl noch mästen? Und wie lange dauerte so ein Räuchervorgang? Wurde das Fleisch lebend in den Räucherofen gehängt oder wurde es vorher geschlachtet? Er dachte daran, wie Saya vorhin dem Neugeborenen ohne zu zögern den Schädel eingeschlagen hatte. Niemand würde der zierlichen Frau so etwas zutrauen. Seine Saya sah so sanft aus, ihre kleinen Hände konnten zärtlich sein, aber sie konnten auch töten. Sie war perfekt für ihn.

»Du darfst ihn noch etwas behalten, aber irgendwann werden wir ihn holen, das muss dir klar sein«, erklärte Isko. »Ich werde dich zukünftig regelmäßig besuchen. Blutest du schon wieder? Es wird Zeit, dich neu zu füllen. Das willst du doch auch, damit du am Leben bleiben kannst, oder?«

Die Frau starrte ihn entsetzt an. Sie brauchten eine Milchkuh, weil er ab und zu Babys aus Kinderwagen oder Krankenhäusern stahl, und die mussten bis zum Verzehr versorgt werden. Was lag näher, als die Milch am Fließen zu halten und diese Frau, die sich bisher kooperativ gezeigt hatte, solange zu verschonen, wie sie von Nutzen war? Wenn er sie schwängerte, konnte er sich bereits auf den nächsten Braten von ihr freuen. Dass es sich dabei um sein Kind handeln würde, spielte keine Rolle, denn damit hatte damals alles begonnen. Er lächelte, als er an die Anfangszeit mit Saya dachte. Es war ein Segen, dass sie in sein Leben getreten war.

Seine Ex-Freundin war damals, als sie noch auf den Philippinen lebten, von ihm schwanger gewesen. Er war gerade mal neunzehn Jahre alt und hatte sich nicht bereit gefühlt, Vater zu werden. Außerdem war er mit Saya zusammen und die duldete keine Nebenbuhlerin. Seine Ex hatte sich geweigert, das Kind abzutreiben, also hatte er mit Saya einen Plan gefasst, der ihr weiteres Leben bestimmen sollte. Sie hatten der Schwangeren aufgelauert, sie in ein Versteck gebracht und ihr den Bauch aufgeschnitten. Das Ungeborene war bereits lebensfähig, und Saya hatte es kurzerhand mit einem Stein erschlagen. Seine Ex war schnell verblutet, und noch während sie gemeinsam überlegten, wie sie ihre Tat vertuschen konnten, war Saya etwas eingefallen. Schließlich hatten sie nur die Leiche der Frau in der baufälligen Hütte angezündet, den Säugling dafür mitgenommen und später in Sayas winziger Kochnische zubereitet. Er erinnerte sich, dass er zuerst gar nicht probieren wollte, aber als sie ihm beteuerte, wie lecker das Fleisch sei, hatte er sich doch ein Stück in den Mund schieben lassen. Es war wie eine Offenbarung gewesen. Diesen unvergleichlichen Geschmack würde er nie vergessen. Er wurde süchtig danach.

Als Saya ihn nach einigen Wochen zu sich nach Hause einlud, hatte sie wieder etwas aus Menschenfleisch zubereitet. Sie sprach damals von Schicksal, als sie davon berichtete, wie sie an einem Laden einen unbeaufsichtigten Kinderwagen entdeckt, ihn einfach mitgenommen und das Kind heimlich im Wald geschlachtet hatte, um es in der Küche ihrer kleinen Wohnung mit duftenden Kräutern für ihn zu braten.

Isko war hin- und hergerissen gewesen, was er nun tun sollte. Die Erinnerung an den Geschmack des ersten Kindes war ihm noch präsent und das Wasser lief ihm bereits im Mund zusammen. Also aß er mit seiner Geliebten und danach hatten sie grandiosen Sex. Ob es am Fleisch lag oder an der erregenden Tat, konnte er nicht sagen. Die Verbindung zwischen Saya und ihm wurde mit jedem Opfer immer stärker, das Band fester. Sie fuhren weit weg, um Beute zu machen, damit ihre Taten nicht auffielen. Sie hatten es auch mit älteren Kindern versucht, waren aber schnell darauf gekommen, dass es mit Babys am einfachsten war und das zarte Fleisch Neugeborener am besten schmeckte. Als der Boden auf den Philippinen zu heiß für sie wurde, suchten sie nach einer neuen Wirkungsstätte, einem Land, das weitaus bessere Möglichkeiten bot.

Nachdem er die Milch abgeliefert und einen zufriedenen Blick in den Backofen geworfen hatte, beschloss Isko nach seiner neusten Errungenschaft zu sehen. Vielleicht war sie schon wach. Jenny lag auf der Seite und war noch nicht wirklich bei Bewusstsein. Als er sie ansprach, öffnete sie jedoch die Augen. Isko legte sich hinter sie und schlang die Arme um ihren Bauch, versuchte, das Kind in ihr zu fühlen, doch es schien zu schlafen. Bald schon würde er mit ihm Kontakt aufnehmen und in wenigen Wochen würde er es aus ihr herausziehen und Sayas fachkundigen Händen übergeben. Er würde sich auch Jennys Kind einverleiben, ihm das Fleisch von den Knochen nagen und es genießen. Alleine der Gedanke ließ ihn hart werden, also legte er Jennys Unterleib frei und drängte sich gegen sie.

»Was ... wo ...?«, brachte sie mit schwerer Zunge hervor.

»Du bist bei mir. Ich werde dich jetzt ficken, Süße«, wisperte er ihr ins Ohr. »Ich will dich kennenlernen und das Kind in dir zappeln fühlen.«

Das Chloroform wirkte noch, Jenny schaffte es nicht, sich kontrolliert zu bewegen und lallte nur unverständlich. Isko zog sich selbst die Hose herunter, bog ihren Körper so zurecht, dass er ihre Fotze erreichen konnte und fuhr mit zwei Fingern in sie hinein. Jenny stöhnte und schlug kraftlos um sich. Seufzend spuckte Isko auf seine Finger und rammte sie erneut in die viel zu trockene Fotze.

»Wenn da mal so was Großes wie dein Kind raus soll, müssen wir dich schon mal weiten«, erklärte er ihr väterlich, ersetzte seine Finger durch seinen Schwanz und fickte sie zum ersten Mal, wobei er ihren Bauch umklammert hielt. Endlich spürte er die zarten Klopfzeichen aus dem Inneren.

»Da bist du ja, mein Kleines«, flüsterte er erfreut. »Wenn du es aus dir rausgepresst hast, werden meine Frau und ich es essen«, erklärte er. Vermutlich verstand Jenny seine Worte noch nicht wirklich, aber er liebte es, davon zu sprechen, während er seine Opfer fickte.

»Gerade brutzelt das Kleine deiner Vorgängerin im Ofen«, keuchte er in Jennys Ohr. »Es ist ein kleines Mädchen, das erst vor wenigen Stunden geboren wurde. Ich habe mit ihrer Mutter genau dasselbe gemacht, was ich jetzt mit dir mache. Ich habe ihr ebenfalls erzählt, was mit ihrem Kind geschehen wird, sobald es aus ihr raus ist, aber sie wollte mir nicht glauben. Ich hoffe, dass du mir glaubst. Weißt du was, ich werde dich zum Essen mit nach oben nehmen, dann kannst du mit eigenen Augen sehen, was wir tun. Was hältst du davon? Ich gebe dir auch ein kleines Stück ab, damit du kosten kannst. Ist das nicht nett von mir? Das habe ich vorher noch nie getan. Ich werde meiner Frau sagen, dass du unser Ehrengast bist.«

Sein Monolog geilte ihn auf, heftig stieß er zu und spritzte bald darauf stöhnend zum ersten Mal in Jenny ab. Es würden noch viele weitere Male folgen, bevor sie reif war.

Saya war von seinem Plan nicht begeistert.

»Was soll das? Was ist, wenn sie ausflippt?«, fragte sie schnippisch.

»Das wird sie nicht. Ich finde es scharf, wenn sie uns zusieht. Nach dem Essen werden wir uns wie immer lieben und dabei soll sie ebenfalls zusehen. Mich macht das geil. Dich nicht?«

Saya wand sich. »Keine Ahnung. Wir können es ja probieren. Aber wenn sie ausflippt oder rumschreit, bringst du sie wieder weg.«

Isko versprach es und durfte Jenny holen.

Jenny wusste nicht, wo sie sich befand. Es roch muffig und ihr war kalt. Sie lag auf einer schmalen Holzpritsche und umklammerte ängstlich ihren Bauch. Ihr Entführer hatte sie vergewaltigt. War ihrem Kind etwas geschehen? Im selben Augenblick regte sich etwas in ihr, sie spürte ihr Baby strampeln. Kraftlos schloss sie die Augen.

Als die Tür aufging und der kleine dunkelhäutige Mann mit den schwarzen Haaren auf sie zukam, klopfte ihr Herz wie verrückt. Er hatte etwas von Essengehen gefaselt, aber ihr war übel und ihr Gehirn schien noch wie benebelt, das Denken fiel ihr schwer. Er kam direkt auf sie zu und packte sie grob am Arm.

»Steh auf! Essen ist fertig«, sagte er. Nur mühsam kam sie auf die Beine, alles drehte sich in ihrem Kopf, immer wieder drohte sie zu fallen, während er sie hinter sich her zerrte. Die Stelle, an der er ihren Arm umklammert hielt, schmerzte. Warum drückte er nur so fest zu?

Sie kamen in ein Zimmer, in dem ein festlich gedeckter Tisch stand. Blumen und Kerzen waren arrangiert, große weiße Teller standen auf silbernen Platztellern. Das Besteck sah edel aus und glänzte neben dem Gedeck im Kerzenschein. Weingläser aus Kristall warteten darauf, gefüllt zu werden. Jenny schaute sich irritiert um. Der Mann zerrte sie weiter und drückte sie schließlich auf einen Stuhl. Dann nahm er einen Gürtel, legte ihn unter ihren Bauch und fixierte sie damit an die Stuhllehne. Jenny hörte weitere Schritte und wandte den Kopf dem Geräusch entgegen. Eine kleine dunkelhaarige Frau betrat mit einer großen Platte in den behandschuhten Händen den Raum. Sie trug ein enges rotes Kleid und schritt langsam voran, vermutlich um nichts fallen zu lassen. Als die Platte auf dem Tisch stand, richtete die Frau sich seufzend auf und drehte sich zu Jenny. Ihre schwarzen Augen funkelten sie böse an, dann gab die Frau den Blick auf den Tisch frei.

Jenny starrte auf das, was gerade als Braten aufgetragen worden war. Im ersten Augenblick hatte sie es nicht erkannt, doch es handelte sich ohne Zweifel um ein Baby. Jenny presste sich die Hand vor den Mund, um sich nicht zu übergeben. Neben der großen Platte lag ein Tranchierbesteck bereit.

»Dann hole ich uns mal eine schöne Flasche Wein aus dem Keller«, sagte der Mann lächelnd und verschwand. Sobald er fort war, schnappte sich seine Gefährtin das Tranchiermesser und richtete es auf Jenny.

»Dasselbe werden wir auch mit dem machen, was du in deinem dicken Bauch für uns austrägst«, zischte sie ihr boshaft ins Ohr. »Vielleicht schneide ich dir auch vorher den Bauch auf und hole es mir.«

Das war zu viel. Jenny stieß einen Wutschrei aus, packte das dünne Handgelenk der Frau und brach es ihr mit einer einzigen Bewegung. Die Schwarzhaarige heulte auf und ließ das Messer fallen. Sie brüllte nach ihrem Mann, während Jenny sich nach dem Messer bückte. Der Gürtel und der dicke Bauch behinderten sie, aber sie wollte sich nicht kampflos in ihr Schicksal ergeben. Die Frau wirkte schwach, war allein und hatte offensichtlich nicht mit einem Angriff gerechnet, also eine gute Gelegenheit. Jenny beugte sich so weit zur Seite, dass sie mit samt dem Stuhl umkippte und auf dem Messer zu liegen kam. Sie legte die Klinge an das Leder des Gürtels und schnitt ihn durch, was ein wenig dauerte. Sobald sie frei war, sprang sie auf die Beine und sah sich nach ihrer Gegnerin um. Die war jedoch verschwunden. Jenny vermied es, den Blick auf das tote Kind zu werfen und dachte stattdessen über einen

Fluchtweg nach. Sie wusste nicht, wo sie sich befand, und sie war in ihrem Zustand nicht besonders schnell. Dass sie von klein auf Kampfsport gemacht hatte, war ihr gerade zugutegekommen, aber da war die Frau auch überrascht worden. Wenn die beiden gemeinsam auf sie losgingen, hatte sie keine Chance.

Bevor Jenny sich für eine Möglichkeit entscheiden konnte, kam der Mann ins Zimmer gestürzt. »Was geht hier vor? Was hast du getan?!«, brüllte er sie an. Jenny registrierte sofort, dass er unbewaffnet war. Hatte seine Frau ihn noch nicht informiert? Sie packte das Messer fester, bereit, auf ihn loszugehen, doch er bemerkte es und wich zurück.

»Wo ist meine Frau?!«, schrie er. Jenny beschloss, zum Angriff überzugehen. Wieder sah sie sich nur einem Gegner gegenüber, der unbewaffnet war und planlos schien. Zumindest für den Augenblick. Sie dachte an ihren dicken Bauch, der ihre Bewegungen einschränken würde, und an das Kind darin, das sie beschützen musste. Es sollte auf keinen Fall so enden wie das arme Wesen, das dort auf dem Tisch lag, angerichtet wie ein Spanferkel. Eher würde sie sich und damit auch das Kleine umbringen. Sie lief auf den Mann zu, ging kurz vor ihm in die Knie, streckte ein Bein aus und vollführte eine Drehung mit der sie ihn von den Füßen hebelte. Überrascht landete er auf dem Boden. Der schmerzhafte Aufprall trieb ihm die Luft aus den Lungen. Jenny warf sich auf ihn und wollte gerade das Messer in seinen Bauch rammen, als plötzlich ihre Haare gepackt und sie daran nach hinten gerissen wurde.

»Du Schlampe!«, keifte die schwarzhaarige Frau. Jenny sah, dass sie eine provisorische Schiene um eine Hand trug. Also hatte sie das Knacken der Knochen vorhin richtig interpretiert. Sie ließ sich nach hinten fallen und trat der Frau gegen das verletzte Handgelenk. Die schrie schrill auf und ließ ihre Haare endlich los. Jenny rannte an der Frau vorbei und in den nächsten Raum. Sie fand sich in einer Küche wieder. Hektisch sah sie sich nach weiteren Waffen um. Der Mann war wieder da und versuchte, sie in die Enge zu treiben, indem er mit weit ausgebreiteten Armen auf sie zukam, aber er war immer noch unbewaffnet.

»Sei vernünftig, dann passiert keinem was«, wollte er sie beruhigen. »Ich habe dir Drogen gegeben, die dich halluzinieren lassen. Du siehst Dinge, die gar nicht da sind. Leg das Messer weg, bevor du jemanden verletzt.«

Jenny war verwirrt. War das gar kein totes Kind gewesen, das sie gesehen hatte? Das wäre auch zu absurd. Aber sie war sich sicher, dass der Mann ihr etwas über Essen und ihr Baby gesagt und sie vergewaltigt hatte. Oder bildete sie sich das auch nur ein? Ihr Kopf fühlte sich dumpf an, ihr Verstand arbeitete im Schneckentempo. War das die Wirkung der Drogen? Jenny ließ das Messer langsam sinken. Sie würde gerne zurückgehen und sich vergewissern, dass das, was auf dem Tisch im anderen Zimmer lag, kein Baby war.

»Komm, ich helfe dir auf einen Stuhl und gebe dir etwas zu trinken«, sagte der Mann fürsorglich. Jetzt klingelten gleich mehrere Alarmglocken in Jennys Gehirn. Der Taxifahrer! Er hatte sie vor der Beratungsstelle angesprochen und in seinem Auto mitgenommen. Da war er genauso nett gewesen.

»Mein Name ist Isko. Du musst keine Angst haben. Die Wirkung lässt bestimmt bald nach«, redete er weiter, während er versuchte, ihr das Messer aus der Hand zu nehmen. Im Hintergrund hörte Jenny die Schmerzenslaute der Frau, die sie verletzt hatte.

»Gib schön her«, murmelte Isko. »Damit ich es dir in deine beschissene Fotze rammen kann«, hörte Jenny und verstand. Instinktiv griff sie nach dem Fleischklopfer, der neben ihrer Hand auf der Arbeitsplatte lag, und drosch damit auf die Schläfe ihres Gegenübers ein. Isko riss erst ungläubig die Augen auf, gab dann gurgelnde Laute von sich und fiel schließlich zu Boden, wo er in Krampfanfällen zuckend liegen blieb. Jenny starrte den Mann an, unter dem sich eine Urinlache ausbreitete und dem blutiger Schaum vor dem Mund stand, dann sah sie auf den blutverschmierten Fleischklopfer in ihrer Hand und ließ ihn entsetzt fallen. Sie schlug sich die Hand vor den Mund und würgte trocken. Wenn er doch nur aufhören würde, so wild herumzuzappeln, dachte sie panisch und überlegte, ob es nicht gnädiger wäre, dem ein Ende zu setzen.

Doch ihre Gedanken wurden von einem Kreischen und der kleinen Frau unterbrochen, die sich auf Jenny stürzte.

»Das wirst du büßen! Was hast du getan?!«, schrie sie schrill, dass sich ihre Stimme überschlug. Jenny duckte sich, zog das Messer unter dem immer noch krampfenden Kerl heraus und hielt es hoch. Die Frau lief direkt in die lange Klinge, welche sich bis zum Griff in ihren

Leib bohrte. Ungläubig starrte sie Jenny an, der sie jetzt ganz nahe war. Auch Jennys Blick wurde starr, als sie das Messer langsam drehte und dabei den gurgelnden Lauten der Frau lauschte. Blut floss aus ihrem Mundwinkel, da sie ihre Lunge durchbohrt hatte. Angewidert stieß Jenny die sterbende Frau von sich, um das Messer wieder freizubekommen, dann machte sie dem Leben des Krampfenden ein Ende, indem sie ihm die scharfe Klinge durch die Stirn direkt ins Hirn rammte. Sie ließ das Messer stecken, weil sie es nicht über sich brachte, es noch einmal zu berühren. Unvermittelt drehte sie sich weg und kotzte auf den Fußboden. Wieder und wieder zog sich ihr Magen zusammen und ließ sie schmerzhaft würgen. Als sie sich etwas gefangen hatte, sah sie sich ängstlich nach ihren Opfern um. In vielen Filmen schlugen die vermeintlich Toten noch einmal zu. Bei dem Mann war sie sich sehr sicher, dass er das nicht tun würde, aber die Frau konnte durchaus noch leben. Das Messer steckte immer noch in der Stirn des Toten, dessen kalter Blick auf sie gerichtet war. Doch seine schwarzen Augen hatten ihren Glanz verloren. Jenny bemerkte die wunderschönen Schnitzereien am Griff des Tranchiermessers, das sie nun doch aus dem Schädel des Toten zog. Dann suchte sie nach der Frau, die tatsächlich noch lebte. Sie lehnte an einer Wand, rang nach Luft und sah sie vorwurfsvoll an. Vermutlich stellte sie keine Gefahr mehr dar.

»Ist noch jemand im Haus?«, fragte Jenny, bekam aber keine Antwort.

»Ich rufe einen Krankenwagen für Sie, wenn Sie mir antworten«, bot sie an. Die Frau stieß ein schauriges, glucksendes Lachen aus und spuckte einen Schwall Blut.

»Dann eben nicht. Ich kann auch selbst nachsehen.« Jenny zuckte die Schultern und verließ den Raum. Im Esszimmer verharrte sie vor dem liebevoll gedeckten Tisch und starrte auf den Braten, berührte ihn schließlich vorsichtig mit dem Finger. Er roch so gut. Aber das war doch wirklich ein Kind, oder? Stand sie immer noch unter Drogeneinfluss? Ihr Fingernagel bohrte sich durch die knusprige Haut. Sie pulte ein Stück Fleisch heraus und steckte es hungrig in den Mund. Es schmeckte göttlich, so zart und würzig. Sie riss ein größeres Stück heraus. Tot war es nun sowieso, was immer es gewesen war. Ob sie es aß oder nicht, es würde nichts daran ändern. Wie in Trance schob sich Jenny Stück für Stück des Fleisches in den Mund, kaute, schluckte und fühlte sich immer besser, als würde die Kraft zurückkehren, die sie bei dem Kampf verloren hatte. Es war wie reine Energie, wie ein göttliches Geschenk. Hatte sie ihrem Gastgeber Unrecht getan? Der Mann war durch ihre Hand gestorben. Sie war eine Mörderin! Die Erkenntnis traf sie so hart wie ein Schlag. Was sollte sie jetzt tun?

Die Energie, die sie eben noch gewaltig pulsierend in sich gespürt hatte, wandelte sich plötzlich in Müdigkeit, der sie sich nicht erwehren konnte. Ihre Augenlider wurden schwer wie Blei. Jenny schob das Gedeck beiseite und schlief direkt am Tisch ein.

Dieser Fall gab der Polizei noch lange Rätsel auf. Waren es nun zwei oder drei Kannibalen gewesen, die hier ihr Unwesen getrieben hatten? Eine Frau, die zusammen mit ihrem sechs Monate alten Kind gerettet werden konnte, berichtete, dass sie immer nur den asiatisch aussehenden Mann und dessen Frau zu Gesicht bekommen hatte. Diese Aussage wurde von einer weiteren Frau bestätigt, die man aus einem Kellerraum befreien konnte. Die Haupttäter waren offenbar die beiden toten Philippinos gewesen. Aber nur die Schwangere, welche man in dem Haus fand, hatte nachweislich Menschenfleisch gegessen. Auf dem Tisch waren die Überreste eines getöteten Säuglings gefunden worden, von dem Teile fehlten. Bei der Schwangeren wurden Fasern dieses Fleisches unter den Fingernägeln sichergestellt. Niemand der ermittelnden Beamten hatte auch nur ansatzweise etwas so Grausames in seiner Karriere gesehen. Sämtliche Mitarbeiter von Kriminalpolizei und Gerichtsmedizin wurden psychologisch betreut, denn die Bilder des toten Säuglings, der wie ein Weihnachtsbraten zubereitet worden war, verfolgten die Ermittler noch lange und würden sie wohl nie ganz verlassen. Die Mutter des getöteten Säuglings musste zunächst in einem Krankenhaus versorgt und dann in die Psychiatrie eingewiesen werden.

Man kam zu dem Schluss, dass die Aussage von Jenny Wiemers zutraf, sie wäre von dem Paar gezwungen worden, von dem Fleisch des toten Kindes zu essen. Dass sie sich später befreien konnte und ihre Angreifer in Notwehr tötete, war ebenfalls glaubhaft. Die sichergestellten Spermaspuren des Mannes zeugten von der

Vergewaltigung, die die Schwangere erleiden musste. Jenny wurde auf eigenen Wunsch in einem Wohnheim für junge Mütter untergebracht, da sie Angst hatte, allein zu wohnen. Der Psychologe, der sie betreute, unterstützte all ihre Anträge.

Als Jennys Kind geboren war, hielt sie es im Arm und betrachtete die pummeligen Ärmchen, die niedlich durch die Luft wedelten. Sie leckte sich die Lippen und hatte plötzlich wieder den Geschmack des Fleisches auf der Zunge, das sie sich wie in Trance in den Mund gestopft hatte. Sie ergriff die kleine Hand ihres Sohnes und betrachtete die winzigen Finger, hob sie schließlich an die Lippen und küsste sie, leckte mit der Zunge darüber. Rasch sah sie sich um, ob sie auch niemand beobachtet hatte. In den letzten Tagen war der Hunger, der seit dem Vorfall im Haus der Kannibalen an ihr nagte, immer stärker geworden. Sie konnte ihn kaum noch beherrschen und reagierte aggressiv, wenn sie jemand ansprach. Ihr Kind gab sie keinen Augenblick aus der Hand. Es war ihres, und damit konnte sie machen, was sie wollte!

Weihnachtsgeschenk

Immer diese Jagd nach den Geschenken, dachte Klaus. Jedes Jahr dasselbe! Keiner wusste, was er kaufen sollte und alle liefen panisch in den Läden umher, um sich dann irgendeinen Kitsch unter den Nagel zu reißen, den sowieso niemand haben wollte. Klaus war es leid, bei diesem alljährlichen Affentheater mitzuspielen. Missmutig stapfte er durch die Menschenmenge im Einkaufszentrum und fand den Gang zur Musikabteilung. Musik war immer gut. Nur welche? Im Kopf ging er seine imaginäre Liste durch. Noch ein Geschenk, dann konnte er endlich nach Hause fahren und es sich gemütlich machen.

Dieses Mal hatte Klaus sich sogar selbst ein Geschenk gemacht. Da bekam er doch endlich mal das, was er sich wirklich wünschte und nicht so einen Scheiß, den er nicht gebrauchen konnte.

Der Gedanke an sein ganz besonderes Präsent stimmte ihn sofort wieder froh. Wie sehr er sich darauf freute, sie zu benutzen! Ihm wurde ganz warm und es kribbelte in seinen Fingern.

»Nur ruhig, alter Junge«, sagte er zu sich selbst. Sie konnte ihm ja nicht weglaufen, lag gut verpackt im Kofferraum seines Wagens, den er absichtlich an der entferntesten Ecke des Parkplatzes abgestellt hatte. Wenn jemand wüsste, dass sie dort drin war! Allein der Gedanke trieb ihm den Schweiß auf die Stirn.

An der Kasse hatte sich eine lange Schlange gebildet und Klaus drehte unruhig die CD, die er für seinen Bruder ausgesucht hatte, in den Händen. Hoffentlich ging das gut.

Vielleicht war er doch zu sorglos gewesen? Was war, wenn sein Auto aufgebrochen oder gestohlen wurde? Das wäre eine Katastrophe! Nervös rückte er weiter vor. Als er endlich an der Reihe war, warf er hastig das Geld hin, schnappte sich die CD und rannte zum Parkplatz.

Beruhigt atmete Klaus auf, als er seinen Wagen unversehrt in der Parklücke stehen sah. Was er auch immer für Phantasien hatte! Seufzend näherte er sich dem Auto, sein Herz klopfte bis zum Hals. Er hätte die CD auf den Beifahrersitz legen können, aber er wollte sich vergewissern, dass alles in Ordnung war. Vorsichtig sah er sich um, ob ihn auch niemand beobachtete. Dann hob er den Kofferraumdeckel an und spähte durch den Schlitz. Ja, da war sie.

Es war alles okay.

»Nicht mehr lange«, flüsterte er und schloss vorsichtig den Deckel.

Auf der Fahrt nach Hause überlegte er, ob er wirklich bis Heiligabend warten sollte. Es waren noch drei Tage. Eine Ewigkeit! Solange konnte er nicht warten. Gleich, wenn er in seiner Wohnung war, würde er sie aus dem Auto holen und dann konnte er heute schon Spaß mit ihr haben. Sie würden die ganze Nacht zusammen verbringen. Die Vorfreude ließ sein Herz hämmern.

Erst trug er die anderen Geschenke nach oben, dann war der große Augenblick gekommen. Andächtig schloss er den Kofferraum auf und betrachtete seufzend den Inhalt. Endlich griff er hinein, hob sie behutsam mit beiden Händen hoch und trug sie in seine Wohnung. Vorsorglich verriegelte er die Tür, damit ihn niemand stören konnte. Mit klopfendem Herzen holte er eine Schere aus der Küche, um sie zu befreien und anzuschließen.

Endlich gehörte sie ihm, ihm ganz allein - seine Playstation!

Der Angler

Lea kniete auf allen Vieren und atmete, so ruhig es ging, ein und aus. Es war etwas geschehen, womit sie nie und nimmer gerechnet hatte, etwas Grauenhaftes, dass sie erst einmal verdauen musste.

»Nur nicht bewegen«, flüsterte sie gegen die gekachelte Wand, an der sie lehnte.

Ihr Gehirn stand noch unter Schock und war nicht bereit, das Geschehene als wahr anzuerkennen. Es gaukelte ihr vor, dass sie einfach nur zu viele Horrorfilme gesehen hatte und alles in bester Ordnung sei. Schon als Kind war ihr ihre ausufernde Phantasie nicht selten zum Verhängnis geworden, sie hatte Monster in jeder Zimmernische vermutet und Wesen erfunden, eins gruseliger als das andere. Und nun hatte sich nicht etwas, sondern jemand in so ein furchtbares Ungeheuer verwandelt. Es war grauenhafter als in ihren dunkelsten Albträumen.

Ron war ihr Freund! Sie liebten sich! Er war immer nett zu ihr gewesen, war sogar geduldig, wenn sie herumzickte. Noch nicht einmal richtig gestritten hatten sie bisher. Und nun das. Sie konnte es nicht fassen.

Sie stöhnte vor Schmerz, als sie das Gewicht verlagerte.

»Scheiße«, zischte sie durch ihre zusammengepressten Zähne. Ihr Körper war schweißnass, obwohl es in dem Raum kühl war.

»Das darf doch alles nicht wahr sein.«

Lea drängte die Verzweiflung, die sie gerade überkommen wollte, zurück. Nicht aufgeben! Irgendwie würde sie das überstehen. Aber jetzt musste sie erst einmal wissen, was wirklich geschehen war. Vorsichtig löste sie eine Hand vom Boden und tastete über ihren Schenkel aufwärts zu ihrem Po. Ron und sie hatten Sex gehabt, wie schon oft. Doch dieses Mal war es anders. »Warte mal, Baby«, hatte er gesagt, war aufgestanden und einfach weggegangen. Lea hatte sich nichts dabei gedacht, sich nur gefragt, was mit ihm los war. Sie lag mit geschlossenen Augen auf dem Rücken und fühlte noch dem Orgasmus nach, den er ihr vor wenigen Minuten geschenkt hatte. Dann spürte sie seine Anwesenheit, die Matratze senkte sich unter seinem Gewicht, als er zu ihr ins Bett stieg.

Ron verwöhnte sie gern oral und so hatte sie in freudiger Erwartung seiner geschickten Zunge die Beine gespreizt. Doch statt der erhofften prickelnden Lustgefühle war ihr etwas Eiskaltes gewaltsam in den Anus gerammt worden, sodass sie blitzende Sterne gesehen hatte und beinahe ohnmächtig geworden wäre. Aber so viel Glück hatte sie nicht. Im nächsten Augenblick spürte sie Widerhaken, welche sich rücksichtslos in ihr Innerstes krallten. Dann wurde das Ding, das in ihr steckte, mit solcher Wucht zurückgerissen, dass die scharfen Haken sich tief in ihr verankerten, während sie selbst von der Matratze auf den Boden knallte. Vermutlich war sie für einen Moment weggetreten gewesen, denn als sie wieder zu sich kam, kauerte sie auf allen Vieren in diesem gekachelten Raum, während wellenartig unfassbare Schmerzen ihren Körper durchfluteten. Eindeutig ging die Qual von dem Ding in ihrem Hintern aus. Sie merkte rasch, welche Position sie einnehmen musste, damit es nicht allzu weh tat. Aber sie konnte doch nicht ewig so verharren!

Mittlerweile hatten ihre zitternden Finger ihren After erreicht und berührten eine gebogene Metallkonstruktion, die aus ihr heraus Richtung Zimmerdecke ragte. Das Metall war ziemlich dick, sie schätzte etwa drei Zentimeter im Durchmesser. Was sollte sie tun? Was war das nur für ein Ding?

»Ron?«, brachte sie heiser hervor. Was auch immer er getan hatte, er musste ihr helfen. Vielleicht würde er einen Krankenwagen rufen, wenn er sah, wie schlecht es ihr ging.

Doch Lea wusste nicht, dass ihr Freund sich ein Stockwerk über ihr in einer ganz ähnlichen Situation befand. Ein riesiger Metallhaken hatte ihn am After aufgespießt und seine Widerhaken tief in ihn hinein geschlagen. Dabei war sein Darm gerissen. Der Inhalt verteilte sich bereits zwischen seinen inneren Organen.

»Siehst du? Das war doch ganz easy«, hörte Ron eine Stimme neben sich sagen. Sehen konnte er lediglich ein Paar Turnschuhe und die auch nur verschwommen. Ihm war furchtbar schlecht, er hatte den Geschmack von Scheiße im Mund und musste würgen.

»Bei dem hätten wir nicht so viel Kraft gebraucht. Ging viel leichter als bei der Tussi. Naja, ist halt so«, fuhr die Stimme fort. »Auf jeden Fall weißt du jetzt, wie es geht und beim nächsten Mal machst du es selbst.« Jemand stieß Ron den Fuß in die Seite und lachte.

»Beim Poppen sind die immer total abgelenkt. Die sehen dich nicht mal, wenn du direkt neben ihnen stehst.«

»Wer seid ihr?«, brachte Ron kaum hörbar über die Lippen, wurde aber nicht beachtet.

»Nimm du seine Beine. Der Angler müsste gleich da sein. Tragen wir ihn besser schon mal nach unten.«

Dann wurde er doch noch unverhofft angesprochen. »Krepier bloß nicht! Kohle gibt es nur für lebende Köder.«

Lea schrie entsetzt auf, als Rons Körper direkt neben ihr auf dem Boden landete. Sein Gesicht war ihr zugewandt und so schmerzverzerrt, dass sie ihn beinahe nicht erkannt hätte.

»Ron?«, würgte sie hervor, als sie begriff, dass er es war.

»Das Püppchen ist noch munter«, stellte eine männliche Stimme fest. »Sitzt dein Haken denn gut, Süße?« Der Metallstab wurde gepackt und hochgezogen, sodass ihr Hintern und ihre Beine über dem Boden baumelten. Dabei spürte sie, wie etwas in ihr riss, als die Widerhaken sich noch tiefer gruben. Dann wurde sie fallengelassen und wäre beinahe wieder ohnmächtig geworden.

»Mit der wird er auf jeden Fall zufrieden sein. Bei dem anderen habe ich Mist gebaut«, gab die Stimme seufzend zu.

Lea begriff allmählich, dass es nicht Ron gewesen war, der ihr das angetan hatte. Was war das für ein Typ und mit wem redete er? Was sollte das mit dem Haken bedeuten? Sie war verwirrt und ihr sowieso von

Schmerz umnebeltes Gehirn wollte ihr keine Erklärung zusammenreimen.

»Was hast du mit uns vor?«, krächzte sie und versuchte, wieder auf Knie und Hände zu kommen, rutschte aber in etwas Feuchtem aus.

»Willst du nicht antworten?«, fragte eine weitere Stimme, die Lea zuvor noch nicht gehört hatte.

»Nein. Ich rede nie mit denen. Wozu auch?«, erwiderte der zweite Mann.

»Bitte helfen Sie uns«, brach es aus Lea heraus. »Es ist noch nicht zu spät, einen Krankenwagen zu rufen. Sie können einfach verschwinden und wir werden sie nicht verraten. Bitte!«

Ron gab einen röchelnden Laut von sich.

»Mein Freund stirbt. Sie müssen irgendwas tun!«, flehte sie.

»Schöne Scheiße!«, kommentierte einer der Männer.

»Immerhin bekommen wir das Geld für die Kleine«, sagte der andere gleichmütig.

»Und die Leiche?«

»Nimmt der Angler auch mit. Taugt ja immer noch als Köder, gibt nur keine Kohle dafür.«

Lea wimmerte, als sie begriff, dass keine Hilfe zu erwarten war.

»Wie lange dauert das denn noch?«, fragte der eine quengelig wie ein kleines Kind.

»Weiß ich nicht. Ist auf dem Weg, hat er gesagt. Nur die Ruhe, der kommt schon noch.«

Lea sah besorgt zu Ron hinüber, dessen Augen geschlossen waren. Er atmete flach, sein Gesicht glänzte vor Schweiß und die dunklen Haare klebten am Kopf.

Vorhin hatte Ron noch aus anderen Gründen geschwitzt und sie verheißungsvoll angelächelt. Wie hatte sie nur glauben können, dass er es gewesen war, der ihr das hier angetan hatte.

»Unsere Eltern werden uns suchen und die Polizei einschalten«, teilte Lea den Männern verzweifelt mit, die sich irgendwo hinter ihr und somit außerhalb ihres Blickwinkels aufhielten. Ein Kichern war die Antwort.

»Von euch wird nichts mehr zu finden sein«, meinte einer der Männer hämisch. Lea lief ein eisiger Schauer über den Rücken. Rons Hand hatte sich unbemerkt zu ihrer geschlichen und sie zuckte zusammen, als er sie so unverhofft berührte. Ängstlich schaute sie in sein Gesicht. Durch schmale Schlitze sahen sie fiebrig glänzende Augen an.

»Ich liebe dich«, formten seine Lippen lautlos. Lea schluchzte und drückte seine kaltschweißige Hand ganz fest, damit er wusste, dass sie noch da war.

»Wir haben zwei, aber der eine ist fast hinüber«, berichtete einer der Männer wahrheitsgemäß. Jemand grunzte. Dann wurde Rons Hand aus ihrer gerissen und sein Körper weggeschleift. Lea ballte in ohnmächtiger Wut ihre nun leere Hand zur Faust.

»Schade. Passt das nächste Mal besser auf. Der hätte bestimmt eine Weile durchgehalten. Ich nehme beide, zahle aber nur für die eine, die noch einigermaßen intakt ist.« Lea lauschte angespannt der neuen Stimme im Raum. Papier raschelte, während jemand laut zählte und ein anderer sich bedankte.

»Werft sie hinten in den Transporter, aber Vorsicht mit der Kleinen. Wenigstens die sollte noch zappeln, wenn wir da sind.«

Die Anweisung ließ Lea frösteln. Sie konnte sich immer noch nicht erklären, was mit ihr geschehen war und noch viel weniger, was weiter passieren sollte. Der Schmerz brannte tief in ihrem Innern, als sie hochgehoben und weggetragen wurde. Durch tränenblinde Augen konnte sie denjenigen, der sie sich über die Schulter geworfen hatte, kaum erkennen.

»Sieht schon irgendwie witzig aus, wie ihr der Haken aus dem Arsch ragt«, hörte sie einen der Männer leise sagen. »Ist sowieso ein süßes Ding. Eigentlich schade«, meinte ihr Träger.

»Das hättet ihr euch eher überlegen müssen«, sagte ein Mann, von dem sie nur sein kariertes Hemd sehen konnte, da er nah vor ihr herging und schließlich die Heckklappen eines Wagens öffnete. Sie versuchte, sich Details zu merken, auch wenn ihr Verstand ihr sagte, dass sie nicht mehr in die Situation kommen würde, jemandem davon zu erzählen. Übelkeit und Schmerzen raubten ihr die Sinne. Rons Körper knallte zuerst auf das Bodenblech. Leas Herz machte einen Satz, als sie sein Stöhnen hörte, hatte sie doch angenommen, dass er bereits tot sei. Sie wusste nicht, ob sie erleichtert darüber sein sollte, dass er noch lebte, denn das bedeutete, dass er weiterhin Schmerzen aushalten musste, genau wie sie.

»Ein bisschen was könntest du für den schon noch bezahlen«, murrte der Kerl, der Lea getragen hatte und nun ebenfalls in den Wagen schob. Keuchend rollte sie sich auf den Bauch und hielt schließlich den Atem an, um dem Schmerz keine Chance zu geben, sie vollkommen zu überwältigen.

»Bis wir da sind, ist der hinüber«, meinte der Auftraggeber ungerührt und knallte die Hecktüren zu. Lea sah im Dunkeln funkelnde Sterne.

Durch den ungepolsterten Untergrund, auf dem sie lag, spürte sie jedes Schlagloch, über das der Transporter rumpelte. Ihr Körper fühlte sich an, als wäre er bereits von grünen und blauen Flecken übersät. Bald gab es keine Stelle mehr, die ihr nicht wehtat. Ron hatte einige Male gestöhnt, lag nun aber schon seit einer Weile ganz ruhig da. Sein Körper wurde hin- und hergeworfen, als würde er noch leben, aber Lea zweifelte daran. Sie hatte ihn gerade noch berührt. Seine Haut war eiskalt.

»Oh, Ron!«, schluchzte sie und wurde erneut von unnützen Tränen heimgesucht. Diese Typen würde es kein bisschen stören, ob sie heulte oder nicht. Waren die beiden überhaupt noch da? Sie hatte gehört, wie der Mann im karierten Hemd ihnen Geld gegeben hatte. Wie viel es wohl gewesen ist? Was war ein Menschenleben wert? Und wozu bezahlte man überhaupt dafür? Wo fuhren sie hin? Und was hatten die Worte der Männer zu bedeuten? Leas schmerzvernebeltes Gehirn hatte nur ein paar Reizworte abgespeichert. Irgendetwas von Köder und Angeln hatten sie gesagt. Ron würde immer noch als Köder taugen oder so ähnlich. Ein Köder wofür? Ein besonders großes Schlagloch ließ sie regelrecht in die Luft hüpfen. Der Aufprall raubte ihr beinahe die Sinne. Wie eine heiße Flamme schoss der Schmerz durch ihren Körper, bis sie wieder die leuchtenden Sterne sah. Lea versuchte, sich irgendwo festzuhalten und erwischte Rons Arm, der sich wie Marmor anfühlte. Erschrocken riss sie die Augen auf und sah direkt in sein maskenhaftes Gesicht. Die Erschütterung des Wagens musste seinen Kopf in ihre Richtung gedreht haben, sodass sie nun nicht mehr nur sein Haar sehen konnte, sondern direkt in die erstarrten braunen Augen ihres Geliebten schaute. Ron war tot! Unwiderruflich! Sie krallte ihre Finger in seinen Arm, der sie einst liebevoll gehalten hatte, und ließ ihrem Kummer lautstark freien Lauf.

Als der Transporter endlich hielt, hatte Lea längst aufgehört zu schreien. Sie war kaum noch bei Bewusstsein. Ihre Stimmbänder fühlten sich rau und geschwollen an, ihr aufgedunsenes Gesicht mit den vom Weinen geröteten Augen hieß die kühle Nachtluft willkommen.

»Ihr seid spät dran«, hörte sie jemanden mit tiefer Stimme sagen, reagierte aber nicht darauf.

»Ziemlich viel Stau, bis wir aus der Stadt raus waren«, gab eine andere Stimme knapp Auskunft. Lea spürte, wie einer der Männer in den Wagen kletterte.

»Zuerst den Jungen«, kam ein Kommando. »Dachte mir, dass er es nicht packt. Blöde Anfänger!«

Lea sah schmutzverkrustete Stiefel, die sich in ihr Blickfeld schoben, doch sie hatte keine Kraft mehr, den Kopf zu heben und nach dem Mann zu sehen, der sich mit ihr im Wagen befand und sich gerade nach ihrem toten Freund bückte. Ihr war bewusst, dass Ron schon seit einer Weile tot war, dennoch wimmerte sie, als sein Körper nun fortgeschafft wurde.

»Keine Sorge, Püppchen, dich hole ich gleich nach«, sagte der Kerl, sprang aus dem Wagen und zog Rons Körper zu sich heran. »Pack mal mit an«, hörte sie eine Aufforderung. Irgendwo tief in ihrem Bewusstsein erkannte sie, dass dies der Moment gewesen wäre, zu fliehen. Die Männer hatten sie allein im offenen Laderaum liegen lassen und waren mit Ron fortgegangen. Aber Lea konnte sich keinen Millimeter bewegen, geschweige denn davonrennen. Sie versuchte eine Stellung einzunehmen, in der sie den Schmerz ertragen konnte, stellte aber fest, dass es die nicht mehr gab. Leise weinte sie ihre letzten Tränen.

»Lass uns den direkt zum Anfüttern nehmen«, schlug der Mann im karierten Hemd vor. »Dann werden die Viecher umso wilder.« Sein Begleiter zuckte mit den Schultern, ihm war es egal.

»Blöd, dass es schon so dunkel ist«, meinte er.

»Wir haben doch Nachtsichtkameras. Außerdem gibt das dem Ganzen erst den besonderen Touch.«

»Was ist mit der Kleinen?« Der zweite Mann wandte den Kopf zum Wagen, auch wenn er das Mädchen aus der Entfernung nicht sehen konnte.

»Die läuft nicht mehr weg. Keine Sorge«, schmunzelte der Fahrer. »Mit so einem Haken im Arsch rennt niemand mehr. Die war doch auch so gut wie hinüber. Hast du das nicht gesehen?«

»Wie blöd! Ich geb doch kein Geld für Köder aus, die dann nicht mal mehr zappeln«, beschwerte sich sein Gesprächspartner.

»Keine Sorge, das wird sie schon. Du weißt doch, dass die in Panik immer noch mal einen Energieschub bekommen. Lass sie mal sehen, wo wir sie absetzen, dann wird sie schon strampeln.«

Die Männer grinsten sich über den Leichnam hinweg an.

»Legen wir ihn hier ab. Ich sag eben Bescheid, dass es losgeht.«

Sie warfen die Leiche des Jungen ins feuchte Gras der Uferböschung. Der Mann mit dem karierten Hemd sah seinem Partner nach, wie der in einer Holzhütte verschwand, dann zündete er sich eine Zigarette an und behielt die Umgebung im Auge. Alles wirkte so ruhig, aber er wusste, dass hier gleich die Hölle los sein würde.

Lea war weggedämmert und wurde schlagartig wach, als sie jemand an den Knöcheln packte und sie daran zum Rand des Laderaums zog. Der Schmerz durchzuckte brennend ihren Körper und ihr Schrei hatte nichts Menschliches mehr an sich.

»Da bist du ja wieder«, grinste sie ein Kerl mit einem zotteligen Vollbart an, der sie packte und sich bäuchlings über die Schulter warf. Lea bekam kaum Luft. Ihr wurde schwindelig, als der Mann sich mit ihr umdrehte. Haltsuchend krallte sie ihre Hände in seine Jacke.

»Oh, du wirst ja plötzlich anhänglich«, lachte er und lief mit ihr einen schmalen Weg entlang. »Übrigens sieht der Haken in dir wirklich toll aus.« Seine Finger strichen über ihre Pobacke und berührten das Metall. Lea sog geräuschvoll die Luft ein und zitterte, zu mehr war sie nicht mehr in der Lage.

»Ja, das tut sicher weh«, stimmte er ihrer stummen Äußerung zu. »Habe gerade die Bilder von dir aufs Handy bekommen. Ich meine, die von vorher, als du mit deinem Freund rumgemacht hast. Das hat mich echt geil gemacht. Leider bist du ja schon gut gefüllt.« Er lachte über seinen Witz und strich erneut über das dicke Metall. Sieht auch klasse aus, wie sie dir das Ding reingerammt haben. Die beiden Blödmänner konnten wenigstens gute Aufnahmen machen, auch wenn sie bei deinem Macker Mist gebaut haben.« Fröhlich pfeifend legte der Mann das letzte Stück zum Wasser zurück.

»Man, was dauert das denn so lange? Ich friere mir den Arsch ab und unsere Zuschauer warten.«

»Reg dich ab! « Der Bärtige ließ Lea vorsichtig hinunter und legte sie auf den Boden. »Wo ist die Kette?«, fragte er.

»Die habe ich bei ihm dran gemacht. Wenn du sie gleichzeitig im Wasser haben willst, muss ich noch eine holen.«

Eine Weile hörte Lea nichts, außer ihrem eigenen Herzschlag. Die Männer schienen nachzudenken. Von ihrer Position aus konnte sie Rons Körper auf der Seite liegen sehen, zum Glück von ihr abgewandt. Nun sah sie auch zum ersten Mal den Haken, von dem die Männer dauernd sprachen. Das Ding war gewaltig! Als sie sich vorstellte, dass sie so etwas in sich trug, wurde ihr schlecht. Tatsächlich war an Rons Haken eine dicke Stahlkette angebracht.

»Ja, das ist gut. Lass sie beide gleichzeitig rein, aber schneid den Typen etwas auf, damit die Viecher einen Anreiz haben, ihn zuerst zu fressen.«

Der Mann im karierten Hemd stapfte davon. Lea versuchte, sich umzusehen und etwas zu erkennen, aber es war schon dunkel und außer Bäumen und Büschen war da nichts. Sie konzentrierte sich, so gut es ging, auf ihre anderen Sinne. Es roch modrig, als befänden sie sich an einem Tümpel. Was sollte sie mit dieser Information anfangen?

»Noch ein paar Minuten, dann ist es vorbei«, sagte der Mann zu ihr, als wollte er sie damit beruhigen.

»Ihr miesen Schweine!«, flüsterte Lea mit letzter Kraft.

»Schweine würden den Köder auch schlucken«, meinte der Mann lachend, aber ihr beide dient uns heute zum Anlocken von Krokodilen. In der Hütte sind ein paar Jäger und die wollen ein außergewöhnliches Jagdvergnügen erleben. Außerdem haben wir eine kleine Online-Gemeinde, die dem Spektakel beiwohnen wird. Du wirst eine Berühmtheit, Püppchen.«

Lea zweifelte langsam an ihrem Verstand. Ein hysterisches Lachen bahnte sich den Weg durch ihre Kehle, aber ihre überstrapazierten Stimmbänder ließen nur noch ein Krächzen zu.

»Kann losgehen. Die Schützen sind in Position«, sagte der Mann im karierten Hemd.

»Sehr gut. Und die wissen Bescheid, dass sie nicht gleich losballern sollen?«

»Ja, alles geklärt. Geschossen wird erst auf mein Kommando. Wenn jeder eins erlegen will, müssen wir mehrere anlocken.«

»Bei diesen beiden leckeren Häppchen wird das schon klappen«, meinte der Bärtige zuversichtlich. »Schneid du den Kadaver auf, ich mach die Kette bei der Süßen fest.«

Lea spürte, wie der Mann die Stahlkette anbrachte. Obwohl sie erbärmlich fror, erschienen ihr die Kettenglieder noch eisiger, als diese auf ihrem Oberschenkel zu liegen kamen und sich kalt in ihre Haut brannten. Der Typ im karierten Hemd hatte sich mit einem großen Messer an Rons Beinen und dessen Bauch zu schaffen gemacht. Blutüberströmt wurde sein Körper nun vor ihren Augen die Böschung hinabgeschleift. Sie hörte ein Platschen, als er im Wasser landete. Dann kamen die Männer zu ihr, packten sie an Schultern und Füßen und trugen sie ebenfalls den Abhang hinunter.

»Wir schaukeln sie und bei drei lassen wir los, damit sie weiter in der Mitte aufkommt«, erklärte der Bärtige fachmännisch das weitere Vorgehen. »Schön strampeln, damit du oben bleibst, Süße«, waren seine letzten Worte an sie.

Lea konnte nicht mehr reagieren, sich wehren oder etwas sagen. Sie flog durch die Luft und landete kurz darauf im brackigen Wasser, das ihr augenblicklich in Mund und Nase schwappte. Automatisch bewegte sie Arme und Beine. Wirre Gedanken kreisten durch ihren Kopf, während sie hustete und versuchte, nicht unterzugehen. Irgendwo hatte sie mal gelesen, dass man nicht aus freiem Willen ertrinken konnte, sondern höchstens, wenn man sich Gewichte an den Körper band. Lea wusste, dass sie schwer verletzt war und hier vermutlich nicht lebend herauskommen würde, aber dennoch zwang ihr Überlebenswille sie dazu, zu paddeln und an der Oberfläche zu bleiben. Nach der ersten Panik sah Lea sich um. Im fahlen Schein des Mondes konnte sie Rons Körper ausmachen, der an der Wasseroberfläche trieb, das Gesicht nach unten, die Arme ausgebreitet. Es sah vollkommen surreal aus. Weder von den Männern, die ihnen das angetan hatten, noch von den Jägern, die irgendwo lauern sollten, sah sie etwas. Vielleicht konnte sie doch entkommen? Ein Ruck an der Kette, die mit dem Haken verbunden war, der in ihr steckte, ließ sie gequält aufschreien und diese Möglichkeit sofort vergessen.

»Beweg dich mal ein bisschen mehr, Püppchen!«, schrie einer der Männer ihr zu. Tatsächlich hatte sie in Panik aufs Wasser geschlagen und heftig gestrampelt. Vermutlich lockte das die Krokodile an, von denen der Mann gesprochen hatte. Sofort unterließ sie jede Bewegung. Was war, wenn so ein Vieh ihr das Bein abriss oder sie unter Wasser zog? Töteten Krokodile nicht auf diese Weise? Oder waren das Flusspferde?

Lea schaute auf Rons Leichnam, der unheimlich aussah, wie er sich im dunklen Wasser bewegte, teilweise untertauchte, um an einer anderen Stelle wieder hochzukommen, nie so hoch, dass sie sein Gesicht sehen konnte, doch sie erkannte seine braunen Haare, die wie Algen im Wasser schwammen. Auffälliger waren seine bleichen Schultern und Arme, die gespenstisch auf der Oberfläche hin und her schaukelten.

Lea zuckte heftig zusammen, als etwas ihren Fuß streifte, den sie sofort wegzog. Hatte sie sich das nur eingebildet oder war da wirklich etwas gewesen? Ihr Herz pumpte wie wahnsinnig Blut und Adrenalin durch ihren ausgekühlten Körper. Bei Ron tat sich etwas. Lea hob ruckartig den Kopf, als sie bemerkte, dass der Körper ihres Freundes sich erneut bewegte, dieses Mal aber nicht so ruckartig wie zuvor. Sie starrte gebannt in seine Richtung und entdeckte bei genauem Hinsehen einen langen geschuppten Leib, der an Rons Oberkörper vorbeistrich. Beinahe hätte sie laut geschrien, wollte das Krokodil aber nicht auf sich aufmerksam machen. Die Männer am Ufer verhielten sich still. Offenbar warteten sie auf den ersten Angriff eines der Reptilien. Wieder spürte Lea etwas, dieses Mal an ihrer Seite. Instinktiv versuchte sie auszuweichen, zwang sich aber zur Ruhe. Die geschuppte Haut glitt unter Wasser an ihrem Körper vorbei und hielt auf Ron zu. Tränen liefen über ihr Gesicht, als sie feststellte, dass sie erleichtert war. Immer noch lebte ein kleiner Funken Hoffnung in Leas Herz, dass sie diesen ganzen Mist irgendwie überleben könne.

Mittlerweile waren es mindestens drei Krokodile, die sich um Rons Leichnam bewegten. Lea tastete unter Wasser nach der Kette. Der Mann hatte sie eingehakt, das hatte sie deutlich gespürt. Sie musste sich also auch lösen lassen. Da ihr der Mechanismus unbekannt war, wusste sie nicht, was sie genau tun musste, um sich von der stählernen Leine, an der sie hing, zu befreien. Solange die Krokodile beschäftigt waren und die Männer hoffentlich zusahen, hatte sie eine Chance zu entkommen. Im Schutz der Dunkelheit konnte sie womöglich ans Ufer gelangen und weglaufen.

»Da sind sie ja endlich«, knurrte der Mann mit dem Bart und deutete auf die langen Körper, die tief im Wasser lagen und im Dunkeln kaum zu sehen waren. »Ruck noch mal an der Kette und bring den Köder in Schwung. Ich denke, das müsste dann reichen. Zieh ihn ganz langsam an Land, damit die Viecher ihm folgen. Dann können die Jäger draufhalten.«

»Es sind erst drei oder vier«, gab der im karierten Hemd zu bedenken.

»Die anderen kommen schon noch, wenn das Fressen erstmal losgeht. Hoffentlich schießt von den Hobbyjägern niemand daneben. Wetten, dass sie sich eh wieder darum streiten, wer welches Vieh erlegt hat?«

Sein Kumpel nickte. Es war doch immer dasselbe. Er packte die Kette, die zu dem Toten führte und zog heftig daran, ließ locker und zog noch mal. Dann warteten sie angespannt und starrten auf die Wasserfläche, die sich nach ihrer Attacke wieder beruhigt hatte.

»Ich glaube, es geht los!«, zischte der Bärtige aufgeregt. »Eins hat zugeschnappt. Die anderen werden jetzt anfangen, um die Beute zu kämpfen.« Tatsächlich glich das Wasser bald darauf einem reißenden Fluss mit tödlicher Strömung. Es brodelte regelrecht, als die Leiber der riesigen Echsen sich übereinander schoben, sich umklammerten und durchs Wasser rollten. Der Körper des toten Jungen wurde zerfetzt, noch bevor sie ihn ans Ufer gezogen hatten. Blut verteilte sich im Wasser und lockte weitere Krokodile an. Der Mann im karierten Hemd fluchte über die Dunkelheit, da er die Einzelheiten nur erahnen konnte. Irgendwo schwamm etwas Helles. Eine Hand? Er konnte es nicht genau sagen. Das, was noch am Haken hing, war lediglich ein Teil des Oberkörpers. Er ließ seinen Blick weiter schweifen, um nach dem Mädchen zu sehen, fand es aber nicht. Wo war ihr zweiter Köder hingetrieben?

»Ich finde sie nicht«, murmelte er nervös.

»Zieh an der Kette, du Idiot! Dann siehst du doch, wo sie ist«, fuhr ihn sein Kumpel an, der immer noch verfolgte, wie die Krokodile sich über den Rest des Leichnams hermachten, der mittlerweile auf dem Trockenen lag. Er versuchte, sie zu zählen, schaffte es aber nicht.

»Die Kette ist leer!«, brüllte der Mann im karierten Hemd.

»Was? Das gibt es doch nicht! Selbst wenn die Viecher sie gefressen hätten, ohne dass wir es mitbekommen haben, wäre der Haken noch dran. Zeig mal!«

Sie holten die Kette ein und starrten auf den leeren Karabiner, der am Ende baumelte.

»Das gibt es doch gar nicht! Die Fotze ist abgehauen! Wir müssen sie suchen!«

»Erst muss ich den Jägern grünes Licht geben, sonst sind die Krokodile weg«, stellte der Bärtige fest.

»Mach das. Ich geh schon mal los. Weit kann die Schlampe ja nicht sein.«

Lea hatte es geschafft! Sie war frei und schwamm nun vorsichtig dem Ufer entgegen, wobei sie hauptsächlich die Arme benutzte, denn der Schmerz in ihrem Unterleib war zu groß, wenn sie mit den Beinen ausholte. Zum Glück waren die Krokodile abgelenkt. Auf jeden Fall hatte sie bisher keines von ihnen angegriffen. Das war vermutlich nur eine Frage der Zeit und deshalb wollte sie so schnell wie möglich an Land und sich dort verstecken, bis es hell wurde. Sie kannte die Umgebung nicht und wollte nicht in irgendeinem Moor versinken. Außerdem schmerzte dieser verfluchte Metallhaken, den sie nicht entfernen konnte, ohne sich dabei die Eingeweide herauszureißen. Sich zu verstecken war vielleicht ihr Todesurteil, denn sie hatte vermutlich innere Verletzungen, aber wenigstens würde sie sterben können, ohne zusätzlich zerfleischt zu werden. Wenn sie nur an die spitzen Zähne und die großen Mäuler der Krokodile dachte, wurde ihr schlecht. Nur raus aus dem Wasser! Völlig entkräftet erreichte sie das Ufer und kroch eine schlammige Böschung hinauf, an der zum Glück Pflanzen wuchsen, die fest genug verwurzelt waren, um sich daran hochzuziehen. Schwer atmend und vor Kälte mit den Zähnen klappernd, blieb sie einen Moment dort liegen und starrte zum Mond hinauf, der die Form einer Mandarinenspalte besaß. Ob Ron jetzt irgendwo dort oben war und auf sie hinuntersah? Lea riss sich zusammen. Sie durfte sich solchen Gedanken nicht hingeben. Die Männer würden nach ihr suchen, also brauchte sie ein gutes Versteck. Sie würde wahrscheinlich erfrieren, aber dieser Tod schreckte sie nicht so sehr. Sie hatte einmal gehört, dass es wie einschlafen sein sollte, und so entkräftet, wie sie gerade war, schien ihr das eine angenehme Alternative. Mit letzter Kraft zog sich Lea weiter über die Böschung und stand dann vorsichtig auf. Sie biss die Zähne zusammen, um nicht zu schreien und taumelte ein paar Schritte in ein Waldstück hinein. Ihr nackter Fuß blieb an einer Wurzel hängen und sie stürzte ins scheinbar Bodenlose. Als sie aufprallte, wurde sie sofort bewusstlos.

»Schöne Scheiße!«, blaffte der Mann im karierten Hemd. Er hatte nicht mal eine Taschenlampe und suchte nun im Schein seines Handydisplays das Ufer ab. Die Kleine war halbtot gewesen und konnte also nicht weit gelaufen sein. Oder war sie ertrunken? Dann würde er ewig suchen. Fluchend stolperte er über einen Stein, fing sich aber noch rechtzeitig. Schüsse verkündeten, dass die Jäger nun ihre Beute erlegten. Eigentlich war es seine Aufgabe, zusammen mit seinem Kumpel die Kadaver zu bergen. Schwer atmend zog er seinen Stiefel aus dem Morast, der an ihm klebte wie flüssiger Teer. Das fehlte ihm noch, dass er hier einen Schuh verlor! Dort vorne war das Ufer flach und ideal, um aus dem Wasser zu klettern. Die Stelle wollte er sich näher ansehen. Bei Tageslicht wäre es natürlich einfacher gewesen. Das nächste Mal würde er darauf bestehen, dass die Jagd am Tag stattfand. So ein Mist wie heute durfte nicht noch einmal geschehen. Das Mädchen war die erste, die es geschafft hatte, die Kette vom Haken zu lösen. So ein Miststück! Wie war sie nur auf diese Idee gekommen? Sie hätten sie auch ein bisschen aufschneiden sollen, wie ihren Macker, dann wäre sie längst Krokodilfutter. Er war nun am Ufer angekommen und betrachtete interessiert die ausgerissenen Gräser und abgeknickten Zweige. Augenscheinlich hatte sich hier jemand an Land gezogen.

»Hab ich dich!«, zischte er und drehte sich vom Wasser weg, um zu sehen, wo die Spur hinführte. Er hielt sein Handy hoch, damit die Taschenlampen-App ihm half, den Weg zu finden. Ein heftiger Stoß gegen seinen Unterschenkel ließ ihn einknicken und nach vorne fallen, wobei das Handy aus seiner Hand rutschte. Der Mann wollte sich aufrappeln, stattdessen schrie er auf, als sich spitze Zähne in seine Wade gruben. Panisch krallte er seine Finger in den feuchten Boden und trat mit dem anderen Bein in die Luft. Etwas ruckte an seiner verletzten Wade und zog ihn Stück für Stück ins kalte Wasser.

»Nein! Hilfe!«, kreischte der Kerl im karierten Hemd, doch es half ihm nichts. Als Stoff und Fleisch sich schmatzend von seinem Körper lösten, hörte er seine Knochen splittern, bevor er ohnmächtig wurde. Das Krokodil zog seine Beute stetig weiter, bis der Stoff seines karierten Hemdes wie eine rote Fahne über die Wasseroberfläche tanzte.

Lea konnte kaum die Augen öffnen, aber der Klingelton eines Handys holte sie aus ihrem Dämmerzustand. Sie musste das Telefon finden! Ihr Körper war taub. Sie fühlte kaum ihre Finger, die blind ihre Umgebung abtasteten. Als sie sich vorwärts schob, vertrieb der flammende Schmerz die Gefühllosigkeit für einen Moment. Sie konnte nicht sagen, was schlimmer war. Das mit dem Sterben hatte noch nicht geklappt, obwohl sie kurz davor gewesen war. Woher kam nun dieses Handyklingeln? Es war ein Geräusch, das Erinnerungen an ein Leben weckte, das ihr jetzt weit weg erschien. Wie oft hatte Ron sie angerufen? Gut, sie hatte einen anderen Klingelton, als den, den sie jetzt hörte, aber das war egal. Es gab ein Telefon in der Nähe und es hatte offenbar Empfang. Sie würde einen Notruf senden können, wenn sie es fand. Falls sie es fand! Lea schrie unterdrückt auf, als sich ein am Boden liegender Stock in ihren ungeschützten Bauch bohrte. Sie hielt inne, um das Holz herauszuziehen und es mit einem Wutschrei von sich zu werfen. Was denn noch?! Wie konnte das Schicksal es nur so schlecht mit ihr meinen? Was hatte sie getan? Das hier hatte sie sicherlich nicht verdient!

Das Handy war verstummt, aber sie drehte trotzdem lauschend den Kopf. Aus dem Augenwinkel sah sie etwas aufblitzen und hielt darauf zu. Mit Schrecken stellte sie fest, dass sie dem Wasser sehr nah war und stoppte, um sich nach Krokodilen umzusehen. Die Dämmerung hatte eingesetzt. Sie wusste nicht, wie spät es war, aber der Himmel änderte langsam seine Farbe von einem düsteren Schwarz in ein freundliches Grau. Verzweifelt suchte Lea weiter nach dem Handy. Wo war das verdammte Ding? Warum klingelte es nicht mehr? Sie lauschte in der Hoffnung, dass sie doch noch etwas hören konnte, zuckte dann zusammen, weil es Stimmen und Schritte waren, die sie vernahm. Da kam jemand! Das war nicht gut!

Lea wollte zurück ins Gebüsch kriechen, als das Handy endlich wieder zu klingeln begann. Es lag keine zwei Meter von ihr entfernt halb im Schlamm versunken.

»Ich höre es klingeln!«, sagte eine aufgeregte Männerstimme nicht weit von ihr. Nein! Gerade jetzt, da sie ihrem Ziel so nah war. Was sollte sie tun? Ohne das Handy gab es kaum noch Hoffnung auf Rettung. Mit einem Satz, den sie sich selbst nicht mehr zugetraut hatte, war Lea bei dem Telefon, packte es und versuchte mit zittrigen Fingern die richtige Taste zu finden. Es durfte jetzt keinen Ton von sich geben! Nach einer gefühlten Ewigkeit hatte sie das Klingeln endlich weggedrückt und die Taste zum Stummschalten gefunden. Gleichzeitig suchte sie Schutz unter einem Busch mit dichten Blättern, und das keine Sekunde zu früh. Zwei Paar Männerbeine kamen kurz darauf in ihr Blickfeld. Lea presste das Handy so fest gegen ihre Brust, das es wehtat. Sie wollte abwarten, bis die beiden weg waren und dann den Notruf wählen, wobei ihr einfiel, dass sie keine Ahnung hatte, wo sie sich überhaupt befand.

»Hier ist auf jeden Fall etwas passiert. Da ist Blut!«, rief einer der Männer, der ein Gewehr geschultert hatte. Der andere trat zu ihm ans Ufer und ging in die Hocke, um besser sehen zu können. Warum kam jetzt kein Krokodil aus dem Wasser geschossen und packte sich wenigstens einen von beiden? Lea spähte durch eine Lücke in den Blättern und hielt die Luft an.

»Die Frage ist: Hat es die Schlampe erwischt oder Max?«

»Was sollen wir machen?«, fragte der Mann mit dem Gewehr, das er nun von der Schulter nahm und das Ufer wachsam im Auge behielt.

Der Bärtige stand wieder auf und ließ seinen Blick über die Wasseroberfläche gleiten, dann drehte er sich um und starrte genau in Leas Richtung. Wieder hielt sie die Luft an und kniff die Augen fest zu.

»Wir sollten von hier abhauen«, meinte die Stimme, die sie dem Jäger zuordnete. »Scheiß auf die beiden! Meine Freunde haben die Krokos bestimmt schon verladen und wollen los. Wenn dein Kumpel noch lebt, wird er sich bei dir melden, wenn nicht, erledigen die Krokos den Rest und das Mädchen haben sie sicher schon geschnappt. Wie soll die denn weggekommen sein?«

»Die Schlampe ist mir egal, aber Max nicht! Vielleicht liegt er hier irgendwo und ist verletzt. Ich muss ihn suchen, vorher habe ich keine Ruhe. Nehmt eure Beute und haut ab! Das Geld habe ich ja schon.« Der Bärtige schien fest entschlossen, nicht ohne seinen Freund zu gehen. Lea fluchte innerlich. Konnte der nicht einfach mit den anderen verschwinden?

»Wie du willst. Ruf mich später an, ob du ihn gefunden hast. Nichts für ungut, okay?« Zumindest verabschiedete sich der andere Kerl. Lea spürte, wie die Müdigkeit sie zu übermannen drohte, hielt sich aber krampfhaft wach. Die beiden würden jetzt gleich verschwinden und dann konnte sie den Notruf wählen. Die Polizisten würden die Handynummer orten können und wüssten so, wo sie nach ihr suchen mussten. Sie käme in ein Krankenhaus und alles würde wieder gut werden, bis auf die Sache mit Ron. Sie würde ihre große Liebe nie wiedersehen und niemals vergessen können, auf welche Weise sie ihn verloren hatte. Lea wimmerte ganz leise.

Er hatte das Mädchen, das unter einem Busch kauerte, längst bemerkt. So blind und taub konnte man gar nicht sein. Der Mann mit dem Bart wartete, bis sein Jagdkumpan außer Hörweite war, dann tat er so, als müsste er sich erleichtern und suchte sich dafür den Busch, der ihr als Versteck diente aus. Schmunzelnd dachte er daran, dass seine heiße Pisse ihrem ausgekühlten Körper sicher guttun würde. Ob sie es schaffen würde, ruhig zu bleiben? Ihr lautes Zähneklappern und die leisen Töne, die sie von sich gab, hatten sie verraten. Er ließ die Pisse langsam laufen und zielte genau auf die Stelle des Busches, unter der sie kauerte. Zähe kleine Schlampe! Als er fertig war, schüttelte er ab und packte seinen Schwanz weg. Dann zog er den Rotz geräuschvoll hoch und spuckte auf den Boden. Es machte den Anschein, als würde er weiterschlendern, doch neben ihrem Versteck hielt er inne, bücke sich, packte blitzschnell ihre Haare und riss sie daran brutal unter dem Busch hervor. Zweige knackten und Blätter flogen, bis er die Kleine vor seinen Füßen hocken hatte. Sie bot einen erschreckenden Anblick, so blass und voller Kratzer, dazu mit getrocknetem Schlamm und Blut beschmiert. Einzig Zähne und Augen schienen sauber geblieben zu sein. Das Weiß strahlte aus ihrem schmutzigen Gesicht.

»Hab ich dich, Süße!«, zischte er ihr entgegen. »Wo wolltest du denn hin?« Da sie nichts sagte, sondern ihn nur anstarrte, als wäre er ein Geist, beschloss er zu handeln. Die Jäger waren sicher schon fort, aber der Wagen, mit dem Max und er gekommen waren, stand noch am Anleger. Er riss das Mädchen auf die Beine und zwang es zu laufen. Tragen würde er sie ganz sicher nicht.

Wenn sie bis hierher gekommen war, würde sie es auch zurückschaffen.

»Was ist mit meinem Kumpel passiert?«, fragte er sie mehrfach, während sie am schlammigen Ufer entlang stolperte. Er selbst wäre beinahe ausgerutscht und sie bewahrte er etliche Male davor, zu fallen. Doch sie wimmerte nur und gab keine Antwort. Die Spuren am Wasser waren eindeutig gewesen. Wenn die Schlampe noch lebte, hatte es Max erwischt. So eine Scheiße! Dem Luder würde er es noch heimzahlen! Er schwankte zwischen der Alternative, sie zu den Krokodilen zu werfen oder sie mit zurück zu nehmen. Aber was sollte er mit ihr anfangen? Die würde es eh nicht mehr lange machen und dann hatte er ihre Leiche am Hals. Nicht mal zum Ficken taugte sie noch. Der Haken war durch ihre Rosette eingedrungen und an der Fotze wieder ausgetreten. Er hatte das Metall an ihrer Muschi gesehen, deshalb grenzte es an ein Wunder, dass sie überhaupt noch laufen konnte. Er beschloss also, sie hier zu erledigen. Im Transporter musste sich seine Kamera befinden. Damit würde er ihren Todeskampf aufnehmen und sich später daran erfreuen. Vielleicht konnte er so wenigstens noch ein bisschen Geld verdienen. Mittlerweile war es hell genug, die Aufnahmen würden sich lohnen. Da er keine Lust hatte, sie mitzuschleppen, ließ er sie einfach am Ufer zurück, wo sie sofort auf den Boden sank und leise vor sich hin schluchzte. Nun, da der Entschluss einmal gefasst war, freute er sich regelrecht auf das Spektakel, das er gleich zu sehen bekommen würde. Es war immer wieder ein Schauspiel, wenn sich die Krokodile ein Opfer holten. Obwohl einige Artgenossen geschossen worden waren, würden noch genug hungrige Mäuler übrig sein. Grinsend öffnete er die Fahrertür und sah sich suchend im Inneren des Wagens um. Irgendwo musste die Kamera sein. Vielleicht im Handschuhfach?

Lea fühlte, wie das Leben sie allmählich verließ. Ihre letzte Chance war vertan. Sie würde in diesem Tümpel sterben. Als sie sich in ihr Schicksal ergeben wollte, bemerkte sie plötzlich einen Gegenstand in ihrer Hand, den sie immer noch fest umklammert hielt. Das Handy! Augenblicklich kehrte ein kleiner Hoffnungsfunke zurück und kribbelte in ihren Fingerspitzen. Nervös sah sie sich nach ihm um. Er war zum Wagen gegangen, der ein Stück entfernt stand. Wenn sie sich beeilte, würde sie einen Notruf absetzen können. Aber die Retter konnten es nie und nimmer schaffen, rechtzeitig vor Ort zu sein. Resigniert ließ sie den Kopf hängen. Ihr wurde schwindelig und sie stützte sich eilig mit der freien Hand auf dem schlammigen Boden ab. Ihre Finger berührten etwas Metallisches. Was war das? Ohne nachzudenken, zog sie an dem Ding und hielt eine Eisenkette in der Hand, ähnlich der, die an ihrem Haken befestigt gewesen war. Rons Leiche hatte ebenfalls an einer solchen Kette gehangen! So schnell sie konnte, zog sie an den Gliedern, die kein Ende zu nehmen schienen. Schneller und schneller holte sie die Kette ein und hielt plötzlich das Ende in der Hand. Lea hätte beinahe laut geschrien, schluckte das Geräusch aber hinunter. Zwischen den wenigen Fleischfetzen, die noch am Metall hingen, konnte sie die spitzen Widerhaken erkennen. So etwas steckte auch in ihr? Bei der Vorstellung wurde ihr speiübel.

Endlich hatte er die Kamera gefunden. Seufzend nahm er sie an sich und knallte die Autotür zu. Er freute sich auf den Spaß, auch wenn dieser nicht allzu lang dauern würde. Als er sich der jungen Frau näherte, kauerte diese immer noch so am Boden, wie er sie verlassen hatte, und schwankte bedächtig, als würde sie jeden Moment umkippen.

»Da bin ich wieder, Püppchen«, machte er auf sich aufmerksam, aber sie sah sich nicht nach ihm um. »Gleich hast du es hinter dir.« Er packte sie mit einer Hand an der Schulter, als sie plötzlich herumwirbelte und ihm etwas entgegenschleuderte. Zuerst dachte er, sie hätte ihn mit Schlamm beworfen, aber dann sah er das glänzende Metall, das aus seinem Brustkorb ragte. Immer noch konnte er nicht erfassen, was gerade geschah, und starrte nur dümmlich an sich hinunter. Dann dämmerte ihm, dass es sich um einen seiner eigenen Haken handelte. Wie war das möglich? Er spürte keinerlei Schmerz.

»Du verdammte …!« Er stolperte auf sie zu. Statt ihm auszuweichen, rammte sie den Haken mit ihrer Schulter, sodass er weiter in ihn hineingetrieben wurde. Ungläubig starrte er die Kleine an, die sich nicht mehr auf den Beinen halten konnte und nun direkt vor ihm kraftlos im Matsch zusammensackte. Das Atmen wurde plötzlich schwer. Er ließ die Kamera fallen und griff sich an die Brust. Die Widerhaken verhinderten ein Herausziehen des Metalls. Er sah zu dem Mädchen, dessen Hand sich bewegte. Die war noch immer nicht hinüber! Wie konnte das sein? Was tat sie da? Erst als das Display aufleuchtete, erkannte er, dass sie ein Handy festhielt. Ein heftiger Hustenreiz überkam ihn. Plötzlich schoss Flüssigkeit aus seiner Luftröhre. Er spuckte aus und bekam Panik, als er sah, dass es sich um Blut handelte. Eine Spitze musste seine Lunge verletzt haben. Diese kleine Schlampe! Taumelnd wankte er auf sie zu und ließ sich auf sie fallen. Auch wenn es das Letzte war, was er tun würde, wollte er sie für das, was sie getan hatte, leiden lassen. Er hockte auf ihrem schmächtigen Körper, packte ihre dreckverkrusteten Haare und drückte ihr Gesicht mit aller Kraft in den kalten Schlamm. Der schlanke Körper unter ihm begann zu zappeln, aber sie hatte keine Chance. Er war viel stärker als sie und er würde auf keinen Fall loslassen, bis sie verreckt war. Erneut musste er husten und spuckte Blut. Es landete auf ihrem Rücken und benetzte den letzten Flecken Haut, der noch menschlich aussah. Er spürte mit Genugtuung, wie ihre Gegenwehr erlahmte, und beugte sich vor, um ihr einen letzten Gruß ins Ohr zu flüstern. Doch er hatte nicht damit gerechnet, dass sie ihren Ellenbogen plötzlich nach hinten rammen würde. Sie traf die richtige Stelle und trieb damit die Spitze des Hakens direkt in sein Herz. Er klappte über ihr zusammen und hauchte seinen letzten Atemzug in ihren Nacken.

Lea verspürte eine nie gekannte Befriedigung, als der Mann über ihr sich nicht mehr rührte. Er schien tot zu sein, was sie innerlich jubeln ließ. Sie konnte es gar nicht fassen! Die Kraft, unter ihm wegzurobben, hatte sie nicht mehr, aber das war ihr im Moment egal. Die Dreckskerle waren beide tot! Eine schwerverletzte Frau hatte sie besiegt! Am liebsten hätte sie eine Siegerfaust gemacht. Das Handy! Sie hatte immer noch keinen Notruf abgesetzt. Es dauerte ewig, bis sie es eingeschaltet und die richtigen Zahlen eingetippt hatte. Lea gab ihr Bestes, dem Mann in der Notrufzentrale ihre Lage zu erklären, aber irgendwann konnte sie einfach nicht mehr. Der Körper, der weiterhin über ihrem lag, drückte sie immer tiefer in den schlammigen Untergrund. Die Luft wurde knapp. In ihrem Kopf drehte sich alles, bis sie die Augen schloss und ihn kraftlos sinken ließ.

Lea spürte ein Ruckeln, als das Gewicht des toten Körpers von ihr heruntergezogen wurde. Ihre Retter waren endlich eingetroffen. Jetzt würde alles gut werden. Man würde sich um sie kümmern und vielleicht, ganz vielleicht, konnte man sie operieren und wiederherstellen. Ihr Arm wurde gepackt und jemand oder vielmehr etwas zog daran. Der Schmerz, der daraufhin in ihr Schultergelenk schoss, ließ sie erneut ohnmächtig werden. Als die Polizei eintraf, fanden die Beamten nichts außer einem Handy und zwei Stahlketten, an deren Enden etwas hing, das einem überdimensionalen Angelköder ähnelte.

Gast Autoren

SIMONE TROHJAN

Simone Trojahn wurde am 23. August 1980 in der Nähe von München geboren, wo sie auch heute noch lebt. Schon als Kind entdeckte sie die Leidenschaft für das Schreiben. Ihr großes Vorbild war dabei vor allem Stephen King. In ihren eigenen Geschichten beschäftigt sie sich allerdings mehr mit dem realen Horror, der jedem von uns widerfahren kann, und gewährt erschreckend realistische Einblicke in menschliche Abgründe.

Die Kurzgeschichte «Hexensaft« stellt einen ihrer seltenen Ausflüge in den Bereich des Übernatürlichen dar.

Liebe Leser, wer hatte als Kind keine Angst vor der bösen Märchenhexe?

Hexensaft

Als er wieder zu sich kam, war die Sonne bereits hinter dem Horizont verschwunden. Es war spät geworden. Dunkelheit kroch durch die Straßen der schweigenden Siedlung und deckte alle Häuser zu. Die Äste der mächtigen Eiche, die er durch das einzige Fenster erkennen konnte, waren nur mehr ein unheimliches Schattengebilde - ein schwarzes, fast undurchsichtiges Geflecht vor dem Hintergrund eines düsteren Himmels. Wie Klauen. Hexenklauen vielleicht.

Er vermutete, dass es später Abend sein musste. Irgendetwas zwischen zweiundzwanzig und dreiundzwanzig Uhr.

Mitten im Sommer waren die Tage lang, doch keiner war je so lang gewesen wie dieser.

Tobi versuchte, den Kopf zu drehen. Er stöhnte gequält auf.

Die Platzwunde an seiner Schläfe pochte wieder. Schwindel und nagende Übelkeit fanden den Weg zurück in sein gepeinigtes Bewusstsein. Dicke Tränen liefen ihm über die Wangen, während er weiter versuchte, seinen Kopf nach links zu drehen. Weg vom Fenster, welches die einzige verbliebene Lichtquelle in dem kleinen Raum darstellte, die bald darauf ebenfalls versiegte. Der Tag ging zur Neige und die Nacht hielt Einzug.

Ob sie wiederkommen würde, solange es dunkel war?

Sie hatte gesagt, erst morgen Früh, aber konnte man ihr glauben?

Schlief sie jetzt?

Bereits die bloße Überlegung löste in ihm ein Gefühl rasender Panik aus.

Tobi merkte, dass er wieder zu hyperventilieren begann. Er ballte die Hände zu Fäusten, schloss die Augen und zählte langsam bis zehn.

Ruhig! Du musst ruhig bleiben! Sonst wirst du hier drin sterben!

So wie er.

Er!

Das war sein Freund Mika. Sein bester Freund.

Mika lag dort drüben auf dem Bett. Dort, wo es kein Fenster gab. Es war jetzt so dunkel, dass seine Gestalt nur noch als Umriss auszumachen war. Gott sei Dank. Seine weit ausgestreckten Arme und obszön gespreizten Beine waren im Schatten verborgen. Doch er wusste, wie sie ihn festgebunden hatte. Gestreckt über das ganze Bett, bis über die Schmerzgrenze hinaus. In seinem Kopf hörte Tobi seinen Freund noch immer schreien.

Erst hatte die Alte Mika mit Seilen an den Bettpfosten fixiert. Die Arme soweit gedehnt, bis man es knacken hörte und sich Knochen unter der Haut abzeichneten, die man sonst nicht sehen konnte.

Mika hatte geschrien und geheult wie ein kleines Kind.

Er hatte sie angefleht, ihn gehen zu lassen. Doch die Alte war davon völlig unbeeindruckt geblieben. Ohne auch nur mit der Wimper zu zucken hatte sie sich stattdessen nacheinander seine zappelnden Beine geschnappt und ihm Schuhe und Socken ausgezogen, um sie schließlich ebenfalls zu beiden Seiten an die Bettpfosten zu fesseln. Bis sie so gespreizt waren, dass der bloße Anblick schon schmerzte.

Mika hatte das Schreien und Flehen bereits aufgegeben und wimmerte nur noch leise, als sie ihm schließlich mit einem Tranchiermesser die Klamotten - und Teile seiner Haut - vom Leib schnitt.

Es hatte fast eine Stunde gedauert, bis Mika Ludwitz, Tobis bester Freund, seines Zeichens Fußballgott und Mädchenschwarm, schließlich splitternackt und aus diversen Wunden blutend, auf dem Bett lag. Mit derart obszön gespreizten Beinen, dass Tobi jedes Mal direkt auf seinen Arsch und den wippenden Penis blicken konnte, wenn Mika sich verzweifelt aufbäumte.

Die Alte schien das ziemlich witzig zu finden. Sie lachte nur.

Dabei klang sie wie die Hexe im Märchen.

Und genau so sah sie auch aus.

Klapperdürr mit einigen spinnwebartigen, schmutziggrauen Haarsträhnen, die wirr von ihrem ansonsten fast kahlen Schädel abstanden. Sie hatte kaum mehr Zähne in ihrem eingefallenen Mund, dafür aber zahlreiche eklig braune Warzen im Gesicht und – wie es sich für eine Hexe gehörte - auch auf der Nase. Und dann dieser Gestank! Eine Mischung aus alten Mottenkugeln und abgestandenen Fürzen. Ganz zu schweigen von der sauren Wolke aus altem Schweiß, die sie umhüllte.

Die uringelben Fingernägel viel zu lang und eingerissen.

Klauen. Nichts als Klauen.

Ein altes Weib wie sie wäre ein leichtes Opfer, hatte sein Freund gemeint.

Tobi könnte wetten, dass Mika seine Meinung inzwischen geändert hätte, wäre er noch am Leben.

Er selbst hatte in ihr von Anfang an die Hexe gesehen, die sie nun allem Anschein nach auch war.

Er kannte die Frau seit seiner Kindheit. Da lebte sie auch schon allein in diesem Haus. Ganz auf sich gestellt und ohne Kontakt zur Nachbarschaft.

Gesehen hatte man sie nur sehr selten, vielleicht alle paar Monate.

Dann war sie in gebückter Haltung mit ihrem Gehstock die Straße entlang geschlichen. Meist hatte sie dabei irgendetwas Unverständliches vor sich hin gemurmelt.

Die Erinnerung an diesen Anblick bescherte ihm jetzt noch eine Gänsehaut.

Wenn die anderen Kinder an Halloween oder in der Freinacht in ihren Garten schlichen, um Blumen auszureißen oder Eier an die Fenster zu werfen, war Tobi nur äußerst widerwillig mitgegangen.

Dass er eine Scheißangst vor ihr hatte, erzählte er niemandem. Nicht einmal seinem besten Freund Mika. Die Alte hatte sich nie gegen die bösen Streiche gewehrt, die die Kinder ihr spielten, sondern das alles scheinbar so hingenommen. Aber was hätte sie auch tun sollen?

Und Tobi machte stets gute Miene zum bösen Spiel, obwohl er doch letztendlich immer damit gerechnet hatte, dass sie irgendwann einmal zurückschlagen würde.

In seinen Albträumen hatte sie das längst getan.

Und die waren heute Realität geworden. Alle an nur einem Tag.

In der Nachbarschaft erzählte man sich, dass die Alte angeblich groß geerbt hätte und wohl jede Menge Kohle in dem Haus bunkerte. Wie sonst hätte sie es sich auch leisten können, ein Haus von dieser Größe dauerhaft zu unterhalten?

Genaues wusste aber niemand.

Wie das eben so war mit Gerüchten.

Heute Vormittag hatten Tobi und Mika eigentlich mit ihren Mofas an den See fahren wollen. Es war Samstag, mitten im Juli, kurz vor den Sommerferien, und sollte ein sonniger, heißer Tag werden. Was wollte man mehr? Das Leben war schön.

Doch dann hatte Mika plötzlich mit dieser blöden Story über die Alte und ihre Kohle angefangen.

»Die ist doch halb blind und völlig hilflos. Wahrscheinlich wird sie es gar nicht merken, wenn was weg ist«, lauteten Mikas Worte.

Kaum vorstellbar, was diese hilflose alte Frau nur kurze Zeit später so alles mit ihm anstellen würde, bevor sie ihn endlich mit dem Tod erlöste.

Tobi hätte natürlich auch widersprechen können, was er jedoch nicht tat. Das hätte er sich Mika gegenüber niemals getraut. Er wollte schließlich nicht als Feigling dastehen. Lieber biss er die Zähne zusammen und zog es durch.

Wie schlimm konnte es schon werden?

Also hatten sie den verhängnisvollen Plan gefasst, an ihrer Tür zu klingeln und sich unter dem Vorwand einer angeblichen Nachbarschaftsbefragung Zugang zum

Haus zu verschaffen. Während der eine sie in irgendein lapidares Gespräch verwickelte, sollte der andere sich auf die Toilette entschuldigen und in dieser Zeit die umliegenden Räume nach Wertgegenständen und Geld durchsuchen.

Soweit der Plan.

Sie wären wieder verschwunden, bevor die Alte auch nur den knochigen Arsch von der Couch hätte hieven können.

Nur dass sie am Ende sehr viel länger geblieben waren als geplant. Tatsächlich befürchtete Tobi inzwischen, dass er das Haus nie wieder verlassen würde. Zumindest nicht lebend. Genau wie sein Freund. Denn am Ende hatte die Alte doch sehr viel mehr mit ihrem knochigen Arsch getan als ihn nur von der Couch zu hieven.

Wer würde schon mit so etwas rechnen?

Mikas Plan hatte sich doch so gut angehört. Und er war ein cooler Typ, den man als Freund bestimmt nicht verlieren wollte. Also hatte Tobi zugestimmt. Wie immer.

Schließlich wollten sie in den Sommerferien für ein verlängertes Wochenende nach Prag fahren. Saufen und Ficken bis zum Umfallen. Wofür ihnen jedoch das nötige Kleingeld fehlte.

Anfangs war auch alles gut gegangen.

Die Alte hatte die Tür geöffnet, sie hatten sich höflich vorgestellt und ihr Anliegen vorgetragen.

Erwartungsgemäß bat die Alte sie auch prompt herein.

In einem muffigen Wohnzimmer nahmen sie auf einer verblichenen Couch Platz, umgeben von gerahmten

Schwarzweiß-Fotos mit Menschen, die wahrscheinlich alle längst tot waren.

Mika erkundigte sich plangemäß nach der Toilette und die Alte, die übel roch und genauso aussah, erklärte ihm knapp den Weg mit ihrer komischen Krächz-Stimme, die sich weniger alt als einfach komplett irre anhörte.

Tobi blieb allein zurück, was ihm von Sekunde zu Sekunde weniger gefiel.

Sie saß da, klammerte sich mit einer klauenartigen Hand an ihren Stock und starrte ihn aus alten, verwässerten Augen an, während sie unentwegt an ihrer faltigen Unterlippe saugte.

Sie wirkte misstrauisch.

Tobi redete weiter, einfach nur, um etwas gegen die Stille zu tun, die schon fast greifbar war.

Er erzählte ihr irgendein wirres Zeug über Tupperpartys und Fahrgemeinschaften. Dabei wurde ihm immer heißer und übler. Der bohrende Blick der Alten ließ ihn nicht los. Auf einmal fragte er sich, ob sie sich wohl an ihn erinnern konnte. Einen dieser dummen, kleinen Bengel, die ihr das Leben oft so schwer gemacht hatten. Was, wenn sie ihm das hier und jetzt heimzahlen wollte?

»Du möchtest bestimmt etwas Kühles trinken bei dieser Hitze, Junge«, sagte sie plötzlich und ihre Lippen verzogen sich zu etwas, das wohl ein Lächeln sein sollte.

Tobi nickte. Zum einen, weil er wirklich Durst hatte und außerdem höflich sein wollte, zum anderen, weil ihm das die Möglichkeit verschaffte, kurz durchzuatmen.

»Ja, bitte. Das wäre nett«, entgegnete er.

Die Alte erhob sich zitternd und schlurfte davon.

Tobi blieb allein zurück und fragte sich, ob sie wohl schon Verdacht geschöpft hatte, weil Mika so lange weg war.

Sie selbst kehrte allerdings ziemlich schnell zurück.

Es überraschte Tobi wie sie es schaffte, das randvolle Glas unfallfrei in ihrer zittrigen Hand zu transportieren.

Der Inhalt war tatsächlich eiskalt.

»Danke.« Tobi nippte daran.

Apfelsaft. Unverdünnt. Das schmeckte köstlich und seine trockene Kehle gierte regelrecht nach der süßen Erfrischung.

Er stürzte den Saft so hastig herunter, dass ihm der Kälteschmerz in die Stirn schoss, woraufhin er das Gesicht verzog.

Die Alte beobachtete ihn.

Als wäre er ein Tier im Zoo.

In ihrem Blick lag etwas durch und durch Verschlagenes. Tobi musste wieder an die Märchenhexe denken. Auf einmal hatte er eine überdeutliche Vision von sich selbst als Hänsel im Käfig. Und hatten Hexen nicht immer eine süße Verführung anzubieten, der keiner widerstehen konnte?

Etwas wie ... Apfelsaft?

Plötzlich verschwammen alle Konturen vor Tobis Augen. War das nun Einbildung oder Realität? Er blinzelte heftig, doch es wurde nicht besser.

Gleichzeitig machte sich eine unangenehme Übelkeit in seinen Eingeweiden breit.

Er wollte schlucken, doch sein Speichel war so dick und irgendwie bitter, dass es nicht ging.

Die Zunge klebte an seinem Gaumen wie ein rauer Putzlappen.

»Geht´s dir gut, Junge? Du siehst auf einmal so blass aus.«

»Ich ... ich weiß nicht. Mir ist irgendwie schlecht.« Tobi presste beide Hände vor den Mund. Er war kurz davor, sich zu übergeben. Taumelnd kam er auf die Beine.

»Bitte ... zeigen Sie mir ... die Toilette?«

»Aber sicher, mein Junge. Komm nur.« Sie erhob sich, wobei sie sich um einiges behänder anstellte als noch kurz zuvor, und umfasste Tobis Ellbogen mit einer kalten Klauenhand.

Ihr Griff war erstaunlich fest. Sie dirigierte ihn zur Treppe. »Da müssen wir hoch.«

Tobi konnte keinen klaren Gedanken mehr fassen. Schwindel und Übelkeit trübten seine Wahrnehmung. Er wollte nur noch ganz schnell irgendwohin, wo er kotzen konnte. So ließ er sich von der Alten die Treppe hinaufführen. Langsam. Stufe für Stufe. Während ihm dicker, saurer Schweiß in die Augen lief und die Alte eisern seinen Arm umklammerte.

Oben angekommen blieben sie vor einer Tür stehen, die Tobi, in Erwartung eines Badezimmers, hektisch aufriss. Ein Bad war das nicht, sondern ein altmodisches, muffiges Schlafzimmer, das von dem Ungetüm eines schmiedeeisernen Doppelbettes beherrscht wurde.

Tobi sah die Frau verwirrt an, die da zwei Köpfe kleiner neben ihm stand und ihn doch so hielt, als würde sie nie mehr loslassen wollen. »Was wollen wir hier?« Ihm war noch immer so schlecht, dass er kaum klar denken konnte. Die Alte ließ ihn plötzlich los und bewegte sich dann mit jener neu erlangten, absolut erstaunlichen Behändigkeit durch den Raum. In einer dunklen Ecke stand eine Art Rollstuhl, den sie sich griff.

Es war so ein Ding mit einem großen Loch in der Sitzfläche.

Tobi kannte Toilettenstühle wie diesen von den Besuchen bei seiner Großmutter im Altenheim. Auf so einen Stuhl setzte man Menschen, damit sie ihr Geschäft verrichteten. Unter das Loch wurde eine Schüssel geschoben, die alles auffing und später einfach entleert und gesäubert werden konnte.

Tobi hatte einen Graus vor diesen Dingern. Er fand sie unhygienisch und absolut würdelos.

Was wollte sie bloß damit?

Die Alte – Hexe – schob den Stuhl zu ihm hinüber. Tobi sah jetzt aber zwei Hexen und zwei fahrbare Scheißhäuser.

Es wurde schlimmer. Immer noch.

Er hob eine Hand, um sich die Augen zu reiben und erwischte stattdessen seinen Mund. Nicht gut. Das war wirklich nicht gut.

»W-was soll das alles?«, stammelte er.

Die Alte griff wieder nach seinem Arm, diesmal fast sanft. Sie führte ihn zu dem Stuhl und sorgte dafür, dass er darauf Platz nahm. Tobi wusste kaum wie ihm geschah. Er fühlte sich wie ferngesteuert. So als wäre er jemand anders. Bevor er auf den Stuhl plumpste, nahm er noch vage die Kotspuren darauf wahr, fühlte sich aber vollkommen unfähig, in irgendeiner Art darauf zu reagieren. Seine weißen Shorts würden es ihm kaum danken. Das taten sie auch nicht, als plötzlich ein gelblicher Schwall Kotze aus seinem Mund und über seine Klamotten schoss.

Tobi war noch immer mit Kotzen beschäftigt, als die Alte bereits seine Handgelenke an die Armstützen des Toilettenstuhls fesselte.

»Was-was machen Sie da?«, fragte Tobi dümmlich, während sauer schmeckendes Erbrochenes aus seinem Mund tropfte. Sein Kopf fiel zur Seite, weil er ihn plötzlich nicht mehr halten konnte.

Die Antwort der Alten bestand darin, dass sie ihm ihren Gehstock einmal kräftig über den Schädel zog.

Als Tobi wieder zu sich kam, war auch Mika hier.

Die gelben Kotzflecken auf seinem T-Shirt sprachen dafür, dass auch er der süßen Versuchung nicht hatte widerstehen können.

Die Hexe war soeben dabei, ihn an das breite Bett zu fesseln, wobei sie die Dehnfähigkeit seiner Gelenke und Knochen auf eine harte Probe stellte. Mika kommentierte jede Überbeanspruchung mit einem spitzen Schrei. Tobi fragte sich, wie sie es überhaupt schaffen konnte, Mikas Gliedmaßen derart auseinanderzuziehen.

Nachdem sie ihm die Klamotten heruntergeschnitten hatte, fiel bereits die warme Nachmittagssonne auf Mikas nackten braungebrannten Körper. Er blutete aus unzähligen Wunden. Tobi war immer neidisch auf diesen muskulösen und fein definierten Körper gewesen und hatte sich nicht selten gewünscht, an Mikas Stelle zu sein. Beim Fußball. In der Schule. Bei den Mädels.

Jetzt war er zum ersten Mal ehrlich froh, es nicht zu sein.

Nicht, dass seine eigene Position so viel angenehmer gewesen wäre.

Die Alte blickte verträumt auf den hilflosen Jungen, während sie ihn grinsend umrundete.

»Bist du ein Fotzen-Ficker?«, fragte sie interessiert. »Oder ein Arsch-Rammler?« Sie blieb bei seinen Füßen stehen und starrte ihm zwischen die Beine. Mika war blank rasiert und hatte einen verhältnismäßig großen Penis. Tobi war da weniger gut bestückt und rasierte sich auch nicht. Im Gegensatz zu Mika war er außerdem noch Jungfrau.

Die Alte hob ihren Stock und leckte die Spitze ab. Dabei ließ sie ein raues Stöhnen hören. Dicker Speichel tropfte von ihrem graustoppeligen Kinn. Sie beugte sich vor und umfasste mit einer Hand Mikas Penis. Mika heulte wie ein getretener Hund. Ein Rinnsal Blut lief über seinen flachen Bauch bis in seinen Nabel. Die Alte benutzte das Blut als Schmiermittel, um seinen Penis zu massieren, währenddessen sie wie verrückt an ihrem Gehstock herumlutschte.

Entsetzt stellte Tobi kurz darauf fest, dass Mikas Glied tatsächlich auf die Stimulation ansprach.

Lachend und grunzend machte die Alte sich weiter daran zu schaffen.

Mika hielt die Augen geschlossen und jammerte leise vor sich hin.

»Wir werden schon noch herausfinden wie du es am liebsten hast, Süßer.«

Auch Tobi hätte seine Augen gern vor all dem Irrsinn verschlossen, aber irgendwie konnte er es nicht. Es war wie bei den Horrorfilmen, die er sich als Kind oft heimlich angesehen hatte. Man wollte eigentlich wegsehen, sobald es richtig grausig wurde, weil man genau wusste, dass es einem Albträume bescheren würde. Am Ende starrte man jedoch weiter auf den Bildschirm, weil man einfach nicht anders konnte. Man musste das Monster ansehen, selbst wenn man dabei erblindete. Man sah hin, obwohl man wusste, dass es nur eine Frage der Zeit war, bis das Monster einen bemerkte und zurückstarrte.

Und Starren war wohl das harmloseste, doch niemals das einzige, was Monster taten.

Dieses Monster konnte allerdings nicht nur Albträume bescheren, sondern auch Erektionen.

Mit einer Mischung aus Faszination und Ekel sah Tobi zu, wie die Alte ihren Gehstock ganz langsam und genüsslich in Mikas Anus einführte.

Mika wimmerte, doch die Erektion blieb.

»Ein jungfräuliches Arschloch, sehr schön«, gackerte die Hexe und tätschelte Mikas Pobacken. »Lass nur schön locker, Junge, dann tut es nicht so weh.«

Sobald sie auf Widerstand zu treffen schien, umklammerte sie den Stock mit beiden Händen und stieß kräftiger hinein, als sie eigentlich hätte sein dürfen. Mika heulte jedes Mal auf und bemühte sich wohl darum, seinen Schließmuskel möglichst zu entspannen.

Tobi erinnerte sich daran, wie seine Mutter ihm früher Fieber-Zäpfchen verabreichen wollte. Er hatte immer so zugekniffen, dass die Dinger gleich wieder herausgeflutscht waren.

Was Mika da gerade in sich aufnehmen musste, machte jedes Zäpfchen zu einem Witz.

Tobi wusste nicht, ob er es ertragen könnte, wenn er jetzt an seiner Stelle wäre.

Mika hielt sich in seinen Augen ziemlich tapfer.

Am Ende steckte der Stock fast bis zur Hälfte in seinem Hintern. Mika hatte sich vom Superfußballer in ein groteskes Stück Fleisch am Spieß verwandelt.

Tobi hatte das Gefühl, sich gleich noch einmal übergeben zu müssen.

Doch sein Magen sollte noch auf eine weitaus größere Probe gestellt werden. Denn jetzt fing die Hexe an, sich auszuziehen.

Flink schlüpfte sie aus ihrem altmodisch geblümten Kleid, entledigte sich der grauen Stützstrümpfe, zog den überdimensionalen Schlüpfer herunter und öffnete ihren vergilbten BH.

Tobi würgte trocken. Es kam nichts, weil sein Magen längst leer war.

Dort stand sie nun in voller Pracht. Ihre faltige Haut war von einer ungesunden Blässe, durchzogen von bläulich-grauen Adern. Die weichen, flachen Brüste hingen ihr bis über den Bauchnabel. Krampfadern entstellten wie tote Würmer ihre knorrigen Beine. Die Arme waren dürr, sehnig und blau verfärbt, da sie fast nur aus dicken Venen bestanden.

Mika jammerte wieder lauter. Tobi konnte es ihm nicht verdenken. Die Alte lachte nur, während sie mit einer Hand an den widerlichen Hautlappen herumspielte, die ihre Brüste waren. Die andere wanderte jetzt zu

Mikas Penis. Sie hatte ihn lange genug bearbeitet, um nun mit einer ordentlichen Erektion belohnt zu werden.

Und dann tat sie das Unfassbare.

Sie kletterte auf das Bett und hockte sich mit einem genüsslichen Schnauben auf Mikas erigiertes Glied. Einen Moment ruckelte sie hin und her, suchte wohl die richtige Position und half mit der Hand nach, um sich den Penis einzuführen, dann legte sie los und bewegte sich lasziv auf ihrem hilflosen Opfer. Mika jaulte wie ein Tier.

Tobi starrte voller Entsetzen auf den flachen, faltigen Arsch der Alten, der sich flott im Rhythmus der Ekstase bewegte. Ihre gesamte Kehrseite war übersät von braunen Flecken und Warzen.

Sie stöhnte laut, während sie auf Mika herumhüpfte. Der Höhepunkt schien nicht mehr fern. Keuchend fuhr sie mit beiden Händen in seinem Gesicht herum. Mika schluchzte. Die Alte fing jetzt an, mit einer unnatürlich langen Zunge das Blut aus seinen Wunden zu lecken.

Schließlich bäumte Mika sich stöhnend auf, was allerdings nicht aus Schmerz geschah, sondern weil er wohl einen Orgasmus hatte.

Tobi konnte es nicht fassen.

Die Alte johlte.

Als es vorbei war, blieb sie noch einige Minuten auf dem Jungen liegen, streichelte seinen Kopf und kostete von seinem Blut. Dann kletterte sie von ihm herunter, leckte über sein erschlafftes Glied und verließ den Raum, ohne sich vorher anzuziehen.

»Mika?«, versuchte Tobi es, als sie weg war.

Sein Freund schluchzte laut auf. »Tobi? Bist du hier?«

»Ja.«

»Kannst du mich losmachen? Bitte, Tobi! Schnell, bevor sie wiederkommt!«

»Ich kann nicht. Ich bin auch gefesselt.«

»Oh Gott!«, heulte Mika. »Oh nein!«

»Es … es tut mir leid.«

In diesem Moment kehrte die Alte zurück.

Mit einem kleinen Beil.

Mika brüllte los und zappelte wie wild.

»So«, sagte die Alte mit ihrer krächzenden Stimme. »Zeit für die inneren Werte.« Sie kletterte wieder auf Mika und setzte sich auf sein erschlafftes Glied, das sie nun nicht mehr sonderlich zu interessieren schien. Dann hob sie das Beil mit beiden Händen hoch über den Kopf.

»Tobi, hilf mir!!!«, kreischte Mika mit der Stimme eines Mädchens.

»Ich kann nicht! Es tut mir leid, Mika, es ...«

Das Beil sauste nieder und grub sich tief in Mikas Brustbein.

Die Alte grunzte zufrieden. Mika schrie noch, als sie es wieder herauszog. Doch sie schlug abermals zu, bis er endlich schwieg.

Noch lange nach Mikas Tod musste Tobi sich die Schmatzgeräusche der Alten anhören, die Teile des zu Brei gehackten Oberkörpers gleich an Ort und Stelle verspeiste. Einige Male hielt sie inne und tapste nackt und blutüberströmt davon, um Gefrierbeutel zu holen, in die sie andere Teile der Leiche verpackte und anschließend wegbrachte, unter anderem auch Mikas Penis.

Zum Schluss zog sie den Stock aus seinem Arsch und leckte ihn genüsslich murmelnd sauber, während sich eine stinkende Mischung aus Blut und Fäkalien aus dem Toten ergoss.

Erst dann schien sie zum ersten Mal wieder Notiz von Tobi zu nehmen, der da in der Ecke auf dem Toilettenstuhl saß und sich vor Angst und Verzweiflung in die Hosen geschissen hatte. Er kniff weinend die Augen zu, als sie ihm mit einer blutigen Hand durch die Haare fuhr.

Sie beugte sich vor und schnupperte an ihm. Dann tätschelte sie ihm die Wange. »Hat der Kleine sich eingeschissen, ja?«

»Bitte lassen Sie mich gehen. Bitte! Wir haben Ihnen doch nichts getan!« Jetzt öffnete er doch die Augen und sah sie an, doch in ihrem Blick lag kein Funken Mitleid.

»Denkst du, ich wüsste nicht, was ihr Bengel vorhattet?!« Sie lachte schnaubend. »Ihr Kinder hattet es ja schon immer auf mich abgesehen, aber jetzt seid ihr zu weit gegangen. Leider war euch nicht klar, mit wem ihr es wirklich zu tun habt. Wie du vielleicht inzwischen gemerkt hast, bin ich nicht die schwache Alte, für die man mich hält.« Sie gackerte. »Dein Freund hat dich aber fürs Erste gerettet. Er war ein guter Fick. Da wirst du wohl nicht ganz mithalten können, wenn ich dich so ansehe. Aber das ist okay. Ich bin ja auch nicht mehr die Jüngste und brauch jetzt erst mal eine Pause.« Plötzlich streckte sie ihre Zunge heraus und leckte Tobi damit über das Gesicht. Eine dicke, klebrige Schicht stinkenden Speichels blieb zurück, die Tobi noch Stunden später riechen würde.

»Es hat Spaß gemacht mit deinem Freund, aber es war ein sehr kurzer Spaß. Kann gut sein, dass ich dich deshalb etwas länger aufheben werde. Der Gefrierschrank ist ja erst mal gefüllt.« Sie griff Tobi in den Schritt und kniff zu. Er zuckte zusammen. »Bitte lassen Sie mich gehen! Ich erzähl keinem was und ich mach alles, was Sie wollen.«

»Ja, das tun die Jungs für gewöhnlich. Dazu hab ich bisher noch jeden gebracht«, erwiderte sie vergnügt. »Das wird bestimmt noch spannend mit dir, Kleiner. Auch wenn dein Schwanz nicht so groß ist wie der von deinem Freund. Dafür freue ich mich schon darauf, dich morgen um diese Zeit nicht mehr um die Freiheit, sondern um den Tod betteln zu hören.«

»Bitte!«

Die Alte wandte sich ab, sie sammelte den Stock, ihre Klamotten, das Beil und einen letzten blutigen Gefrierbeutel ein und ließ Tobi dann allein.

Der schrie noch solange um Hilfe, bis seine Stimmbänder versagten. Anschließend hyperventilierte er so stark, dass er das Bewusstsein verlor. Wie unsinnig all das Geschrei in einem derart schalldicht gebauten Haus war, konnte er nicht wissen. Die Alte hatte sich ihren Rückzugsort so einiges kosten lassen. Und auch wenn es manchmal eine Zeit lang still war, der nächste kreischende Junge kam bestimmt.

Als Tobi wieder zu sich kam, ganz eingehüllt in seinen eigenen Gestank und das bleierne Aroma von Mikas

Blut, stellte er nach Abklingen des ersten Schocks fest, dass seine Beine und Füße nicht gefesselt waren. Es war ihm theoretisch möglich, sich mit seinem Stuhl frei im Raum zu bewegen. Also überlegte er, was er tun könnte. Allerdings fiel ihm nichts ein. Schließlich befand er sich im ersten Stock. Es gab ein kleines Fenster, das er ohne Hände unmöglich öffnen konnte und eine Tür, die natürlich abgeschlossen war. Er hatte das Klicken gehört, als sie zusperrte. Und selbst wenn sie die Tür offengelassen hätte, würde er es wohl mit diesem Stuhl am Hintern kaum die Treppe hinunterschaffen. So entschied Tobi sich schließlich dagegen, mit dem Stuhl herumzufahren. Sie würde vielleicht wütend werden, wenn sie es bemerkte, und dann noch schlimmere Dinge mit ihm anstellen, als sie ohnehin vorhatte. Falls das überhaupt möglich war.

Tobi sah hinüber zu seinem toten Freund, den die Schatten nun gnädigerweise fast vollständig verschluckten. Mika hatte es wenigstens hinter sich. Bestimmt war es schrecklich gewesen, doch es war vorbei, mehr zählte nicht.

Und wieder wäre Tobi lieber an Mikas Stelle gewesen. Nicht einmal der Tod konnte etwas an diesem ewigen Neid ändern, das war schon verrückt.

Tobi versuchte noch eine Zeit lang, seine Handgelenke irgendwie freizubekommen. Sinnlos. Die Seile gruben sich nur immer tiefer in sein Fleisch und irgendwann hielt er die Schmerzen nicht mehr aus. Auch sein Hintern tat langsam weh, wegen all der Kacke, in der er sitzen musste. Das verlieh dem Spruch vom ›in der Scheiße sitzen‹ doch gleich eine ganz neue Qualität.

Schließlich gab er auf und weinte sich in den Schlaf.

Der Morgen kam schneller, als ihm lieb war. Inzwischen war der Gestank seiner eigenen Scheiße und seines toten Freundes unerträglich.

Irgendwo brummte eine Fliege. Die Sonne schien durchs Fenster und Tobi zwang sich vehement, nicht in Mikas Richtung zu sehen. Was er da roch, reichte ihm schon voll und ganz.

Er hatte Schmerzen im ganzen Körper und schrecklichen Durst. Dennoch wappnete er sich bereits gegen die Rückkehr der Hexe und schwor sich, sie um nichts mehr zu bitten, komme was da wolle. Er wusste, dass sie es darauf anlegte, es ihm selbst aber nicht das Geringste nutzen würde. Daher wollte er ihr den Gefallen nicht länger tun. Vielleicht verlor sie dann irgendwann das Interesse.

Ist sie überhaupt ein Mensch?

Oder eine echte Hexe?

Er glaubte die Antwort darauf längst zu kennen. Ein Mensch, eine normale Frau in diesem Alter, sei sie auch noch so verrückt, wäre niemals zu all dem in der Lage gewesen, was dieses Miststück mit Mika veranstaltet hatte. Diese Erkenntnis war jedoch alles andere als aufmunternd, denn einem normalen Menschen, irre oder nicht, hätte man vielleicht noch irgendwie beikommen können. Aber was sollte man gegen eine Hexe ausrichten, die womöglich schon seit hunderten von Jahren ihr Unwesen trieb?

Jetzt flippst du aber aus, Mann! Sie mag sich ziemlich hexenartig verhalten, aber bestimmt ist sie nicht mehrere hundert Jahre alt und frisst kleine Kinder ...

Nein, kleine Kinder fraß diese Hexe vielleicht nicht. Dafür aber süße Jungs.

Ohne es zu wollen sah Tobi zu dem ausgeweideten Mika hinüber. Sie hatte Teile von ihm gefressen und den Rest für später eingefroren. Welcher Mensch würde so etwas tun?

Kannibalismus kam natürlich vor, aber eine alte Frau, die solche Massen rohen Fleisches fraß? War das noch im Rahmen irgendwelcher Möglichkeiten?

Tobi versuchte, darüber nachzudenken, eine plausible Antwort zu finden, aber die Kopfschmerzen machten ihm einen Strich durch die Rechnung. Was hätte er nur für ein Glas Wasser gegeben? Seine Lippen zuckten schon, wenn er nur daran dachte. Wasser! Nur einen Schluck. Oder etwas von dem kalten ›Hexen-Saft‹, mit dem sie ihn gestern vergiftet hatte. Heute würde er ihn dankbar trinken, selbst wenn er sich danach halb tot kotzte. Hauptsache kalt und flüssig. Derzeit hätte er seine Seele dafür verkauft.

Dann kam die Hexe zurück. Sie war nackt und noch immer wahrlich kein schöner Anblick, doch Tobi kam es so vor, als wären ihre Brüste ein klein wenig straffer geworden, Adern und Falten zwar noch vorhanden, aber auch leicht zurückgegangen. Das gestern noch schmutziggraue Schamhaar schimmerte in einem leichten Blondton. Die Beine wiesen nun neben den Ansammlungen von Krampfadern auch einige glatte Stellen auf. Ähnlich verhielt es sich mit dem Gesicht der

Alten. Es war nicht unbedingt so, als wäre sie in einen Jungbrunnen gefallen, aber ein merklicher Unterschied zu gestern war definitiv vorhanden.

Zu Tobis unendlicher Erleichterung hatte sie kein Beil oder ähnliches bei sich. Sie hielt nur ein Glas in der Hand. Randvoll mit dem Saft von gestern. Es war, als hätte sie seine Gedanken gelesen.

Tobi empfand einen Anflug von Dankbarkeit, der eigentlich völlig fehl am Platze war.

Das Zeug würde ihm nicht wirklich helfen. Es würde ihn nur gefügig machen. Doch vielleicht war das die einzige Gnade, auf die er noch hoffen konnte.

Lächelnd hielt sie ihm das Glas an die trockenen Lippen. Ihre Hände zitterten jetzt kein bisschen mehr. Tobi öffnete bereitwillig den Mund und trank. Sie setzte erst ab, als das Glas leer war.

»Brav«, sagte sie und streichelte seine Wange.

Tobi blickte zu ihr auf. Schon verschwamm ihr Gesicht. Es wirkte jetzt allerdings nicht nur undeutlicher, sondern auch jünger, fast hübsch.

»Die Braven behalte ich manchmal sehr lange«, erklärte die Alte ihm, während sie ihn weiter streichelte. »Sie müssen natürlich jeden Tag ihren Saft trinken. Und wenn ich sie sehr lange am Leben lasse, muss ich ab und zu ein Stück herausschneiden. Ich glaub, der Letzte hatte mich richtig gern. Ich hatte ihn fast dreißig Jahre.« Sie lächelte verträumt, während sie in der Erinnerung schwelgte. »Er ist letzten Monat gestorben. War einfach nicht mehr genug dran zum Abschneiden, obwohl ich ihn gut gefüttert habe. Zu vernarbt. Schließlich musste ich doch an die Eingeweide ran, um satt zu werden.«

Sie bückte sich und küsste Tobi auf die Stirn. »Aber bis dahin haben wir ja noch viel Zeit, nicht wahr? Da liegt noch so viel vor uns.« Sie kniff in seinen Bauch. »Gleich nach dem Ficken bring ich dir deinen Brei. Dreimal am Tag wirst du den jetzt essen. Du darfst ruhig fett werden, dann kann ich dich viel länger behalten.«

Tobi starrte sie an, während ihm Tränen über die Wangen liefen. Der Saft tat seine Wirkung und Schwindel setzte ein. Nur die Übelkeit blieb diesmal aus, vielleicht weil sie die Dosierung geändert hatte. Schließlich sollte er jetzt nicht kotzen, sondern ficken. Er fühlte sich leicht und völlig willenlos.

Die Hexe band ihn los, ließ ihn aufstehen und half ihm, sich auszuziehen. Die Erektion kam schon, als sie ihm den Hintern sauber leckte.

»Wir haben beide Glück«, sagte sie atemlos, nachdem sie seinen Saft in sich aufgenommen hatte, währenddessen die Wirkung ihres eigenen in seinem Körper langsam schwächer wurde.

Sie ließ ihn sich nackt auf den Stuhl setzen und fesselte ihn wieder.

»Warum?«, fragte Tobi, der all die neuen Vorgänge in seinem Körper kaum begreifen konnte. Unter anderem hatte er ja soeben sein erstes Mal erlebt.

»Du hast Glück, weil ich von deinem Freund sicher noch ein paar Wochen essen kann. So hast du genug Zeit, eine kleine Fettschicht anzulegen, die man besser abschneiden kann. Und ich hab sogar ganz unverschämtes Glück, weil ich einen süßen, kleinen Jungen wie dich erwischt habe, der in der Blüte seiner Manneskraft steht. Fürs Erste wird hier mehr gefickt als geschnitten, das verspreche ich dir.« Sie kicherte.

Tobi dachte noch immer sehr angestrengt über die Bedeutung des Wortes ›Glück‹ nach, als ihm eine Stunde später seine erste Portion flüssigen Breis mit Hilfe eines Trichters in den Hals gestopft wurde.

Fürs Kotzen wurde man natürlich bestraft. Die Hexe hatte einen Elektroschocker, den sie bevorzugt an Stellen einsetzte, die selten die Sonne sahen.

Vor kurzem hatte Tobi noch in einem Gespräch mit Mika erwähnt, dass er am liebsten jeden Tag Sex hätte, gerne mehrfach.

Doch jetzt war er nicht mehr Tobi, sondern nur noch Hänsel und die böse Hexe bestimmte sein Leben.

Endlich verstand er auch, warum man immer vorsichtig sein sollte bei dem, was man sich wünschte.

Wünsche können manchmal wahr werden und nichts auf der Welt schmeckt süßer als der Saft einer Hexe.

JUTTA WÖLK

Jutta Wölk wurde 1961 in Gelsenkirchen geboren. Sie lebt mit ihrem Mann und ihrem Hund in NRW und genießt lange Spaziergänge in der Natur. Die Liebe zum Schreiben entdeckte sie während eines ausgedehnten Spaziergangs mit ihrer inzwischen verstorbenen Schäferhündin. Ideen für ihre Werke kommen ihr oftmals bei Ausflügen ins Grüne.

Seitdem hat die Autorin mehrere Romane und Kurzgeschichten im Selfpublishing sowie bei Verlagen publiziert. Auf ein bestimmtes Thema möchte Jutta Wölk sich nicht beschränken, daher sind ihre Veröffentlichungen auch in unterschiedlichen Genres angesiedelt.

Böses Erwachen

Er hob den Vorschlaghammer an und holte aus. Der Mann vor ihm – er hatte die Augen vor Angst weit aufgerissen - zerrte an seinen Fesseln. Sein Wimmern steigerte sich zu einem Kreischen, das abrupt endete, als das schwere Gerät sein Knie traf. Knochen splitterten. Der Mann hatte längst sein Bewusstsein verloren. Zwischen aufgeplatztem Fleisch kamen Bruchstücke der zertrümmerten Kniescheibe zum Vorschein. Doch das berührte den Mann mit dem Hammer nicht. Im Gegensatz zu dem Blut seines Opfers, das ihm ins Gesicht gespritzt war und sein strahlend weißes Hemd verunreinigt hatte. Verärgert betrachtete er die roten Spritzer auf dem Stoff, dann den Bewusstlosen auf dem Stuhl.

Diese Beine würden nie wieder weglaufen!

Er schloss seine Augen und genoss die Befriedigung, die sich warm in ihm ausbreitete, um sich im nächsten Moment zu schütteln und in die Realität zurückzukehren. Sein kalter Blick streifte nacheinander die drei unfreiwilligen Zuschauer, die ihn verzweifelt ansahen und stumm um Gnade bettelten. Sie widerten ihn an. Mitgefühl war das Letzte, das sie von ihm erwarten konnten!

Nachdem er sich der Aufmerksamkeit seiner Opfer versichert hatte, wandte er sich abermals dem Gefesselten auf dem Stuhl zu. Dessen Kinn lag auf seiner Brust, die Augen waren geschlossen. Bedächtig hob der Mann den Vorschlaghammer zum finalen Schlag. Er atmete tief ein und hieb das todbringende Werkzeug auf den Schädel des Ohnmächtigen. Nach dem Aufprall zuckte sein Opfer unkontrolliert, bevor es erneut in sich zusammensank. Der Mann legte seinen Kopf zur Seite. Ein Schauer kroch ihm über den Rücken, ein wohliges Prickeln. Für heute war seine Arbeit vollendet.

»Wir sehen uns morgen«, verkündete er den drei übrigen Gefangenen diabolisch grinsend und verließ den kalten fensterlosen Raum.

Während Peter Morgan an diesem Abend ins Bett schlüpfte, kreisten seine Gedanken immer noch um diese eine merkwürdige Angelegenheit.

Wer zum Teufel klaut Oberhemden aus fremden Gärten?, fragte er sich verärgert. Wenn das so weiterging, musste er sich bald neue besorgen.

Binnen einer Woche waren ihm drei seiner Lieblingsstücke abhandengekommen. Iris hatte sie ihm geschenkt, und das schmerzte mehr als der Verlust. Er war außer sich gewesen, als er den erneuten Diebstahl beim Abnehmen der Wäsche entdeckt hatte. Ob er zur Polizei …? Nein, um solche Bagatellen kümmerten sich die Cops vermutlich nicht. Allmählich forderte die Müdigkeit ihren Tribut.

Peter riss die Augen auf. Sein Herz klopfte heftig. Was für ein Albtraum! Er fuhr sich mit beiden Händen über das Gesicht. Nicht daran denken! Ein Sonnenstrahl hatte sich durch einen Spalt zwischen den Vorhängen gestohlen.

Verdammt, wie spät ist es? Er sah zum Wecker. Er hatte verschlafen. Eilig schwang er die Beine aus dem Bett und lief ins Badezimmer.

Nach einer hastigen Dusche und Rasur kehrte er ins Schlafzimmer zurück und griff sich ein frisches Hemd aus dem Kleiderschrank. Gewissenhaft knöpfte Morgan es bis zum Hals zu. Als er beim letzten Knopf angelangt war, fielen ihm Iris' Worte ein: ›Schneeweiß muss es sein, an Kragen und Manschetten gestärkt. Als Dozent an der Universität bist du schließlich ein Vorbild.‹ Er trug immer Hemden, wenn er unterrichtete.

Sein Blick wanderte zum gerahmten Foto auf dem Nachttisch und fiel anschließend aufs Bett. In dessen rechter Hälfte schlief seit einiger Zeit niemand mehr. »Iris«, seufzte er und nahm das Bild in die Hand. Darauf war ein Paar zu sehen, das vor Glück um die Wette strahlte. In ihrem Hochzeitskleid sah Iris wie ein Engel aus. Damals trug Peter einen dunkelblauen Anzug. Sein Arm lag um ihre Taille. An diesem Tag war er der glücklichste Mensch auf Erden gewesen. Zwölf Jahre war das nun her. Er war gerade dreißig und Iris wenige Monate zuvor fünfundzwanzig geworden. Ein Tränenschleier ließ das Foto vor Morgans Blick verschwimmen. Wie immer, wenn er an diesen Tag dachte, folgte unweigerlich die Erinnerung an den anderen, vor fünf Jahren, an dem sein Glück zerstört worden war …

Sie waren auf dem Weg in die Stadt. Peter lenkte den Kombi über die von Feldern und hochgewachsenen Bäumen gesäumte Landstraße. Es war ein Nachmittag im Frühherbst und die Sonne stand bereits tief. Das noch dichte Laub der Platanen bot einen gewissen Sichtschutz gegen die blendenden Strahlen. Doch das sich abwechselnde Licht-und-Schattenspiel barg Gefahren. Iris litt seit ihrer Kindheit an Epilepsie. Trotz zahlreicher und gut eingestellter Medikamente bekam sie gelegentlich Anfälle. In diesen Momenten war sie nicht Herr ihrer Sinne und krampfte solange, bis die Attacke vorüber war.

Morgan wusste, dass Flackerlicht einen solchen Krampfanfall auslösen konnte und war besorgt. Iris saß neben ihm auf dem Beifahrersitz. Mit der rechten Hand schirmte sie die Augen ab und lächelte versonnen. Peter vergewisserte sich zwischendurch mit raschen Seitenblicken, dass es ihr gut ging.

Als er erneut zu ihr hinübersah, weiteten sich plötzlich ihre Augen und sie stieß einen spitzen Schrei aus. Nein, das war kein Anfall, es war etwas anderes. Sofort sah er wieder nach vorn und erkannte die Gefahr.

Ein schwerer Geländewagen raste wie ein Geschoss auf sie zu. Peter riss panisch das Steuer herum. Zu spät. Das entgegenkommende Fahrzeug streifte ihren Kombi an der Seite und kickte ihn wie einen Spielball von der Straße. Nach mehreren Überschlägen blieben sie mit dem Dach nach unten auf einem angrenzenden Feld liegen …

Morgan kniff die Augen zusammen und versuchte, die schrecklichen Bilder aus seinem Kopf zu vertreiben. Er sank auf die Knie.

»Oh Gott …«, stammelte er. »Iris, ich vermisse dich so sehr.« Zitternd umklammerten seine Finger das gerahmte Hochzeitsfoto und pressten es gegen die Brust. Der psychische Schmerz war so stark, dass er glaubte, in Stücke gerissen zu werden.

Wie hatte er die letzten Jahre ohne sie nur überstehen können? Seit diesem Tag fühlte er sich nicht mehr als Mensch, tat vielmehr mechanisch, was von ihm erwartet wurde, wie ein programmiertes Abbild seiner selbst. Für Familie, Freunde und Studenten trug er eine Maske. Nur um anderen das gleiche Leid zu ersparen, das er täglich verspürte, hatte er bisher auf Selbstmord verzichtet. Doch wie lange würde er das noch durchstehen?

Als hätten die Erinnerungen an Iris ihn seiner Kräfte beraubt, kippte er auf die Seite und krümmte sich in embryonaler Haltung zusammen. Das Foto seiner geliebten Frau an sich gedrückt, weinte er minutenlang.

»Hallo, Peter«, begrüßte Jim Henderson seinen Freund am Mittag in der Mensa. Seine Miene wirkte besorgt.

»Hi, Jim«, gab Morgan zurück. Er stellte das Tablett mit dem Mittagsmenü auf den Tisch und nahm Jim gegenüber Platz.

»Hattest du wieder einen Albtraum? Du siehst schrecklich aus.«

»Ja, immer den gleichen, seit einer Woche. Wenn das nicht aufhört, drehe ich noch durch. Jedes Mal sehe ich Iris, wie sie mich Hilfe suchend anstarrt.« Peter ließ die Schultern hängen.

»Connor, dieses Schwein!«, stieß Jim zwischen zusammengebissenen Zähnen hervor und rang sichtlich um Beherrschung. »Der Dreckskerl hat es nicht verdient, so glimpflich davongekommen zu sein.« Wütend schüttelte er den Kopf. »Zwei Menschenleben hat er auf dem Gewissen, wahrscheinlich nur, weil er wieder betrunken war! Und dann einfach abzuhauen …«

»Ich habe seinen Sohn gesehen«, unterbrach Peter seinen Gesprächspartner, dessen Augen sich verengten.

»Wann? Wo? Hat er dich wiedererkannt?«

»Hier, in der Uni. Er unterhielt sich mit einem anderen Studenten.« Peter straffte die Schultern und ballte die Hände zu Fäusten. »Ich war auf dem Weg zu einer Vorlesung. Als ich an den beiden vorbeiging, bekam ich ein paar Worte mit.«

Jim legte die Stirn in Falten. »Wie alt ist er jetzt?«

»Achtzehn.«

»Er besucht doch nicht etwa einen deiner Kurse?«

»Nein, allerdings hätte ich ihn auch nicht erkannt. Er hat sich äußerlich stark verändert.« Morgan begann zu zittern. Es fiel ihm schwer, sich unter Kontrolle zu halten. »Aber wie er über das Unglück geredet hat … Dabei strahlten seine Augen förmlich, als mache es ihm Freude, darüber zu sprechen. Er sagte, es sei ein *echt krasses Feuerchen* gewesen. Kannst du dir das vorstellen!?« Peters Faust krachte auf den Tisch.

»Beruhige dich«, ermahnte Jim Henderson seinen Freund. »Man sieht schon zu uns rüber.«

Peter senkte den Blick und fuhr sich mit den Händen über sein Gesicht. Er wagte nicht, sich umzusehen und schämte sich für seinen Ausbruch. »Seitdem träume ich jede Nacht von ihr«, flüsterte er.

»Hast du mit deinem Therapeuten darüber gesprochen?«

»Natürlich. Er sagt, es sei ein guter Anfang, und meint, ich wäre jetzt so weit.«

Sein Gegenüber lächelte gequält. »Connor wird seine gerechte Strafe irgendwann erhalten, glaub mir. Typen wie er ändern sich nicht, und dann wandert er in den Knast, wo er hingehört.«

Er setzte das Skalpell an. Warmes Blut floss an blasser Haut entlang. Er studierte die Mimik der Frau auf dem Stuhl. Sie zitterte vor Angst und musste inzwischen unaussprechliche Qualen leiden. Er fing ihren panischen Blick ein, sah, wie ihre Lippen das Wort »Bitte« formten.

Er konnte kein Mitgefühl für sie aufbringen, musste beenden, was er begonnen hatte. Etwas in ihm zwang ihn dazu, ihr die linke Brust Stück für Stück zu entfernen. Seine blutverschmierten Finger rutschten vom Griff des chirurgischen Instruments ab. Immer wieder setzte er die scharfe Klinge an. Die Frau bekam nicht mehr mit, wie er ihr auch die zweite Brust abtrennte, denn sie hatte inzwischen das Bewusstsein verloren.

Er sah zum Ehemann der Verstümmelten, dessen Augen fest geschlossen waren. Tränen liefen über seine Wangen und Rotz lief aus seiner Nase, was bewies, dass er mit ihr litt. Unbeeindruckt wanderte der Blick des Mannes weiter zum Käfig in der hinteren rechten Ecke des fensterlosen Raumes. Darin war es ruhig. Das Mädchen hatte aufgehört, an den Fesseln zu zerren. Die Schultern der Sechzehnjährigen bebten.

Bevor der Mann sich erneut ihrer Mutter zuwendete, betrachtete er einige Sekunden lang das blutverschmierte Fleischstück in seiner Hand.

Diese Brüste könnten nie mehr ein Baby säugen!

Er setzte das Skalpell erneut an und arbeitete sich Schicht für Schicht durch die Bauchdecke. Als die Innereien freilagen, ging er weniger sorgfältig vor, riss ein

Organ aus der Bauchhöhle heraus und warf es zu den blutigen Klumpen auf den Boden.

In dieser Gebärmutter würde kein weiteres Leben heranwachsen!

Emotionslos schaute er zum Ehemann der Getöteten, der ihn hasserfüllt anstarrte. Dessen Augen und die Halsschlagadern waren angeschwollen. Speichel lief ihm über sein Kinn. Schließlich schob der Mann seine blutverschmierten Hände in den geöffneten Leib der Frau und wühlte darin, bis er fand, wonach er suchte. Ohne den Blick von dem entsetzten Ehemann zu nehmen, zog er den Darm Meter für Meter heraus. Er fühlte sich glibberig an und die schmatzenden Geräusche, die beim Herausziehen entstanden, bescherten ihm eine Gänsehaut. Dann durchschnitt er die Fesseln der Frau und hängte ihre Leiche kopfüber an einen Fleischerhaken, den er unter der Decke angebracht hatte. Das herunterbaumelnde Gedärm drapierte er wie Luftschlagen um sein Opfer.

»Ich sehe sie jede Nacht im Schlaf«, stöhnte Peter.

»Das ist gut, sehr gut!«, entgegnete Doktor Miller. »Selbst, wenn Sie im Moment davon überzeugt sind, von den Bildern gequält zu werden, gehören diese Albträume zum Genesungsprozess. Sie haben den Unfall unbewusst verdrängt, doch nun will sich Ihre Psyche damit auseinandersetzen.«

»Aber wieso jetzt und nicht schon früher?«

»Nun, diese Frage zu beantworten, ist nicht einfach. Das Gehirn ist ein komplexes Organ, das nach wie vor nicht vollkommen erforscht ist. Bisher konnte die Wissenschaft lediglich herausfinden, dass das Unterbewusstsein eine Art Schutzfunktion ausüben kann. Bei Ihnen hat es den Unfall ausgeblendet, weil Sie ihn mental noch nicht verkraften konnten.«

Peter Morgan sah den Therapeuten niedergeschlagen an. »Es tut so weh.« Er klopfte sich mit der Faust auf die Brust. »Hier drin.«

»Ich weiß, aber wenn Sie sich weiterhin daran klammern, dass allein die Connors die Schuld am Unglück tragen, verzögert das Ihren Genesungsprozess unnötig.« Er bedachte Peter mit einem eindringlichen Blick. »Ich kann Sie ja verstehen und …«

»Er oder seine Familie hätten helfen müssen!«, unterbrach Peter den Arzt aufgebracht. »Dann würde meine auch noch leben.«

»Das Mädchen war zum Zeitpunkt des Unfalls erst elf Jahre alt, der Junge dreizehn. Und Mrs. Connor war nicht in der Lage, sich ihrem tyrannischen Ehemann zu widersetzen.«

»Wollen Sie ihn etwa in Schutz nehmen? Diesen … diesen …« Peter rang um Beherrschung und sprang vom Sessel auf. »Er hatte sicher getrunken, dieses Schwein!« Als er sich seines Ausbruchs bewusst wurde, hob er beschwichtigend die Hände. »Entschuldigen Sie, aber bei der Gerichtsverhandlung zeigte er keinerlei Reue.«

»Nein, nein, ich rechtfertige Connors Verhalten keinesfalls. Ich will lediglich verständlich machen, dass seine Frau und die Kinder nicht verantwortlich gemacht werden können.«

Peter Morgan nickte zwar, jedoch gelang es ihm nicht, Verständnis aufzubringen. »Es ist unfair. So verdammt ungerecht!«

»In diesem Punkt stimme ich Ihnen ja zu. Allerdings ist Connor gefahren und niemand sonst«, redete der Therapeut beruhigend auf Peter ein.

»Das Schwein kam nur frei, weil es Beziehungen zum Sheriff hat. Hätte der damals nicht unter Eid ausgesagt, dass Connor noch am selben Abend nüchtern und ohne Alkoholfahne zu ihm gekommen ist, um sich zu stellen, säße der heute im Knast. Oder denken Sie etwa, der Sheriff hätte den Ehemann seiner Schwester ins Gefängnis gehen lassen? Wer wäre dann wohl für den Unterhalt der Familie aufgekommen?«

»Die Geschworenen haben geglaubt, dass Connor unter Schock stand, als er den Unfallort verließ. Und der Sheriff ist ein angesehener Mann. Wer hätte an seiner Aussage zweifeln sollen?«

»Connor war bekannt dafür, dass er betrunken fährt, wie ich später hörte«, hielt Peter dagegen.

Der Psychiater sah seinen Patienten mitfühlend an. »Das konnte nicht nachgewiesen werden und bringt Ihnen Iris nicht zurück. Sie müssen jetzt an sich denken und lernen, damit zu leben. Und absichtlich wollte Connor Ihre Frau bestimmt nicht töten.«

Peters Blick ging ins Leere. »Warum steht Gott auf der Seite solcher Verbrecher?«, flüsterte er.

»Mr. Morgan, für heute soll's genug sein. Wir machen nächste Woche weiter, okay? Brauchen Sie noch Beruhigungsmittel?«

»Nein, es geht schon«, antwortete Peter niedergeschlagen und verließ die Praxis.

Die geriffelte Innenseite der Spitzzange umfasste den Nagel des großen Zehs. Er riss ihn mit einem Ruck aus seinem Bett. Das Opfer verkrampfte, sein Mund öffnete sich zum Schrei, doch mehr als ein heiseres Krächzen kam nicht zustande. Ein Speichel-Blut-Gemisch blubberte aus der kleinen kreisrunden Öffnung unter dem Adamsapfel, wo er ihm mit einem dicken Kugelschreiber ein Loch in die Luftröhre gestoßen hatte. Die Augen des Ehemanns der Getöteten verdrehten sich, als ein weiterer seiner Fußnägel herausgerissen wurde. Er stand kurz vor der Bewusstlosigkeit und hatte es längst aufgegeben, an den Kabelbindern zu zerren, die ihn am Stuhl fixierten.

Nachdem der schlimmste Schmerz abgeklungen war, hob Connor kraftlos den Blick. Der Familienvater schaute durch den Raum, suchte seine Lieben, während ihn Trauer und Ekel überwältigten. Sein Verstand arbeitete nicht mehr reibungslos. Schließlich fiel sein Blick auf seine Tochter. Wie sollte er ihr Hoffnung auf Rettung vermitteln, wo er sich doch selbst nicht zu helfen wusste? Ihr vom Weinen gerötetes und aufgedunsenes Gesicht brach ihm fast das Herz. Niedergeschlagen sah er seinen Peiniger an. Er kannte dieses kranke Schwein, aber es wollte ihm einfach nicht einfallen, woher.

In der nächsten Sekunde traf ihn die Erkenntnis mit der Wucht eines Vorschlaghammers. Jetzt wusste er, wer diese Bestie war, die seinen Sohn und seine Frau auf so grausame Weise gefoltert und getötet hatte. Im Stillen begann er zu beten: *Gott, wenn es dich gibt, dann tu was! Ich war betrunken und bin doch nicht absichtlich in den Wagen gerast. Verdammt, hilf mir! Hol mich hier raus oder lass mich wenigstens sterben! Ich ertrage das nicht mehr. Diese Schmerzen* … Er verlor das Bewusstsein.

Blut klebte an seinen Händen und hatte sich auf seinem weißen Oberhemd verteilt. Er sah zum apathisch wirkenden Mädchen im Hundekäfig hinüber. Sie war ebenso wenig in der Lage zu schreien. Er hatte ihr, wie auch dem Rest ihrer Familie, ein Loch in der Kehle verpasst, in dem ein Röhrchen steckte, durch das sie atmen, jedoch nicht sprechen konnte.

Sein Blick schweifte durch den Raum und verweilte nacheinander auf den beiden Leichen, deren Verwesung voranschritt. Die eine faulte in der Ecke vor sich hin, die andere baumelte mit einer klaffenden Wunde im Unterleib von der Decke. Ihr ekelerregender Gestank erfüllte die Luft.

Er richtete seine Aufmerksamkeit wieder auf sein Opfer, dessen Kinn auf die Brust gesunken war. Sämtliche Fußnägel des Bewusstlosen waren mittlerweile herausgerissen. Er starrte seine blutverschmierte Hand ein paar Sekunden lang an und griff sich das Behältnis auf dem Boden mit der zähen Masse.

Bedächtig tauchte er einen breiten Pinsel in das Gefäß und bestrich damit die Ober- und Unterschenkel seines Opfers. Die Brennpaste, die er früher beim Fondue verwendet hatte, ließ sich mühelos auf der Haut verteilen. Nach den Gliedmaßen waren Leib, Haare, Gesicht und Hals dran. Er wartete, bis der Gefolterte wieder zur Besinnung kam. Erst dann griff er zum Feuerzeug. Sein Opfer gab gurgelnde Laute von sich und zerrte panisch an den Kabelbindern. Doch es nutzte ihm wenig, schon kroch das Feuer seine Beine hinauf.

Der Mann ignorierte die Geräusche, die das Mädchen im Hundekäfig von sich gab. Vermutlich schlug sie hysterisch gegen die Streben, während sie gezwungen war zuzusehen, wie ihr Vater bei vollem Bewusstsein verbrannte. Ihr würde er später seine ungeteilte Aufmerksamkeit zukommen lassen. Jetzt wollte er sich am Anblick des Sterbenden berauschen, jede Sekunde genießen, solange es andauerte. Als die Flammen erloschen waren, verließ er den fensterlosen Raum.

Am Morgen quälte Peter sich müde aus dem Bett. Er fühlte sich wie gerädert und wunderte sich, warum er so erschlagen war. Er hatte doch mehr als neun Stunden geschlafen? Wie ein Greis schlurfte er zum Badezimmer. Auf dem Weg dorthin warf er noch schnell einen Blick auf die Uhr. Es war schon wieder viel zu spät!

»Was ist nur los mit mir? Hoffentlich ist es keine Grippe. Und wieso ist es so kalt hier?«, murmelte er. Zeit, sich darum zu kümmern, blieb ihm nicht. Er würde nach der Arbeit herausfinden müssen, warum die Heizung ausgefallen war.

Am frühen Nachmittag parkte er seinen Van wie jeden Wochentag vor dem Garagentor, nahm die Zeitung und die Aktentasche vom Beifahrersitz und stieg aus. Auf dem Weg zum Haus hielt er an der Mülltonne, um das

Tagesblatt zu entsorgen. Kaum hatte er den Deckel angehoben, erstarrte er. Aus dem oberen Müllbeutel lugte ein Zipfel heraus. Der Stoff war blütenweiß, so wie seine Hemden immer waren, aber voller brauner Flecken, die ihn an getrocknetes Blut erinnerten.

Er sah genauer hin. *Bei Gott, ja, es* ist *Blut!*, erkannte Peter Morgan und öffnete vorsichtig den Knoten des Abfallbeutels. Mit spitzen Fingern beförderte er ein mit Blutspritzern besudeltes Oberhemd zutage.

Das ist meins!

Ihm wurde schwindelig, ließ das Kleidungsstück fallen und stützte sich an der Mülltonne ab. Wie zum Teufel war es in seinen Abfallbehälter gelangt? Und war es wirklich seins oder nur eines, das so ähnlich aussah? Stand dieses Hemd etwa im Zusammenhang mit einem Verbrechen?

Nein, weder in der Zeitung noch im Radio war von einer Bluttat berichtet worden. Höchstwahrscheinlich hatte einer der beiden Nachbarsjungen seine Hemden gestohlen. Die Bengel waren als Schläger bekannt. Aus irgendeinem Grund hatte der Dieb das Hemd danach im Müll entsorgt, um von sich abzulenken.

Vielleicht hat er es nach einer Schlägerei in meine Tonne geworfen?

Peter fuhr sich hektisch mit einer Hand über das Gesicht und atmete dann ruhiger. *Was mache ich denn jetzt?* Er war unentschlossen. Mit diesen Leuten von nebenan sollte er sich besser nicht anlegen. Er warf das Hemd zurück in die Mülltonne und legte die Zeitung darüber.

Nachdem er die Haustür hinter sich geschlossen hatte, fiel ihm erneut die Kälte im Haus auf. Also stellte

Peter Morgan seine Aktentasche ab, stieg die Kellertreppe hinunter und hielt auf den offenen Heizungskeller zu.

Was ist das für ein Geruch? Als ob hier ein Tier verendet wäre. Vor der Anlage mit dem Warmwasserboiler blieb er stehen und nahm die Geräte in Augenschein.

Um den Gestank würde er sich später kümmern, zunächst hieß es herauszufinden, warum die Heizung ausgefallen war. Er bückte sich, um die Rohre näher zu inspizieren, da rutschte sein Handy aus der Hemdtasche und landete mit einem Knall auf dem Betonboden.

»Scheiße!« Peter machte sich daran, die Bruchstücke aufzulesen.

Eines davon war links um die Ecke gerutscht. Er wollte es aufnehmen, als er in der Bewegung erstarrte.

»Was …?«

Links vom Boiler, um einen Abzweig herum, befand sich ein Raum, den er seit Jahren nicht mehr betreten hatte. Sämtliche Fugen und Ritzen des Eingangs waren mit Paketklebeband abgedichtet. An dieser Stelle war der ekelerregende Geruch am intensivsten.

Peter überlegte, wer das Klebeband angebracht haben könnte? *Hat Iris …? Und was in Gottes Namen verursacht diesen fürchterlichen Gestank?* Hatte sie zu Lebzeiten Dünger aus Kuh- oder Pferdemist dort deponiert für ihre Blumen und das Gemüse im Garten, auf das sie so stolz gewesen war? Seine Iris, die stets auf Chemie verzichtet hatte …

Er beachtete die Einzelteile des Handys nicht weiter und machte sich daran, die Klebestreifen zu entfernen.

Je mehr er davon abriss, umso schwerer fiel ihm das Atmen.

Nachdem auch der letzte Rest zusammengeknüllt auf dem Boden lag, öffnete er die Tür. Heraus drang eine derart übelriechende Wolke, dass er entsetzt zurückwich.

Morgan griff nach dem Lappen, der zum Händereinigen neben der Heizungsanlage hing, und hielt ihn sich vor Mund und Nase. Dann betrat er den fensterlosen Raum und tastete nach dem Lichtschalter. Sobald es hell wurde, erstarrte er. Das Stofftuch fiel ihm aus der Hand und abermals taumelte er zurück. Mit weit aufgerissenen Augen betrachtete er die entsetzliche Szenerie.

Während sein Blick über drei Leichen glitt, blitzten Erinnerungen in seinem Gedächtnis auf. Im Stakkato sah er schmerzverzerrte Gesichter und Blut, Unmengen davon. Schließlich sah er sich selbst, wie er mit einem Vorschlaghammer auf einen Jungen einschlug. Ausschnitte von Bildern einer verstümmelten Frau drängten sich in seinen Verstand, ein klaffendes Loch war an ihrem Unterleib zu sehen. Ein Mann ging in Flammen auf.

Die Erkenntnis traf Peter eiskalt. Ihm wurde übel, seine Beine knickten ein und er landete mit den Knien hart auf dem Beton. Dabei spie er seinen Mageninhalt im hohen Bogen aus. Als das Würgen endlich nachließ, krümmte er sich auf dem Boden zusammen und weinte. Währenddessen durchlebte er in Gedanken den Unfall noch einmal, der sein Leben zerstört hatte …

Iris hing kopfüber im Sicherheitsgurt. Sie blickte ihn flehend und gleichermaßen panisch an. Ihre Hände lagen schützend auf der leichten Wölbung ihres Unterleibs. Sie hatten sich so sehr auf die Ultraschallaufnahme gefreut. An diesem Tag sollten sie ihr Wunschkind zum ersten Mal sehen.

Peter befand sich neben ihr. Sein Gurt klemmte. Hektisch hantierte er mit zitternden Fingern daran herum, bis es ihm endlich gelang, sich zu befreien. Als Nächstes versuchte er, Iris' Gurtschloss zu öffnen, aber es ging nicht. Er brauchte ein Messer. So schnell er konnte, kroch er aus dem Wrack. Da sah er das Feuer auf sich zukommen.

Sofort erfasste er die bedrohliche Situation. Der abgerissene Auspuff hatte das zum Trocknen liegengelassene Stroh in Brand gesetzt und der Tank am Kombi war beschädigt. Benzin lief aus. Wie von Sinnen schrie Peter nach einem Messer, da packten ihn Hände und rissen ihn fort. Er wehrte sich und musste mit ansehen, wie das Autowrack binnen weniger Sekunden in Flammen aufging. Iris war noch darin gefangen …

Unfähig, einen klaren Gedanken zu fassen, starrte Peter gegen die Kellerwand. Er sah die Connors vor sich, die sich, ohne zu helfen, vom Unfallort entfernten. Dann flackerte die Szene mit Connors Sohn in der Uni durch sein Gehirn. Er hatte sich abfällig über den Unfall geäußert. In diesem Moment wusste Peter Morgan, was in der Nacht danach geschehen war. Er fasste sich an den Kopf, glaubte den Verstand zu verlieren.

Er sah sich eine Woche zuvor in der Nacht um den Bungalow der Connors schleichen, durchs geöffnete Fenster steigen und einen Bewohner nach dem anderen mit Chloroform betäuben, die gesamte Familie. Das Betäubungsmittel hatte er aus dem Vorrat der Universität gestohlen. Peter war Chemielehrer und besaß die Schlüssel zu den Schränken, in denen die Chemikalien aufbewahrt wurden.

»Neeein!«, schrie er und rappelte sich auf. »Nein, nein, nein!«

Der Verwesungsgeruch stieg ihm in die Nase. Er würgte. »Was habe ich getan?«

Mit hängenden Schultern hielt er auf die Treppe zu. Seine Taten lasteten wie tonnenschweres Gestein auf ihm. Er zog sich am Geländer nach oben. Weinkrämpfe schüttelten ihn. Die grausamen Bilder in seinem Kopf wollten ihn nicht mehr loslassen.

Im Wohnzimmer setzte er sich in einen Sessel. Er schloss die Augen, um sie sofort wieder aufzureißen.

»Ich ertrage das nicht, ich brauche Hilfe!« Wie von selbst griffen seine Finger zum Telefon und wählten eine Nummer. Nach dem dritten Läuten wurde abgenommen.

»Doktor … Miller?«, stotterte er. »Morgan … hier ist Peter Morgan. Bitte kommen Sie schnell, ich habe etwas Schreckliches getan.« Dann sackte er in sich zusammen und ließ den Hörer fallen, hörte nicht mehr die aufgeregte Stimme, die nach ihm rief.

Als der Psychiater das Haus seines Patienten erreichte, drückte er den Klingelknopf. Niemand öffnete. Er versuchte es wieder, aber die Tür blieb geschlossen. Mit einem unguten Gefühl zog er sein Handy aus der Jackentasche und verständigte den Sheriff.

Als die Eingangstür aufgestemmt wurde, saß Peter Morgan in seinem Sessel, wippte mit dem Oberkörper vor und zurück und starrte apathisch auf die gegenüberliegende Wand. Der Verwesungsgeruch ließ die Beamten sofort reagieren. Ein paar Stunden später waren die Toten abtransportiert und Peter Morgan in einer psychiatrischen Klinik untergebracht.

Warum Peter so barbarisch gehandelt hatte, kam erst nach monatelanger Behandlung zutage. Letztlich lautete die Diagnose seines behandelnden Arztes: Persönlichkeitsspaltung aufgrund einer schweren posttraumatischen Belastungsstörung. Am Tag war er der sympathische Dozent gewesen. Nach der Begegnung mit Connors Sohn war er in der Nacht ein anderer geworden. Sein zweites Ich hatte die Connors leiden sehen wollen. So, wie Iris gelitten haben musste, als sie und das Ungeborene bei lebendigem Leib verbrannten, und wie Peter seit ihrem Tod litt.

Susan Connor, die sechzehnjährige Tochter, verdankte der ausgefallenen Heizung ihr Leben. Das stark traumatisierte Mädchen musste vorübergehend stationär behandelt werden. Im Anschluss kam sie bei Verwandten unter und führte die Therapie ambulant fort.

Peter Morgan ist weiterhin in der geschlossenen Abteilung einer psychiatrischen Klinik untergebracht. Ob er sich jemals für seine Taten vor einem Gericht verantworten muss, ist ungewiss.

ENDE

VERLAGSPROGRAMM

Bisher erschienen:

01 Candygirl: Michael Merhi
02 Lilith Töchter, Adams Söhne: Georg Adamah
03 Höllengeschichten: Wolfgang Brunner
04 Roadkill: Alex Miller, Joe De Beer
05 Bad Toys: Anthologie
06 Gone Mad: A.C. Hurts
07 Mindfucker: Joe De Beer
08 All Beauty Must Die: A.C. Hurts
09 Runaways: Alexander Kühl
10 Love Of My Life: A.C. Hurts
11 Klipp Klapp … und du bist tot!: Mari März
12 Carnivore: A.C. Hurts
13 Lyrica: Jane Breslin
14 Der Feigling: Andreas März
15 Kinderspiele: Wolfgang Brunner
16 Victima: Sam Bennet
17 Blutbrüder: Simone Trojahn
18 Fuck You All: Inhonorus
19a Cannibal Holidays: Ralph D. Chains
19b Die Sodom Lotterie: Ralph D. Chains
20 Kellerspiele: Simone Trojahn
21 Der Leichenficker: Ethan Kink
22 Lyrica – Exodus: Jane Breslin
23 Gone Mad 2: A.C. Hurts
24 Der Leichenkünstler: Moe Teratos
25 Wutrauschen: Simone Trojahn
26 Dort unten stirbst du: Moe Teratos
27 Fida: Stefanie Maucher
28 Hexensaft: Simone Trojahn
29 Streets Of Love: Ralph D. Chains

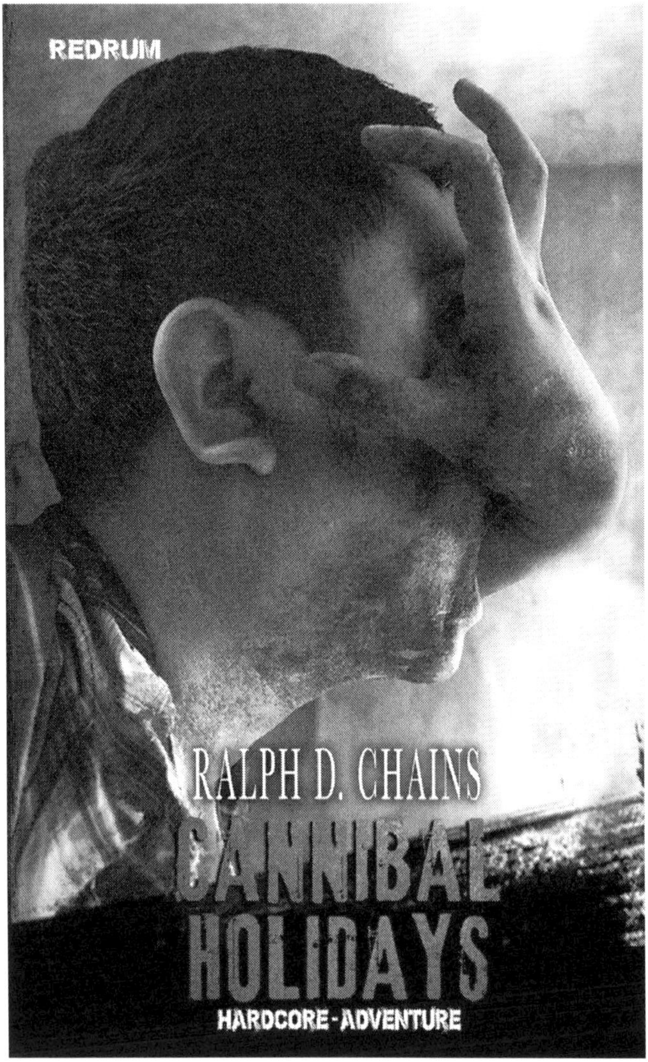
REDRUM
RALPH D. CHAINS
CANNIBAL
HOLIDAYS
HARDCORE-ADVENTURE

Cannibal Holidays

Am Tiefpunkt seines Lebens angekommen, entdeckt Peter Logan die Anzeige: ›Reisen Sie mit uns zu den letzten Kannibalen.‹

Es wird für ihn ein wilder Trip mit einer Gruppe von Fetischisten, deren größter Wunsch es ist, von Kannibalen auf Fleisch reduziert zu werden. Im Dschungel angekommen, werden ihre abartigsten Fantasien von der grausamen Realität noch bei Weitem übertroffen. Sex, Drogen und Gewalt ziehen Peter in ihren Bann. Eine Reise, die jeden Rahmen sprengt und die Frage beantwortet, was am Ende des Lebens wirklich übrigbleibt. Keine unsterbliche Seele, sondern nur Kannibalenexkremente und Knochen.

REDRUM
RALPH D. CHAINS
DIE SODOM LOTTERIE
Extrem-Horror

DIE SODOM LOTTERIE

Irgendwo mitten in der Wüste dreht sich das Rad. Es entscheidet, ob du lebst oder stirbst. Ob deine nächste sexuelle Erfahrung mit einer Frau oder einer Kettensäge stattfinden wird. Bei der Sodom-Lotterie spritzen Blut, Sperma und Schweinescheiße bis an die Decke und es gibt nur zwei Wege, diesem Albtraum zu entrinnen: Sexuelle Höchstleistungen bis zum bitteren Ende oder der qualvolle Tod.

MICHAEL MERHI
CANDYGIRL
REDRUM BOOKS
»Das dreckigste Buch aller Zeiten!«
»Schockierend...«
»Nichts für schwache Nerven!«
»Das härteste Buch des Jahres 2016!«
RAPE & REVENGE
HORROR ROMAN

CANDYGIRL

Bobby war nicht böse. Das Leben war böse. Die Umstände waren böse. Sein Vater, ja der war abgrundtief böse, aber er?
Bobby?
Niemals!
Das zwölfjährige Mädchen Candygirl gerät in die Fänge des Zuhälters ›Schweineschwarte Bob‹, der ihr das Leben zur Hölle macht. Der sadistische Mann setzt alles daran, das zwölfjährige Mädchen sowohl seelisch als auch körperlich zu brechen. Wie ein Stück Vieh wird das junge Mädchen gebrandmarkt und von einem perversen Kunden an den anderen weitergereicht. Und was war mit Bobby? Bobby interessierte es einfach nicht, ob es kleine Mädchen oder Jungs waren, er nahm sie beide gern, schließlich waren es doch Gottes Kinder und der Mann hasste Gott. Abgrundtief!

»Das liest sich wie Stephen King auf Speed, hart, erbarmungslos und sehr brutal. Absolut nur für erwachsene Leser mit starken Nerven geeignet!«

»Hast du starke Nerven? Nein? Sorry, dann darfst du dieses Buch nicht lesen!«

»Michael Merhi schreibt spannend, wie Stephen King, hart wie Jack Ketchum und gnadenlos wie Richard Laymon.«

ALEX MILLER
JOE DE BEER
ROADKILL
THRILLER
REDRUM

ROADKILL

Was passiert, wenn du auf eine Seele triffst, die dich erkennt? Eine Seele, die selbst mit deinen inneren Dämonen tanzt. Wenn es sein muss, im Rausch explosiver Gewalt.
Stella, Patientin in der geschlossenen Psychiatrie, gelingt die Flucht. Ihr Ziel: das Meer. Auf ihrem Weg dorthin trifft sie Nick. Eine schicksalhafte Begegnung, die alle Mauern niederreißt und zu einem blutigen Horrortrip durch die Republik eskaliert.

»Dieses Buch ist wie eine Line Koks, dunkel, böse, verdorben und reißt dem Leser den Boden unter den Füßen weg.« Michael Merhi

REDRUM
A.C. HURTS
HARDCORE
ALL
BEAUTY
MUST
DIE
»ES IST NUR EIN BUCH!«

ALL BEAUTY MUST DIE

Carter ist der, der die coolsten Events an den Start bringt. Wie wär's mit einer aufregenden »Ladies Night« - dazu gratis und all-inclusive? Im Internet werden 500 Tickets verlost. Wer kann einem solchen Angebot schon widerstehen, Live-Bands, Typberatung, Styling Area? Bestens gelaunt begeben sich die unwissenden Opfer in die Höhle des Löwen. Doch was als unterhaltsames Highlight des Jahres beginnt, entpuppt sich schnell als beispielloses Snuff-Festival. Ausgewählte User aus aller Welt verfolgen den Blutrausch und äußern ihre Wünsche. Perfider Höhepunkt der Show: die Kür der »Königin der Nacht«. Keine Frau darf überleben, und das Sterben wird für viele zur unsäglichen Qual.

Erfolgsautorin A. C. Hurts in gnadenloser Bestform!

INHONORUS
HARDCORE LYRIC
DAS VOLLE PROGRAMM
FUCK YOU ALL
REDRUM

FUCK YOU ALL

Lange genug habt ihr euch über sie lustig gemacht, sie in Formen gepresst, gequält und gepeinigt. Das Fass ist übergelaufen und nun bekommt ihr Dreckschweine gnadenlos genau das, was ihr verdient …

Brutaler, kompromissloser, aggressiver, menschen- und gesellschaftsverachtender als jemals zuvor … FUCK YOU ALL … Extrem-Literatur mit psychologischer Schlagseite.

Pseudonym: inhonorus (bedeutet so viel wie: nicht in Ehren stehend, nicht angesehen sein, ungeschmückt)

REDRUM loves you!

REDRUM liebt dich!

27923859R00162

Printed in Poland
by Amazon Fulfillment
Poland Sp. z o.o., Wrocław